U0063519

小說歷史102

宮本武藏

（三）火之卷

吉川英治 著
劉敏 譯

遠流出版公司

小說歷史⑩
宮本武藏——劍與禪 (三)火之卷 (全七冊)

作　　者／吉川英治
譯　　者／劉　敏
主　　編／楊豫馨
特約編輯／孫智齡

發 行 人／王榮文
出版・發行／遠流出版事業股份有限公司
臺北市汀州路三段 184 號七樓之 5
郵撥／0189456-1　電話／2365-1212
傳眞／2365-7979・2365-8989
著作權顧問／蕭雄淋律師
法律顧問／王秀哲律師　董安丹律師

排　　版／正豐電腦排版有限公司
1998 年 3 月 1 日　初版一刷
1998 年 5 月 30 日　初版三刷

行政院新聞局局版臺業字第 1295 號
售價：新台幣 300 元(若有缺頁或破損，請寄回更換)
版權所有・翻印必究(*Printed in Taiwan*)
ISBN　957-32-3437-8 (一套・平裝)
ISBN　957-32-3440-8 (第三卷・平裝)

YLib 遠流博識網
http://www.ylib.com.tw　E-mail:ylib@yuanliou.ylib.com.tw

出版緣起

王榮文

歷史小說是以歷史事件和人物爲素材，尋求它的史實，捕足它的空隙，編織而成的小說。

透過具有歷史識見和文學技巧的歷史小說家，枯燥的史料被描摹成了動人的筆墨。我們看到人物在歷史的舞臺上鮮活過來，栩栩如生，我們也看到事件在歷史的銀幕上鉅細靡遺，歷歷如繪。讀者所期盼的歷史知識和小說趣味都因此而達成了。

歷史小說的寫法彈性甚大。從服膺歷史的眞實、反對杜撰、史料的選擇和運用一再審愼考慮而趨近史家考證的一派，到僅僅披上歷史的外衣，而以主題濃厚、節奏明快見長的這一派，歷史小說的範圍可以說十分遼闊。但大體上，它包含了歷史的眞實和文學的眞實，而以小說的形式呈獻在讀者的面前，構成既在歷史之中，又在歷史之外的微妙境界。

我國的歷史小說，是有長遠傳統的，《三國演義》就是其中最著名的一個例子，胡適認為它是一部絕好的通俗歷史，在幾千年的通俗教育史上，沒有一部書比得上它的魔力。

在近代日本，從盡其可能達到歷史境界的明治時代文豪森鷗外，到近年來大眾文學傾向濃厚的司馬遼太郎、井上靖、黑岩重吾等，真可說是名家輩出，這其中還包括了菊池寬、芥川龍之介、吉川英治、山岡莊八、新田次郎……等大家。而歷史小說的興盛至於蔚為風氣也給讀者大眾帶來了深遠的影響。

由於歷史小說的深遠影響，它的出版便成了極具意義之事。數年前，我們曾經出版了一套包含《三國演義》在內的「中國歷史演義全集」，受到廣大讀者的歡迎。如今，我們在出版歷史讀物（柏楊版資治通鑑）和小說讀物（小說館）的同時，再接再厲，策畫出版一系列的「小說歷史」，這一次，我們企圖以日本的歷史小說為主，更廣泛地為讀者蒐羅精采動人的歷史小說。

我們期望採取一個寬廣的態度，與讀者一起從小說出發，追尋它與歷史結合的趣味。

目錄

(三) 火之卷

宮本武藏

㈢

火之卷

火之卷

一百尺——兩百尺——三百尺，武藏的身影在穹蒼的襯托下，越來越渺小。有一朵白雲飄過來，當白雲飄過時，他的身影已與天空合而爲一。

鷲嶺宛如參天巨人，冷眼看著武藏的一舉一動。

西瓜

1

環繞伏見桃山城池的淀川，源遠流長數公里，下游延伸至浪華江的大坂城邊。因此，京都一帶政治上的一舉一動，會立刻引起大坂的微妙反應；大坂方面一將一卒的言論，也逃不過伏見城敏感的耳目。

現在——

以這條貫穿攝津、山城二國的大河爲中心，日本文化正受到巨大的激變。太閤（編註：指攝政大臣豐臣秀吉）亡故以後，在大坂城中的秀賴與淀君，分外賣力地向世人誇耀著已如黃昏之美的權威。而自關原之役後，爲加速時代的腳步，德川家康在伏見城內親自訂下戰後的經綸國策，決定從根本改革豐臣文化的舊貌。

河裏來往的船隻、陸路上男女的風俗、流行歌曲，以及求職浪人的臉色上，都可以看到這兩股文化的融和交滙。

「將來會怎麼樣呢？」

人們馬上對這個話題產生了興趣。

「什麼會怎麼樣？」

「當然是世界的情勢啊！」

「一定會變的吧！從藤原道長以來就沒有一日是不變的。源家、平家這些武人掌權之後，更是加速這種變化。」

「你的意思是還會再打仗嗎？」

「當然啦！現在就算想讓世上轉向和平，也力不從心了。」

「大坂方面好像一直和各國浪人暗中有聯繫呢！」

「可能是吧！雖然無法證實，但是聽說德川大人已向南蠻船買槍械以及彈藥了。」

「可是，我也聽說大御所的孫女千姬，要嫁給秀賴公爲妻呢！這又是怎麼回事？」

「在上位者所爲皆聖賢之道，我們這些凡夫俗子當然無法瞭解囉！」

雖然已是秋天，秋老虎的威力猶勝夏天，石頭被曬得滾燙，河水也快沸騰了。

酷熱曬得淀川京橋口的楊柳樹蒼白而無力，幾近枯萎。有一隻發了狂似的油蟬飛過河川，飛蛾撲火般直衝到一間町屋裏。這些屋子的窗戶灰塵密布，以至鎭上的夜晚燈光暈暗。橋上橋下是由無數的運石船聯結而成。河裏是石頭，路上也是石頭，到處石頭橫陳。

這些石頭每一塊都有兩塊榻榻米那麼大。此刻正是午餐後的休憩時間，搬運石頭的工人毫不在意地在這些曬得發燙的石頭上或臥、或坐、或躺、或趴，享受片刻的輕鬆。而馱木材的牛隻也在旁流涎休息，渾身叮滿蒼蠅。

他們正在修築伏見城。

修築伏見城的主因，並非由於世稱「大御所」的家康要在此居住，而是德川的戰後政策之一。一來可讓譜代諸侯（譯註：由關原會戰前即出仕德川家的家臣所晉升的諸侯）不致流於逸樂鬆懈；二來可以消耗外樣諸侯（譯註：關原會戰後才效忠德川家的諸侯）的經濟實力。

再則是為了讓平民歌頌德川的德政，所以在各處大興土木，好讓平民百姓增添收入。

如今修築城池已經成為全國性的計畫，規模極其龐大，包括修築江戶城、名古屋城、駿府城、越後高田城、彥根城、龜山城、大津城等等。

2

修築伏見城動員了近千名的土木工人，主要的工作是修築外城郭的石牆，也因此引來了眾多的妓女、車夫、商人相繼湧入伏見町。

「大御所非常的景氣啊！」

大家都在歌頌德川的德政。

還有——

城裏的人善於投機取巧，都在暗自思量這個問題。對於社會的變動精打細算一番之後，他們判斷：

「要是開始打仗了……」

這裏鐵定能夠賺大錢！

因此，無形中商品趨於活躍，當然大部分都是軍需品。

一般人民的腦海裏已不再懷念太閤時代的文化了。目前他們只醉心於大御所的新政策，無論由誰掌權，只要能夠滿足私欲和生活，就無可怨言了。

家康利用凡夫俗子的心理順水推舟，就像撒糖果給孩童般易如反掌。但他並非使用德川家族的財富造福平民，而是對財力雄厚的外樣諸侯們徵收苛稅，如此一箭雙鵰，既可博得民心，又可削弱這些諸侯的勢力。

除了都市政策之外，大御所的政治方針裏尚有農村政策。此後不允許從前毫無律法的徵捐苛稅，也不完全由政府掌控一切。如此，德川式的封建政策慢慢的由都市延伸到鄉村。

以往主張平民不需知道政治，奉行政府的政策即可。

現在變成勿使農民饑餓，亦不可任其放縱無度，是施予農民的最大慈悲。

整體的施政方針有了很大的改變，主要是要讓人民永遠以德川爲中心。

這個政策同時影響了諸侯和一般人民，成爲牽制後代子孫的封建制度的前提。然而此刻誰也不會考慮到百年後的事情。

不，應該說這些修築城池的工人及石頭搬運工們，連明天的事情也不操心。

他們只要吃過午飯，就會祈禱：

天快點黑吧！

這就是他們所有的欲望。

但是有時候他們也會熱烈地談論著時局：

「會不會再打仗呢？」

「如果會打的話，是什麼時候呢？」

至於他們內心的眞正想法是什麼呢？

「即使再打仗，我們的生活也不會比現在更壞了。」

所以他們並非眞的在擔憂局勢或考慮和平之事，也從未想過由哪位執政者掌權與人民何干？

「要不要買西瓜啊？」

有位姑娘經常在中午休憩時間提著西瓜簍子前來叫賣。窩在石牆的陰影下賭錢的工人向她買了兩個西瓜。

「這位大爺，要不要買西瓜啊？買個西瓜吧！」

姑娘對著一堆又一堆的人羣叫賣著。

「哎喲！我們哪有錢買啊！」

「嘿，要是免費的話，我們就幫妳吃掉吧！」

姑娘聽到的全都是這一類的回答。

這時，一位臉色蒼白、抱著膝蓋倚靠在石縫間休息的年輕搬石工，張開無力的眼神問道：

「妳在賣西瓜嗎？」

這個人身材瘦削——雙眼凹陷——整個人被太陽曬得黝黑，都走了樣，但是依稀認得出這位搬石工人正是本位田又八。

3

又八拿著沾了土的銅板在手掌上數著，數完之後遞給賣西瓜的姑娘，買了一個西瓜，抱在懷裏，又靠回石頭無力地低頭坐著。

「嘔！嘔！」

他突然單手撐住地面，像牛一樣的往草地上嘔了一堆唾液。西瓜從膝蓋滾落下來，他連揀回來的力氣都沒有，看來，他買這個西瓜並非想吃它。

「……」

他用乾澀的眼睛望著那個西瓜，眼神中沒有任何希望和意志力，呼吸的時候整個肩膀都劇烈的上下起伏著。

「……畜生！」

腦海裏浮現出他所詛咒的那些人，有阿甲白皙的面孔，還有武藏的身影。他回顧一步步淪落至此的過程，總想著要是沒有武藏，要是沒碰到阿甲，如今就不會陷於如此的困境了。

錯誤的第一步就是參加了關原之戰，再來就是受了阿甲的誘惑，要不是這兩件事，自己現在早當了故鄉本位田家的家長，而且娶了漂亮的新娘，飽受村人羨慕的眼光了。

「阿通一定還在埋怨俺吧！她現在不曉得怎麼樣了？」

他現在的生活中，只有思念阿通才能得到些許精神上的慰藉。自從他瞭解阿甲是一個什麼樣的女人之後，雖然還是跟阿甲同居，但心已經飛到阿通的身邊去了。被趕出阿甲的「艾草屋」之後，又八對阿通的思念更與日俱增。

之後，他又從洛內的一些武士口中聽到有關新進劍士宮本武藏(MUSASI)的傳聞，原來那人就是他以前的朋友武藏(TAKEZOU)。

得此消息，又八的內心受到非常大的衝擊。

——好，俺也做得到！

他戒了酒，並改掉懶惰的惡習，迎接一個全新的生活。

——俺也要做給阿甲看，妳等著瞧吧！

但是，他一直沒有找到適當的職業。因爲他這五年當中都由那個比他年長的女人供養，和社會脫節太久，讓他變得非常遲鈍，他自己也瞭解這一點，一切都太遲了。

——不，還不遲，俺才二十二歲呢！做什麼都可以……

任何人都可能有這種奮發圖強的精神。又八抱著閉上眼睛來飛越命運斷層的悲壯意念，到這伏見城當搬運石頭的苦力，而且在這夏末秋初的炎熱季節裏，非常賣力地工作，連自己都很滿意。

——俺也要成爲一個頂天立地的男子，讓世人瞧一瞧。武藏那一點雕蟲小技，俺當然不輸他。俺將來一定要超越他，讓大家刮目相看。到時候還可以暗中對阿甲報一箭之仇。你們等著瞧吧！只要再花十年的時間就夠了。

但是，他突然想到一件事——十年之後，阿通幾歲了呢？

她比自己和武藏年輕一歲，這麼算來，從現在開始再過十年，阿通就三十一歲了。

——阿通能不能守身不嫁，等俺到那個時候呢？

又八在關原戰役之後，完全失去了故鄉的消息。一想到這裏，他就覺得十年還是太長了，至多也得在五、六年內便功成名就衣錦還鄉，並向阿通道歉，將她迎娶進門。

「對了！就這麼辦！俺要在五、六年當中闖出一片天地！」

他望著西瓜的眼睛，終於閃爍光芒。這時，在巨石另一側的一個同伴，手肘靠著膝蓋說道：

「喂！又八，你一個人在那兒喃喃自語些什麼啊……哎喲！你的臉色好蒼白啊！你有氣無力的，到底怎麼了？是不是吃到壞西瓜拉肚子了？」

4

聽對方這麼一說，又八恢復了一點精神。他微微一笑，又好像眞有點頭昏眼花的樣子，吐了幾口口水，搖著頭說道：

「沒什麼大不了的，大概是中暑吧……很抱歉，俺休息片刻就好了。」

「你這小子還眞好強！」

強壯的搬石同伴用憐憫的語氣嘲弄他。

「那個西瓜怎麼啦？你買了又不吃，在搞什麼啊？」

「俺對大家很抱歉，所以買來請大家吃的。」

「你這傢伙還挺會做人的嘛！喂！這西瓜是又八施捨大家的，快過來吃吧！」

那男子拿著西瓜靠到牆角，聚集在那裏的工人們蜂擁而上。大家切開西瓜，狼吞虎嚥地啃著西瓜甘甜的果肉。

「好囉！要幹活囉！」

小領班站在石塊上面大聲喊叫。監工的武士拿起皮鞭從遮陽的小屋子走了出來。這一片大地立刻瀰漫著汗臭味，連馬蠅都嗡嗡飛了起來。

工人把巨大的石塊放在千斤頂或圓棒子上，用一條粗大的鋼索拉著，慢慢前進，乍看之下彷彿是雲峰在移動一樣。

隨著築城時代的出現，全國也開始流行一種「曳石歌」。現在這些人正邊拉石頭邊哼著這些歌曲。阿波的城主峰須賀至鎮現在出任修城奉行（編註：武家時代，分擔某一部門政務的官職。），在他寫給政府的書信中，有一段這麼寫著：

昨晚，我從某人學了一首歌，聽說是名古屋的曳石歌，謹抄錄於此。

我們這些人
對藤五郎來説
不是粟田農
而是拉石塊的工人
嘿咻　嘿咻
喀囉　喀囉
拉石塊的聲音
令人四肢發軟
有時候還會
陪上老命呢

這首歌不論男女老少，人人都會唱。光從歌詞就可以看出這個浮世人生了。

勞動歌竟然變成絃樂，連峰須賀這種諸侯在晚上遊樂的時候，也會唱上幾句。

太閤盛世之後，大街小巷才出現歌舞昇平的景象。室町將軍時代，即使有歌曲也是一些頹廢的室內之樂。那個時候，連孩童唱的童謠都欠缺朝氣。但自從太閤盛世以來，歌曲變得非常明朗，充滿希望。民衆喜歡在太陽底下汗流浹背時唱著這些歌曲。

關原戰役之後，整個社會文化充斥著德川的色彩，而且日趨濃烈，連歌曲也有所改變，豪放的曲風變淡了。在太閤時代，歌曲都是由民間創作。但自從大御所時代來臨，都是由德川家的作曲者創作歌曲，然後提供給民衆。

「啊！好累啊！」

又八抓著像火一樣炙熱的頭。同伴們齊聲合唱著曳石歌，彷彿一羣蒼蠅圍繞在耳邊嗡嗡叫，令他感到非常吵雜。

「……五年、五年，唉！俺工作五年之後還要怎麼做呢？做一天吃一天，要是休息一天的話就要餓肚子。」

他又開始嘔出口水，蒼白的臉俯向地面。

有一個人不知何時出現在不遠處，戴著粗草繩編的斗笠，斗笠的邊緣遮到眉毛的地方。這個年輕人腰上掛著武者修行的包袱，身材高䠷，拿著半開的鐵扇靠在帽緣遮擋陽光，眼睛熱切的望著伏見城的地勢及施工情形。

佐佐木小次郎

1

武士不知在思索什麼，忽然在一塊一坪大的平面石板前坐了下來，石板的高度剛好和桌子差不多，可以把手肘放在上面。

「呼！呼」

他把石板上幾乎曬焦的沙子吹掉，除了沙子之外，連螞蟻也被他吹散了。

他兩隻手肘靠在上面，拿著斗笠撐住臉頰。石頭上反射太陽的光芒，從草地上蒸發出來的熱氣烤著他的臉。炎熱的天氣令他動也不動一下，只是聚精會神的看著修城的工事。

這個人好像根本沒有注意到又八就在離他不遠的地方，而又八也對這個武士視若無睹，反正跟自己毫無瓜葛，而且他的頭和胸部仍然覺得非常的不舒服，不時反胃，背對著那個人坐著休息。

那個人可能聽到又八痛苦的呻吟，放下斗笠。

「拉石頭的！」

他出聲問道：

「你怎麼了？」

「……俺好像中暑了。」

「很難過嗎？」

「現在好一點了……可是還很想吐。」

「我給你藥吃吧！」

他打開一個盒子，拿出一粒黑色藥丸放入又八口中。

「吃了馬上會好的。」

「謝謝您！」

「苦嗎？」

「嗯！不太苦。」

「你還會在這裏繼續休息嗎？」

「是的……」

「如果有人來了，麻煩你叫我一聲，或丟個小石頭通知我，拜託你囉！」

修行武者說完，又坐回原來的位子。這回他拿出紙筆鋪在石板上，專心的畫著。

他的眼神透過斗笠邊緣，仔細注視著這座城，有時候往城外看，有時又看著城後面的山線、河川位置以及天守閣等等。他用筆把伏見城裏裏外外的地理，鉅細靡遺地繪在紙上。

關原之役爆發的前夕，這座城被西軍的浮田軍和島津軍攻陷，增田郭、大藏郭還有各所的壘柵、濠溝等，幾乎都被破壞殆盡。而現在重新修復的銅牆鐵壁，較之太閤時代更顯威嚴，睥睨著一衣帶水的大坂城。

又八偷瞄了一眼那位修行武者專心畫下的略圖。他似乎曾經從城後的大龜谷以及伏見山上俯瞰過整座城池，還畫出一幅背面圖，所以這一幅畫得的確精密。

「……啊！」

又八叫了一聲，因爲他看到專心畫圖的武士斗笠後，站著一位穿著草鞋、用皮帶將大刀繫在背上、穿著半套甲冑的武士，也不知道是負責工事的諸侯的臣下，還是伏見的直屬大臣，正悶不吭聲地站在渾然不覺的修行武者身後。

眞是對不起他。又八感到非常對不起這個人，但是已經來不及了。現在丟石頭或示警都已經太遲了。

剛好，有一隻馬蠅叮上修行武者滿是汗水的脖子，他伸手趕開牠。

「啊！」

一抬頭，他瞪大眼睛，非常驚訝！

監工的武士也回瞪他一眼，突然伸出戴著護腕的手，欲取走石板上的略圖。

2

炎炎夏日，修行武者百般忍耐酷暑煎熬，好不容易才畫好的城池實景圖，竟然有人一聲不響地從身後伸手欲取走，不由令他火冒三丈。

「你要幹什麼？」

他用盡全力怒斥一聲。

他抓住對方的手腕，站了起來。但又搶不回被監工武士奪去的地圖。二人就這麼高舉著手僵持著。

「給我看。」

「你太無理了！」

「這是我的職責所在。」

「你是幹什麼的？」

「我看一下不行嗎？」

「不行！像你這種人即使看了也看不懂的。」

「總之，我先沒收了。」

「不行！」

那張圖在二人手中被撕成了兩半，各執半張。

「你再不老實的話，我可要把你帶回去。」

「帶到哪裏去？」

「奉行所。」

「你是官差嗎？」

「當然是。」

「你是哪裏的？誰的屬下？」

「你沒有必要知道，我是這個工地的監工。如果你懷疑的話，盡管去調查。倒是你，是誰允許你來描繪城池地勢及修築工程的？」

「我是個修行武者。因爲覺得所學不足，所以至各國觀察地理形勢及修築工程，充實自己，這有什麼不妥嗎？」

「多如牛虻的間諜，都是跟你一樣的藉口……總之，這張圖我是不會還給你的，而且還要帶你到那裏去，把另一半也交出來。」

「那裏是哪？」

「工事奉行的衙門。」

「難不成你拿我當犯人嗎？」

「少囉嗦！」

「喂，你這個小官差，如此耀武揚威就可以嚇唬我們這些百姓嗎？」

「走不走？」

「你有本事逼我走啊！」

他擺出磐石般不移的姿勢。監工武士臉色一變，把手裏的半張圖丟在地上，用力踐踏，然後從腰際拔出一把長兩尺餘的鐵尺。

心中暗想，如果對方動手拔刀的話，就用鐵尺攻擊，所以擺好應戰姿勢，對方卻似乎無此意，於是他又再問一次。

「你再不走的話，我要用繩子鞭你了。」

話尚未說完，修行武者已一個箭步向前，大喝一聲，一手掐住對方的脖子，另一隻手抓住他的腰帶，往巨石的尖角丟了過去。嘴裏罵道：

「你這個寄生蟲！」

監工武士的頭就像剛才被工人們切開的西瓜一樣，被砸得稀爛。

「啊！」

又八用手摀住臉。

因爲像大紅色味噌般的東西飛濺到他身邊來。然而站在後面的修行武者依然神色自若，不知是早已習慣如此殺人，還是在猛然暴怒之後已經恢復冷靜。總之，他並不急於逃脫，只是彎腰撿起被監工武士踐踏過的半邊地圖，收集好散落一地的紙片，接著又冷靜的尋找剛才拋擲監工時被扯掉的斗笠。

「……」

又八目睹如此可怕的力量，大受驚嚇，更覺得毛骨悚然。這個修行武者看來未滿三十，面色黝黑，布滿淺色斑點，從耳下到下巴有四分之一的臉不見了，說不見了好像有些奇怪，可能是被刀劍削掉後，肌肉萎縮所造成的。耳後也有一道黑疤，左手手背也有刀傷，看來如果他脫光上衣，可能還有不少刀疤。單憑外表，就足以令人心生畏懼，不敢接近。

3

撿起斗笠戴到怪異的頭上後，修行武者像陣風般疾步離開。不用說，這一切都發生在極短的時間內，數百個如螻蟻般的石頭搬運工，以及舞著皮鞭和鐵尺斥罵著的其他監工，都無人察覺異動。

不過，這麼廣闊的工地一定有從高處不斷虎視眈眈監視的眼睛，這些人是站在圓木城樓上負責棟梁以及供應苦力的上層官吏。猛聞一聲巨響，正在樓下茶水間用大鍋煮水的足輕們紛紛問道：

「什麼聲音啊？」

「什麼事情？」

「是不是又有人吵架了？」

大家七嘴八舌，衝出外頭。

此時，圍著隔開工地現場和房屋的竹籬笆口，已烏鴉鴉地聚集了一羣人正大呼小叫著，四周瀰漫著黃沙滾滾。

「一定是大坂來的間諜。」

「眞是好了瘡疤忘了疼，竟然還敢來。」

「殺死他！」

大家異口同聲。這羣石工、土工，以及工事奉行的屬下，視兇手爲自己的敵人一般，立刻聚集起來。

殘了半邊臉的修行武者已經被逮捕了。原來他躲藏在即將離開圍籬往外走去的牛車背後，正要穿過竹籬笆口時，被附近的工人發覺他舉止怪異，便用一支狼牙棒，猛然勾住他的腳。

同時，城樓上也有人喊道：

「抓住那個戴斗笠的人！」

工人們聽到命令，不問青紅皀白就將他撲倒在地。修行武者神色驟變，如困獸般瘋狂纏鬥。

他先劈手奪下狼牙棒，將這個戰利品掛在頭髮上。再制伏了四、五個人之後，只見一道白光閃過，原來是掛在他腰際那把幾乎與他一樣高的大刀。這把刀平常看來嫌大，遇到危急打鬥時卻正合用。

他拔出大刀揮向對手。

「你們這些混蛋！」

他怒目直瞪衆人，身陷重圍的修行武者決心殺開一條血路。

圍住他的人怕危險，紛紛散開，但是逃了一半，又有很多小石頭從四面八方飛向他。

「把他殺掉！」

「殺死他！」

這些人對眞正的武士是懼而遠之。一般而言，他們心目中的修行武者大都是賣弄半調子學問或知識，在人世間耀武揚威、不事生產的遊民，這些靠勞力維生的石工、土木工對他們相當反感。

「殺死他！」

「打死他吧！」

羣聲高喊，石如雨下。

「這些無名小卒！」

修行武者一衝向他們，他們就一哄而散，與其說他的眼睛已替自己找到一條生路，倒不如說他對這些人已經失去理智，無法判斷利害關係了。

4

雖然這些工人受傷的不少，還有幾個人連命都丟了，但是一瞬間便全都回到各人的工作崗位，廣大的工地上彷彿未曾發生過任何事，拉石頭的拉石頭，土工挖著泥土，石匠則鑿著石塊。

鑿石頭發出的火花和刺耳的噪音，工作中的馬匹發出的狂暴嘶鳴聲。在夏末的午後，陣陣撞擊著耳膜，更令人備感酷熱難耐，自伏見城延伸到淀川上空的雲峰，無一刻稍歇。

「這個人只剩一口氣了，在奉行來之前，就先放在這裏吧！你在這裏看著他，若死了就算了。」

又八接受班頭及監工武士的命令，但是腦袋不知怎麼了，從剛才目擊一切動亂，直到這會兒，一切宛如一場惡夢，雖然眼睛、耳朵都還有意識，但接收的訊息卻傳達不到腦中。

「……啊！做人還眞無聊！剛才這男子還在那邊畫什麼城池地勢圖呢！」

又八用乾澀的眼睛看著離自己十步遠的物體，從剛才到現在一直陷在虛無恍惚的思緒中。

「……他好像已經斷氣了。他還不到三十歲吧！」

又八這麼想著。

工人們用粗大的麻繩綁住只剩半邊下巴的修行武者，扭曲的烏黑臉孔上，布滿凝結的鮮血和泥土，倒臥在地上。

繩子的另一端綁在一塊巨石上。又八心想，對於一個無法動彈的死人，大可不必如此綑綁吧！無法想像這個人曾遭到何種毒手毆打，只見從破褲管中露出的腳踝，皮開肉綻，連白骨都露了出來，頭髮沾滿血跡，嗜血的蚊蠅聞腥而來，手腳上更是爬滿了螞蟻。

「此人立志當修行武者時，一定胸懷大志吧！不知他是哪裏人？雙親是否健在？」

又八思及此事，心中一陣淒楚，不知是因爲想到修行武者的一生，還是想到自己的未來。

「說到希望，應該有出人頭地的捷徑吧！」

他喃喃自語著。

時代煽動年輕人的野心。「年輕人啊！擁有夢想吧！」「年輕人奮起吧！」現在正是接受磨練的過渡期。連又八也能感受到現今的社會潮流，讓人相信自己可以從一介匹夫成爲一國一城的主人。

爲了這分野心，年輕人紛紛離鄉背井，毫不眷戀骨肉親情，絕大部分選擇當修行武者。只要成爲修行武者，在當今的社會裏就可以不愁吃穿了。因爲連一般農夫百姓，都關心武術，寺廟也很樂意讓他們寄宿，運氣好的話，還有機會成爲地方仕紳豪族的座上客。更走運些，遇到願意「養兵千日」的諸侯而獲得經濟上的支援也說不定。

但是在衆多的修行武者當中，這種幸運兒畢竟少之又少，在萬人之中只有一、二人能功成名遂，出人頭地。雖然如此，他們仍無畏修練的辛苦及達成目標的困難，走上永無止境的修行路。

眞是愚蠢哪……。

他可憐起同鄉朋友宮本武藏所選擇的路。雖然自己已經下定決心要爭口氣給他瞧瞧，但也絕不會選擇那麼愚笨的一條路。他看著缺了下巴的修行武者的屍身，出神地想著。

「……咦？」

又八往後跳開一步，張大眼睛，因爲身上爬滿螞蟻的修行武者，手突然動了起來，他全身綑滿了繩子，就像一隻烏龜只露出手腳在地上爬行著。終於，他撐起腹部，抬頭往前爬了一尺左右。

5

又八吞了吞口水，又後退數步，打心底湧上一陣驚恐，連聲音都發不出來了，只能瞪大雙眼，不知所措。

「咻！咻！」

他好像張口想說些什麼。所謂他，就是那個只有半個下巴的修行武者，那個又八以爲已經斷氣的男子，竟然一息尚存。

「……咻！咻！」

他的喉嚨發出斷斷續續的呼吸聲，嘴唇乾裂而泛黑，看來是不可能從那裏吐出半個字了，但他拚命地想擠出一句話，這使他的呼吸發出像破笛般的聲音。

令又八感到驚訝的並非他還活著，而是他居然能用被綑綁在胸前的兩隻手爬了過來。不僅如此，更令人訝異的是，居然還拉動繩子另一端的大岩石，他就用這瀕死的剩餘力量，一尺、兩尺慢慢地爬了過來。

這簡直是鬼魅般的神力，即使在此工作，自認可以一當十、當二十的大力士，也比不上他。

何況這個修行武者正瀕臨垂死邊緣，也許是求生的意志力發揮了常人所不能及的神力也說不定。

總之，修行武者因用力而突出的雙眼直瞪著又八，慢慢向他爬過來，讓又八毛骨悚然。

「……咻……咻……拜、拜託……」

那個人又發出奇怪的聲音，含混不清。唯一能讀出些意思的，只有他的眼睛——自知死期將至的眼睛——充滿血絲，閃著淚光。

「……拜……拜……拜託你……」

突然，他的頭往前一折，這次眞的斷氣了吧！又八仔細一看，他頸部的皮膚已經變紫，草叢裏的螞蟻爬上他沾滿塵土的頭髮，還有一隻鑽進他流著血的鼻孔。

「……」

又八不知他要拜託自己什麼事情，但是這力大無比的修行武者，臨終前最後的願望，就像道魔咒般附在他身上，讓他覺得身負著一個不可違抗的約定——此人剛才看到自己的痛苦，好心贈藥，並拜託他有人靠近時知會一聲，但由於自己恍恍忽忽未能及早示警，害他遭此下場，這些似乎都是冥冥中一股奇妙的緣分。

曳石歌的歌聲漸漸遠去，不知不覺中已是黃昏，城池籠罩在一片暮靄中。伏見城鎮裏開始出現點點燈火。

「對了……不知道他身上有什麼東西？」

又八伸手摸到綁在死者腰上的修行包袱——看看裏面的東西，就可以知道他的身分了。

他一定是希望我把他的遺物送回故鄉。

又八如此判斷。

他從死者身上取下包袱和小藥盒，放在自己懷裏——他也想到似乎該剪下一撮頭髮，但是看了一眼死者的臉，又令人生畏不前。

這時傳來了腳步聲。

他躲在石頭後面偷看，原來是奉行麾下的武士們。又八想到自己擅自從屍體上偷取的東西，此刻正在懷中，立即感受到危機，再也待不下去了，於是他彎著腰，偷偷從石頭背後躲躲閃閃像野兎般逃走了。

6

黃昏吹來陣陣涼風，充滿了秋意，牆角長滿了肥大的絲瓜，在棚下燒洗澡水的糕餅店老闆娘，聽到屋內傳出聲響，便從木門探頭進去問道：

「誰啊？是又八嗎？」

又八寄宿在這裏。

他急急忙忙回來，之後在屋裏翻箱倒櫃，找出一件上衣和一把腰刀，換了衣服以後，用一條大手帕包住頭臉，穿上草鞋。

「又八，裏面很暗吧！」

「什麼？不會，不會很暗。」

「我馬上去點燈。」

「不必點了，俺馬上要出去。」

「要不要沖個澡？」

「不必。」

「擦擦身體再走吧！」

說完他立刻從後門飛奔出去。屋後是一片空曠的草原，再沒有人家。他前腳剛離開屋子，就看到幾個人正穿過茅草叢，走進糕餅店裏。其中也包括了工地的武士。又八看了，喃喃自語地說：

「這裏太危險了。」

他們一定是發現有人拿走了那缺了半個下巴的修行武者屍體上的包袱和小藥盒。當時只有自己在他身邊，因此難脫嫌疑。

「但是……俺並非小偷啊！俺是受死者之託，才取走他的東西。」

又八一點也不覺得歉疚，他把東西放在懷裏，認爲自己只是暫時代爲保管。

「我不再去搬運石頭了。」

他對明天即將開始的流浪生活一點計畫也沒有。但是如果沒有這個轉機，也許他還得繼續搬上幾十年的石頭呢！一想到這裏，他反而覺得前程漸露曙光。

及肩高的茅草上沾滿了黃昏的露水，只要躲進草叢就不必擔心在遠處的那些人發現自己的蹤影，所以逃起來還頗輕鬆。只是，要往哪裏去呢？他現在孑然一身，愛去哪就去哪，但他覺得在不同方位上等著自己的命運，有好有壞，現在他選擇的任何一個方向，都將造成他往後截然不同的人生。他此刻實在無法同意人生早已註定好了的說法，除了依靠偶然之外，也別無它法了。

他想要去的地方有大坂、名古屋、江戶，但是無一處有熟人，連像骰子點數般的依憑也沒有。擲骰子沒有必然的結果，對又八而言也無必然之事。他想，如果這裏發生了什麼偶然之事，那就跟著這偶然向前走吧！

然而在伏見的茅草原上，怎麼走也不會碰到什麼偶然之事，只有蟲鳴和夜露。被濡溼了的單衣下襬緊貼著他的腳，高高的雜草刺得他的腳一陣陣發癢。

又八已經忘記白天的病痛，取而代之的是饑餓。他餓得前胸貼後背，此刻雖不需擔心有人追他，卻覺得舉步維艱，相當痛苦。

唉！眞想找個地方睡上一大覺呢！

這個欲望驅使他在無意識的狀態下，來到草原盡頭的一棟房子。走近一看，房屋周圍的圍牆和大門，就像被暴風吹垮之後，再也無人著手整修，屋頂缺了一大塊。但是看得出來這棟屋子曾經是豪族的別墅，房子蓋得非常華麗，可想見都市來的美麗佳人以前曾在這裏的紡織機前面工作呢，又八穿過少了門板的門進入屋內，眺望埋在秋草中的主屋和廂房，使他憶起《玉葉集》裏面的〈西行〉這首詩歌：

與君有緣來相識
聞君住在伏見城
欲訪君宅身親臨
只見庭草掩門扉
舉手撥草始進門

露溼衣袖聞蟲鳴

他想起了這句詩，渾身泛起陣陣寒意。原本他認爲此地無人居住，但是看到屋內隨風閃耀著一陣陣紅色的爐火火光，不久，傳來一陣簫聲。

7

吹簫者原來是個苦行僧，剛好找到合適的落腳處，在此過夜。紅咚咚的爐火燃燒著，熊熊火光映照著他，使他在牆上的身影更顯龐大。他孤獨的吹著簫，既非自娛亦非娛人，而是在這孤寂秋夜，他已處於渾然忘我之境界。

吹完一首曲後：

「哎！」

苦行僧在荒野的廢墟顯得安然自得，喃喃自語著：

「四十而不惑，我已經都四十七歲了，竟然還犯錯，害我的獨子浪跡異鄉，想來眞是慚愧，無顏對逝去的妻子及活著的兒子啊……所謂四十而不惑，那只有聖賢才做得到啊！四十歲是凡夫俗子的危險關卡，此時絕不能有任何疏失，尤其關於女人。」

他雙手持簫於身前，盤腿而坐：

「我在二、三十歲時也曾屢受女色之害，年輕時的任何緋聞還不致於影響前途……但是一過中年還迷戀女色，將爲衆人譏笑，尤其發生了阿通之事後，更難容於世。蜚言滿天飛、身敗名裂，連親生兒子都棄我而去，自毀一生……這樣的失敗若在年輕時發生的話，還有挽回的機會，但是年近半百的人，是無法東山再起了。」

他旁若無人地自語。

又八悄悄地走進房間裏。當他看見火光中苦行僧那瘦削的臉頰，及全身瘦骨如柴、蒼灰的毛髮，加上他的喃喃自語，彷如夜半鬼魅，令人毛骨悚然。又八鼓不起勇氣向前搭訕。

「啊！爲什麼……我會犯下如此錯誤呢……」

苦行僧仰天嘆息，又八視線所及是他那大如窟窿的鼻孔，身穿浪人的襤褸衣著，外披一件黑色袈裟，證明他是普化禪師的弟子。地上鋪的蓆子，看來是他四處露宿時的隨身之物。

「過去的錯誤已無法挽回。人生旅程在步入中年之後更需步步爲營、戰戰兢兢。我自以爲人情練達，小有成就，就陷溺於女色，果眞嘗到失敗的苦果。想必是命運之神的懲罰……實在是太慚愧了！」

苦行僧贖罪般低垂著頭：

「我已經無所謂了。在懺悔中，尙能殘喘苟存於大自然的懷抱中，已經是我莫大的幸福了。」

語畢，熱淚盈眶：

「但是，我最愧對我的兒子，就像惡有惡報，我的胡作非爲都報應在城太郎的身上了。如果我還是姬路池田侯的藩臣的話，我的兒子如今也是個千石武士之子了。如今他卻必須遠離骨肉至親、流落他鄉……不，這件事情還不打緊，要是城太郎長大之後明白眞相，知道我這個父親在四十幾歲時還因迷戀女色而被趕出藩地放逐的話，他會怎麼想呢？我實在無顏見他啊！」

他雙手掩面好一會兒，突然想起什麼似地立刻往門邊走去：

「不要再想了，我怎麼又想起這些煩惱事……啊！月亮出來了，到野外去吧！把這些煩惱全都拋到九霄雲外去。」

他拿起簫，步出屋外。

8

眞是奇怪的和尚，又八躲在陰暗處觀察他離去，發現他削瘦的鼻梁下依稀蓄有兩撇鬍子，看來並不老氣，但爲何走起路來顯得老態龍鍾呢？

他出去之後不再回來。可能精神有些異常吧！如此一想，又八心裏不禁發毛，卻也對他心生憐憫。這些都還好，最令他擔心的是，夜風襲過爐火發出劈劈啪啪聲響，火勢逐漸向地板蔓延。

「危險！」

又八跑過去拿起瓶子的水把火澆熄，這是荒野中的廢墟還不算什麼，要是飛鳥時代（編註：593～686）或者鎌倉時代（編註：1185～1334）遺留下的古蹟，那該如何是好呢？

「就是因爲有這種人，奈良跟高野才經常遭祝融肆虐啊！」

他坐在苦行僧原先的位子，內心充滿道德感。那些浪人不但舉目無親，一無所有，對社會更缺乏公德心，他們毫無意識到星星之火足以燎原，所以經常在寺廟的大殿裏生火取暖，烘烤著他們那無用的行屍走肉之軀。

「話說回來……這事也不能全怪浪人。」

又八想到自己也是個浪人。以前從來沒有一個時代像現在有這麼多的浪人。爲什麼存在這麼多的浪人呢？那是戰爭的後遺症，有很多人因爲戰爭而升官發財，還有更多如蚊蠅般被丟棄於後的人。而這些人就成爲新興時代的累贅包袱。此乃自然的法則，因果循環，這些浪人雖然燒掉不少國寶級的寶塔，但都比不上戰爭的烽火在高野及叡山所燒毀的皇室寶物來得可觀。

「……哦！那裏有太多寶貝了。」

又八巡視四周，自語道。原本以爲這裏只是個取暖的地方，細看之下，以前可能是用來喝茶的茶室，角落的架子上有件東西引起他的注意，那並非昂貴的花瓶或香爐，而是一個缺了口的溫酒瓶和黑鍋子。鍋內殘留一些剩菜餘羹，他拿起溫酒瓶搖一搖，裏面有嘩啦的聲音，從缺口溢出淡淡酒香。

「謝天謝地！」

飢腸轆轆的人是不會去顧慮那是他人之物，他一口氣喝光瓶裏的酒，連鍋子都一掃而光。

「啊！吃得好飽！」

他躺在地上，手枕著頭。

爐火昏昏欲睡似地慢慢變小了，唧唧的蟲鳴如雨聲般愈叫愈響，不只門外，連牆壁、天花板還有破草蓆上都傳來此起彼落的蟲鳴。

「對了！」

他想起什麼似地猛然坐起，掏出懷裏那個殘了半邊臉的修行武者在臨終前託付他的小包袱。嗯，趁這個時候，先看看裏面是什麼東西。

他打開包袱一看，裏頭是一條髒兮兮的蘇芳染的小手巾，還有一件乾淨的上衣及旅行者的隨身用品，換洗的衣褲內有一個用油紙包裹、看起來蠻貴重的東西，還有些許盤纏，突然，咚的一聲，有東西掉落腳邊。

9

那是一個紫色皮革製的小袋子，裏面裝著為數不少的金銀財物。又八數著數著，心裏漸漸感到忐忑不安，不覺喃喃自語：

「這是他人的財物啊！」

他又打開另一個油紙包裹，裏面是一幅用古老的金襴紙作裱褙的花梨木卷軸，令人有一窺究竟的誘惑。

從外表完全看不出是什麼東西，他把卷軸放在地上慢慢攤開，上面寫着：

印　可

一　中條流太刀之法

一　表

電光、車、圓流、浮船

一　裏

金剛、高上、無極

一　右七劍

神文之上

口傳授受之事

月　日

越前宇坂之庄淨教寺村

富田入道勢源門流

後學　鐘卷自齋

佐佐木小次郎　閣下

在卷軸背面另外貼著一張紙片，上面寫著「奧書」兩字，裏面還有一首極其有趣的詩歌：

井不掘

水不存

月光照耀

不留形影

人啊　你自己去汲水吧

「啊哈！這是劍術的秘傳目錄啊！」

又八馬上明白，但是他對鐘卷自齋這個人卻是一無所知。

又八只要一聽到伊藤彌五郎景久這個人，就會聯想到：

就是創立一刀流，號稱一刀齋的人啊！

又八所知僅止於此，他根本就不知道那位伊藤一刀老師就是鐘卷自齋，更不知道他還有一個外號叫「外他通家」，並繼承了早已被世人遺忘、正統的富田入道勢源的道統。晚年時，避居鄉村安享餘年，是一位高潔的武士。

佐佐木小次郎閣下？這麼說來，今天慘死在伏見城工地裏那個修行武者的名子就叫小次郎嘍！

嗯！他點頭說道：

「他的武功應該非常高強才對啊！從目錄判斷他繼承了中條流的印可，沒想到卻英年早逝，眞可惜啊！回想起他垂死前的奮力掙扎，想必他是心猶未甘、死不瞑目吧！他臨終時一定是想拜託我將他的遺物送回故鄉。」

又八爲死去的佐佐木小次郎誦經超渡，並決心完成他的遺志，將他的遺物送返故里。

橫躺在地上的又八越躺越覺得冷，索性把柴火全丟進火爐，旺盛的爐火烤得他全身暖烘烘的，一下子便進入夢鄉。

此時，遙遠的荒野中傳來陣陣簫聲，大概是那位苦行和尚吧！他究竟在傾訴些什麼呢？也許如他剛才在屋裏自言自語般，是要抒發滿腹愚癡和煩惱吧！因此，即使已經夢海人靜，他依然瘋狂地在荒野中吹簫遊蕩。但是又八已疲憊不堪，倦極欲眠，簫聲和蟲鳴聲在他的睡夢中漸漸遠去。

狐雨

1

灰色的雲籠罩著整個原野，秋高氣爽的清晨，放眼望去處處沾滿露水。廚房的門被風吹倒，地上殘留著狐狸的足跡，即使天色已白，栗鼠們仍活潑地跳來跳去！

「啊！好冷啊！」

苦行僧醒來之後，進入廚房。

天色微明時，他才精疲力盡的回來，簫沒離手，便倒頭呼呼大睡。

由於整夜在荒野中遊蕩，他那單薄又髒亂的外衣沾滿雜草和露水，宛如中了狐蠱的人。今天氣溫下降，冷了些，他看來似乎受了風寒，皺巴巴的臉打了一個大噴嚏。

鼻涕沾在嘴上的八字鬍，他也一副無所謂的樣子。

「對了，昨晚應該還剩一些酒。」

他自言自語站起來，走過布滿狐狸足跡的走廊，來到後面那間有爐子的房間。

這個空屋在白天看起來更寬廣，必須費點神才能找到，酒當然不會不翼而飛。

咦？

他睡眼惺忪的四處搜尋，酒瓶明明擺在這兒的，竟然不見了！接著，他發現爐火旁空空的溫酒瓶，和以臂當枕，躺在那兒呼呼大睡的陌生人，還淌著口水呢！

「這個人是誰啊？」

他彎下腰凝視他的臉。

地上的人睡得正香甜，鼾聲如雷，大概打他一拳也叫不醒。我的酒一定是被這小子給喝掉了，想到這，再聽到如雷的鼾聲，苦行僧不禁火冒三丈。

還有，鍋裏留下來預備當今天早餐的食物，也已經鍋底朝天，空空如也。

苦行僧勃然大怒，這是很嚴重的民生問題。

「喂！」

他用腳踢地上的人。

「嗯……嗯……」

又八伸個懶腰正要抬頭。

「喂！」

僧又補上一腳，這回可把他給踢醒了。

「你在幹什麼？」

又八睡眼惺忪，鐵青著臉，猛地跳起來：

「是不是你用腳踢我？」

「踢你也無法平息我的怒氣，是你吃掉我鍋裏的食物和酒嗎？」

「那是你的？」

「當然是我的。」

「那就很對不起了！」

「道歉就能了事嗎？」

「我向你道歉。」

「光是道歉不夠。」

「那我該怎麼辦才好呢？」

「你要還給我。」

「怎麼還啊？東西都已經吃到我肚子裏了，吃飽了才能維持我今天的元氣。」

「沒有食物我也會餓死啊！我每天沿門吹簫，千辛萬苦才討來這些食物。這是唯一僅存的，現在全部被你吃掉了。你還給我！還給我！」

苦行僧如餓鬼般咆哮，蓄著八字鬍且飢餓的臉變得鐵青。

2

「你別這麼無情嘛！」

又八有點輕蔑他：

「只不過是些剩菜剩酒罷了！何必發這麼大的脾氣呢？」

苦行僧頑固而憤怒地說：

「你說什麼？即使是剩飯殘酒，也是維繫我一天生命的糧食啊！你還給我，要是你不還的話……」

「你想怎麼樣？」

「哼！」

他抓住又八的手腕——

「我不會饒你！」

「你別欺人太甚！」

又八甩開他的手，反揪住苦行僧的領子，想要摔倒他。可是苦行僧瘦弱的身子有如飢餓的野貓，用力掐住又八的喉嚨，力氣其大無比，令人驚訝。

「你這個小子！」

又八再加把勁，但是對方的腳力怎麼這麼強，站得這麼穩呢？

反倒是又八被抬起下巴，發出奇怪的聲音：

「唔……」

又八漸漸被推到另一個房間。他本想抵抗對方，可是對方順勢將他扔向牆壁。由於屋子的梁柱、牆壁早已毀損斑剝，經不起又八這一跌撞，全都倒塌了，又八整個人埋在泥堆裏。

「呸！呸！」

又八猛吐了幾口口水，掙扎站起，一張臉氣得說不出話來，拔起大刀便衝過去，苦行僧舉簫迎戰，一邊則喘息不已，看來又八比他強壯多了。

「你等著瞧！」

又八窮追猛打，令他毫無招架餘地。苦行僧臉色慘白，有時稍一遲緩差點就被踢倒，危急時苦行僧高聲吶喊求救，四處閃躲以免被大刀砍到。

最後導致又八失敗的原因是他過於輕敵，苦行僧像貓一樣跳到庭院裏，又八追出去，走廊上久經風吹雨淋，早已腐朽的地板被他踩破了一個大洞。他一腳陷進去，動彈不得。苦行僧見狀立即展開反擊。

「喝！喝！喝！」

對方見有機可乘，一言不發直接進攻。

又八的腳動彈不得，無力招架，猜想自己轉眼間就會被打得鼻青臉腫。正在拉扯時，從又八懷裏掉出一顆小小的金子，每挨一拳懷裏就發出響聲，金子從他懷裏嗶哩啪拉掉了出來。
「咦？」
苦行僧聞聲鬆手。
又八好不容易脫離魔掌。
苦行僧暴怒下揮重拳，打得疲累不堪，氣喘吁吁，眼看滿地金銀，不由目瞪口呆。
「嘿！你這個畜牲。」
又八摸摸腫脹的臉，顫抖地叫罵。
「這算什麼？我只不過吃掉你一些剩菜餘酒，你就把我打成這樣。你看！我有的是錢，你這個餓鬼別死咬著我不放，如果你那麼貪財的話，這些錢給你啊！來吧！還你那冷飯殘酒的錢再加上利息，還給你啊！你剛才打我的也要還給我，現在換我揍你了，你頭靠過來給我打啊！」

3

又八連聲大罵，可是苦行僧一聲不吭，漸漸平靜下來，竟然臉靠著走廊門板哭了起來。
「你這個畜牲，你看到錢財還裝模作樣。」
又八加油添醋，不停謾罵，可是苦行僧像洩了氣的皮球，說道：
「啊！眞是太丟臉了，爲何如此愚蠢呢？」

他這些話並不是對又八說的，而是一個人自怨自艾，比起常人他是一個自我要求非常嚴謹的僧人。

「你這個渾蛋！都一把年紀，落魄至此了，還執迷不悟嗎？你眞是寄生蟲！」

他用頭猛撞身旁一根黑柱子，撞完又哭，哭完又撞。

「你爲什麼吹簫呢？是想藉著簫聲發洩自己的愚昧、邪念、迷惘、固執、煩惱嗎？你倒底在爭什麼？只爲了一點冷飯餘酒，就和別人爭得你死我活，而且對方還只是一個毛頭小子呢！」

這個人眞是太不可思議了！起初以爲他說著說著會嚎啕大哭，可是他一直不停地用頭猛撞柱子，彷彿不撞得頭破血流不肯罷休。

他自怨自責，自己打自己的次數比打又八的還要多，又八看得目瞪口呆，直到看見苦行僧的頭都快撞破了，不去阻止都不行。

「哎呀！不要再撞了！不要再傷害自己了！」

「你不要管我。」

「你到底怎麼了？」

「我沒怎麼樣！」

「難道你有病啊！」

「我沒病。」

「那你爲何如此呢？」

「我只是極端厭惡自己罷了！我討厭自己的身體，我多麼希望把自己殺掉好讓烏鴉吃個精光。但是這般愚昧的死去仍然心猶不甘，至少先修身養性，改邪歸正後再曝屍荒野。可是我拿自己也無可奈何，才如此焦慮不安啊！你剛才說我有病，可能眞的是有病吧！」

又八心中湧起一股歉意，撿起地上的金子，將一部分遞給他：

「剛才我也有錯。這些給你，代表我的一點歉意。」

「不要！」

對方把手縮了回去：

「我不要什麼金銀財寶，不要！不要！」

剛才爲了一點鍋底剩菜餘飯拚命的苦行僧，現在卻把頭搖得像個博浪鼓，人往後直退。

「你，你這個人眞是奇怪啊！」

「也沒那麼奇怪吧！」

「不，我怎麼看都覺得你有點怪異！」

「怎麼個怪異法呢？」

「苦行僧！你說話時帶著中部地區的鄉音。」

「因爲我是姬路出身。」

「哦！我是美作出身。」

「作州？」

他瞪大眼睛，又問道：

「你來自作州的哪裏？」

「吉野鄉。」

「欸！提到吉野鄉令我非常懷念。當我在日名倉藩所工作的時候，曾經被派到那裏，那一帶我很熟。」

「這麼說來你以前是姬路藩的武士嘍？」

「沒錯，以前我也是武家的後代，我叫青木……」

正想說出自己的名字，但一想到目前的落魄，無顏在人前表明自己的身分。

「騙人的，我剛才說的都是騙你的。怎麼樣？我們到鎮裏去洗個澡吧！」

他突然站起來，往原野方向走去。

幻術

1

又八很在意身上這些錢財，因爲它不屬於自己，所以更介意。雖然不該動用，但先挪出一點應該不爲過吧！

「那位死者託付我將遺物帶回故鄉。從裏頭拿出一點錢來充當盤纏也是應該的。」

又八自圓其說後，如釋重負。他慢慢的拿出一部分錢來花用。

但是，除了錢財之外，還有一卷署名給佐佐木小次郎的「中條流印可目錄」，究竟他的故鄉在哪裏呢？雖然猜測那位死去的修行武者很可能就是佐佐木小次郎，但是，他是一個浪人呢？還是一名住持？有過何等遭遇？又八完全無從得知。

唯一的線索是那位將「印可目錄」傳授給佐佐木小次郎的劍術師父鐘卷自齋。只要找到自齋，小次郎的一切便可分曉。於是，爲了尋找此人，又八從伏見到大坂沿途所經過的客棧、茶館、飯店，他都一一詢問：

「有沒有人知道劍術高手鐘卷自齋呢？」

「我們從未聽說過。」

大家都這麼回答。

「他是繼承富田勢源一派，自創中條流的大師。」

又八試著詳加解釋。

「沒聽過吔！」

幾乎沒有人知道這個人。

終於他在路邊碰到一位看來略懂劍術的武士。對方告訴他：「你口中那位鐘卷自齋即使還活著也已經老邁了。他以前曾去關東，晚年不知隱居在上州的那一座山區裏，久不聞世事，你若想打聽他的消息，要到大坂城詢問一位叫富田主水正的人，就可以知道了。」

又八又問他富田主水正是何許人物。

武士說他是秀賴公的武術師父之一，從越前宇坂之庄的淨教寺村來的，屬於富田入道勢源的一族。

雖然聽得迷迷糊糊，但總是一絲線索。又八一到大坂就住進一家小客棧，並向客棧老闆詢問是否有這樣一位武士住在城裏？

「有！聽說是富田勢源先生的孫子，但並非秀賴公的武術師父，而是在城內教導民眾武術。但這是很久以前的事了，幾年前他就回到越前去了。」

客棧裏的人給他這些消息，客棧位在大坂城裏，並常替城裏的人跑腿辦事，因此這裏的人所說的應比剛才的武士還可靠些。

客棧老闆也給他一些建議：

「即使你到越前尋找主水正先生，也不知他在何處？與其到遠方盲目尋找，還不如去找伊藤彌五郎先生，可能較容易得到消息。這個人以前的確曾經在中條流的鐘卷自齋這個人身邊修練武功，後來自創流派叫一刀流。」

這是個好主意。

但是，當他尋找到彌五郎一刀的住處時，他們說他最近幾年都住在洛外的白河邊。最近在京都大坂附近都看不到他的蹤影，不知道是不是又去遊學了。

「哎呀！眞是痲煩！」

又八放棄這條線索，他告誡自己：「欲速則不達。」

2

又八禁錮已久的那顆年輕的野心，來到大坂之後慢慢甦醒了，因爲此地極需人才。

在伏見城，新政策及武家制度已經建立得非常完整，但是大坂城目前正在召募人才，組織浪人軍，本來這是非公開性的。

「後藤又兵衛大人以及眞田幸村大人，明石掃部大人再加上長曾我部盛親大人等人，聽說都受秀賴公私下的資助。」

城內議論紛紛，比起其它任何城池，這裏的浪人倍受尊敬。大坂城的城邊小鎮是浪人的最佳住處。

長曾我部盛親就住在城外市郊，雖然還很年輕，卻剃了光頭，並改名叫一夢齋。

我決心不問世事了！

他如此昭示世人，寄情於山水和青樓間，但是一旦逢事發生時，他會立刻奮起。

爲了報答太閤的恩典！

聽說他手下養了七、八百個浪人，這些人的生活開銷全仰賴秀賴公的援助。

又八在大坂城待了兩個月，所見所聞讓他產生一種直覺：就是這裏！這裏就是我出人頭地的地方！

他非常興奮。

他以前曾經光腳扛著一枝槍，跟宮本村的武藏馳騁在關原的天空下。當時的豪情壯志，久已遺忘。最近他的身體日益強壯，昔日的壯志打心底慢慢甦醒了。

他包袱裏的錢財越來越少，但是他還是覺得：我就要開始走運了！

因此，每天他都朝氣蓬勃，即使不小心腳被石頭絆到，也覺得運氣彷彿會從腳底萌芽似的。

首先我要先裝扮自己——因爲時入晚秋，天氣漸寒，他買了適合自己的背心和外套。

由於長住客棧不符經濟，因此他借宿在順慶堀附近一位馬具師家中。平日東逛西晃，想回去就回去，不回去也無所謂，日子過得愜意又逍遙，也結交了不少知心好友，並磨練出謀生技巧。

他所以能如此順利，是因爲他時時警惕自己，要改頭換面，重新做人。看啊！肩扛大槍，有人牽馬，身後跟隨二十幾名侍從，現任職大坂城京橋口的掌櫃，聽說他以前在順慶堀的河邊搬運砂石呢！

在城裏經常可以聽到這一類令人羨慕的傳言，又八靜靜的觀察這一切。人世間宛如一座蓋好的石牆，砌滿了疊疊石頭，無隙可鑽！

他開始有點厭倦了，可是他又想：這算什麼？還沒找到可攀爬的空隙之前，看起來是這個樣子。要是能夠好好的把這座石牆切開，進到裏面就可出人頭地了！雖然非常困難，但總是有辦法的！

他替自己打氣，而且拜託讓他寄住的馬具師幫忙找工作。

「這位客官啊！你不但年輕而且略懂武術吧！你若進城謀職一定輕而易舉。」

馬具師認爲他很容易找到工作，實在太看重他了。就在四處求職的日子裏，轉眼就到了十二月的冬天，包袱裏的錢財只剩一半了。

3

繁華城鎮的冬日，清晨到處是一片白雪皚皚。當冰雪融化，道路開始變得泥濘不堪時，也傳來了敲鑼打鼓聲。

每當臘月來臨，人們總是忙碌得很。也有些人悠閒的聚集在冬陽下，原來是販賣物品的商人，他們用簡陋的竹籬笆圍了一個賣場，裏面有五、六個豎著紙旗或長矛的攤位，對著路人和圍觀的人搖旗吶喊，招攬顧客，簡直就是一幅活生生的生活戰爭。

人羣中混雜著劣質醬油味，有幾位露出長腳毛的男人，在吃完天婦羅後，互相開玩笑，並學馬一樣嘶嘶地叫。到了晚上，就會出現一羣濃妝艷抹的女人，當街阻客。她們宛如剛放出牢籠的母羊，拿著豆子邊走邊吃。有一個露天的酒攤旁，有兩個人在打架，不知誰輸誰贏，只見地上殘留血跡斑斑。那個打輸的人慌慌張張地往城裏逃走。

「非常謝謝你，客官，幸虧你坐在這裏，我們的東西才沒被打壞！」

賣酒商人不斷向又八道謝。

道完謝之後，又說：

「這次給你溫的酒，冷熱適中。」

老闆還送了幾道下酒菜。

又八心情很好，剛才那些城裏人滋事時，他心想要是他們砸毀了這個貧窮的賣酒攤販，他就要路見不平、拔刀相助。所以一直提高警覺，注視這些人。終於，一切平安無事，賣酒的小販和又八都深感慶幸。

「老闆，今天好多人啊！」

「可不，都臘月了，雖然行人來去匆匆，但很少人會停下腳步啊！」

「只要天氣晴朗就好了。」

有一隻鳶，嘴上不知叼了什麼東西，從人羣中飛上天去。又八喝得滿臉通紅，忽然想起一件事：

對了！我在當石頭搬運工時發誓戒酒的，什麼時候我又開始喝起酒來呢？

他就像在想別人的事情一樣，事不關己。

唉！算了吧！做人不喝點酒，枉此一生！

他找藉口自我安慰。

「老闆，再來一杯。」

他往後面叫了一聲。老闆立刻又送上一杯。一個浪人裝扮的男子，也一起跟著走來，坐到又八對面。他只穿一件領口骯髒的上衣，沒穿外套或背心，身上佩戴一把令人心生畏懼的長刀。

「喂，喂，老闆你快點給我送上酒來，要溫熱喔！」

那個人一隻腳盤在椅子上，眼睛骨碌碌地上下打量著又八，四目相交時——

「嘿！」

那人應酬性地對他一笑。

又八也回聲招呼：

「嘿！」

「我的溫酒沒送來之前，請我喝一杯怎麼樣啊！對不起！打擾你喝酒了。」

「這個……」

那個人立刻伸出手來，說道：

「愛喝酒的人，一看到酒就很難抗拒誘惑。老實說，剛才我看你在喝酒，酒香撲鼻，令人受不了，所以就過來跟你要杯酒喝。」

那個人喝起酒來既暢快、又豪氣，像個行家，又八一直注視他的一舉一動。

4

此人酒量很好。

又八只喝了一壺，而他已經喝超過五壺，而且還神志清醒，又八問他：

「你能喝多少？」

他回答說：

「大概一升左右，不過心情好的時候我就變成無底洞了。」

接著，他們談到目前的時局。

一談到這個話題，那男子變得慷慨激昂：

「家康算什麼？除了秀賴公之外，大御所的人簡直都是一羣傻瓜，那個老傢伙要是沒有本多正純以及帷幕的舊臣，他還有什麼本事呢？他只不過是比一般的武士更富心機、狡猾、冷血，再加上些許政治手腕罷了！本來石田三成會比他更有成就的，只可惜石田三成這個人不但喜歡操縱諸侯，而且太過於吹毛求疵，何況他的身分還不夠高呢！」

原來以爲會繼續這類話題，但是對方問他：

「閣下，現在如果關西和關東各擁政權，你會投靠哪一邊呢？」

又八不加思考，立刻回答：

「我會投靠大坂。」

「喲！」

那個人拿著酒杯站了起來：

「原來我們是同志啊，再敬你一杯，請教閣下是哪裏的藩士呢？」

他又繼續說：

「噢！對不起，我先自我介紹。我是蒲生浪人，名叫赤壁八十馬。你認識一位名叫塙田右衛門的人嗎？他和我是生死之交。我們共同期盼將來能出人頭地。還有一位是聞名大坂城，名字響噹噹的大將，叫做薄田隼人兼相，我們曾經並肩周遊列國。我也曾見過幾次大野修理亮，他是一個陰險的人，雖然他比兼相更有勢力，但不可靠。」

他發現自己說得太多了，立刻打住，並問道：

「請教閣下您？」

他又再問了一次。

雖然又八認爲他說的話並不全然可信，但總覺得矮人一截，頗爲自卑，所以，他也決定對他吹噓一番：

「你知不知道越前宇坂之庄淨教寺村的富田流的開山祖師富田入道勢源先生?」

「我只聽過他的名字。」

「有一個大隱居士鐘卷自齋,他繼承了那個正統,自創中條流,是個淡泊名利的隱士,他就是我的恩師。」

即使聽他這麼說,對方毫無訝異,更舉杯說:

「那麼閣下一定精於劍術嘍?」

「沒錯。」

又八謊話越說越輕鬆順口。

他似乎陶醉在自己的謊言中了,說謊成了他的下酒菜。

「說眞的,從第一眼看到你,我就認爲你是個劍術高明的武士,你看來鍛鍊得身強體壯,我正猜想你是從哪個門下出來的人呢?既然你自稱是鐘卷自齋的門下,可否請教你尊姓大名呢?」

「我叫佐佐木小次郎,伊藤彌五郎一刀齋是我的師兄弟。」

「吔!」

那個人驚叫一聲,又八自己也嚇了一大跳,急忙想告訴他——我是開玩笑的。

但是,赤壁八十馬已經跪地磕起頭來,這下子恐怕難以解釋清楚怎麼一回事了。

5

「我真是有眼無珠。」

八十馬一再道歉。

「我早已久仰佐佐木小次郎的大名，您是劍道高手，剛才我有眼不識泰山，非常失禮，還請原諒。」

又八鬆了一口氣，要是對方認識或見過佐佐木小次郎的話，他的謊言當場就會被拆穿，現在可能已經被對方罵得狗血淋頭了。

「哎呀！請站起來。你這麼向我道歉，讓我不知如何是好？」

「不、不，我剛才大言不慚，您一定聽得很不舒服吧！」

「你在說什麼，我也尚未求得一官半職，而且年輕無知呢！」

「但是，您的劍術相當高明，聞名天下。大家都說——沒錯，就屬佐佐木小次郎最厲害！」

八十馬喃喃自語，他已經酩酊大醉了，說完這些話，立刻瞪大眼睛說道：

「您這麼厲害竟然還沒求得一官半職啊？實在太可惜了。」

「我專心勤練劍術，所以還沒有找到伯樂呢？」

「哦！原來如此——這麼說來，您也是胸懷大志嘍。」

「本來就是啊，無論如何我必須先找到合適的人投效才行啊！」

「這小事一樁。只要實力雄厚就行了。不過空有實力，卻不知自我表明，也是行不通的，像剛才我見到您，也是聽您的大名之後才感到非常驚訝！」

八十馬加油添醋地又說：

「我來替您引薦引薦如何？」

「老實說，我現在正投靠我的朋友薄田兼相，以大坂城目前的情勢，很多人不計代價極力招兵買馬，要是我向薄田氏推薦像您這樣的人物，他一定立刻聘雇您的，這件事包在我身上。」

赤壁八十馬很熱心，而又八也希望能找到一分工作，但是，顧忌到自己盜用佐佐木小次郎的名字，心裏總覺得不甚妥當，卻又騎虎難下。

要是一開始就據實以告，自己是美作的鄉士本位田又八，八十馬大概不會如此熱心了，說不定還會對他嗤之以鼻地輕視他，還是佐佐木小次郎的名字比較管用。

又八心裏暗自盤算。話說回來，不必過於擔心吧！因爲佐佐木小次郎已經被打死在伏見城的工地裏，而且除了自己，無人知曉他的眞實身分。

那件足以證明身分的「印可目錄」，對方在臨終前託交自己，別人自然無從查證，更何況他只不過是一名被衆人打死的擅闖者，不可能有人會來調查這件事情的。

別人不可能知道這件事。

又八腦裏閃過這麼個大膽而僥倖的想法。他意氣盎然，決定從此以後要扮演佐佐木小次郎的角色。

「老闆，算帳嘍！」

他付完帳，正要起身離座時，八十馬急忙問：

「剛才談的事怎麼樣呢？」

他跟著一起站了起來。

「我希望你能盡力幫忙，但是站在馬路邊不好說話，我們另外找個地方好好聊聊吧！」

「啊！說的也是！」

八十馬滿足地點了點頭，一副理所當然地看著又八替他結帳。

6

他們來到氣氛曖昧、充滿脂粉味的後街。又八想找個高級的酒樓，但是八十馬卻說：

「到那種地方去只是浪費金錢罷了！我知道有一個更好、更有趣的地方。」

又八也經常到後街遊玩，現在他被帶到這裏來，看起來這裏的氣氛和情調都蠻合自己的胃口。

這裏叫比丘尼後街，住滿了歌妓。此處繁華熱鬧，聽說一個晚上要耗掉一百石的燈油呢！

有一條潮水回溯的陰暗河流，在紅燈籠下仔細一看，到處爬滿了海蟲及河蟹，看起來像是令人噁心的毒蠍子。臉上塗滿白粉的歌妓中，少見眉清目秀的。有些已經年老色衰，臉上塗著厚厚的白粉，頭上包紮比丘尼頭巾，在這寒冷的夜晚，仍然出來招攬客人，她們妖艷的妝扮，頗能吸引遊客的注意。

「沒有。」

又八嘆了一口氣。

「應該有吧！比起一般茶店的女郎和歌妓要好得多了。叫妓女是不太好聽，不過，冬天寒冷的夜晚，在這裏過上一夜，聽她的枕邊細語，談談她的身世遭遇，你就會知道，她也並非一出生就註定要當妓女的。」

八十馬得意洋洋地走在車水馬龍的街道上，他繼續說道：

「聽說有些比丘尼曾經服侍過室町將軍，也有很多女人自稱是武田大臣的女兒，或者是松永久秀的親戚，平家沒落的後代也是如此，而從天文、永祿那個時代來看，這些盛衰變化非常劇烈，所以才會造成落花飄零，沈浮在浮華世界的下水道裏吧！」

他們來到一家酒館，又八完全信賴八十馬，看來他是箇中老手，他喝酒和對待女人的方式都很老練，果然沒錯，這個後街的確有趣。

他們當然在那裏過了一夜，到了第二天中午八十馬還意猶未盡，而又八住在阿甲的「艾草屋」時，一直覺得抬不起頭來，現在多年來的鬱悶心情在此一掃而空。

「好了，好了，別再喝酒了。」

到後來，他連帽子都脫下來了。

「該走了。」

「跟我一起喝到晚上吧！」

八十馬不打算離開。

「留到晚上有什麼事？」

「今天晚上我約好要到薄田兼相的官邸去和兼相會面，現在就離開去那兒又太早了，對了，我得先瞭解閣下您希望多少酬勞？以免到了那裏無法詳談。」

「從一開始就期待功名利祿，那行嗎？」

「話不能這麼說，你不能低估自己，你要是出示足以證明你是佐佐木小次郎的中條流的印可，卻告訴對方只要能有個一官半職就好，酬勞好商量。那對方會輕視你的。從一開始你就必須提出要求說我要五百石，像這樣自信心越高的武士，他的待遇自然也會越高，你可別自貶身價啊！」

7

這一帶天色很早就暗了，大坂城巨大的影子斜斜映在山谷間的石壁上，遮蔽了整個黃昏的天空。

「那裏就是薄田的官邸。」

兩人背對著護城河停下腳步，雖然白天灌了不少酒暖和身子，但是，現在站在河邊迎著寒風刺骨，還是冷得直打哆嗦。

「是那旁邊的木門嗎？」

「不，是木門旁那棟正方形建築物。」

「哇！這房子好宏偉啊！」

「因爲他已經名利雙收了啊！他三十歲時還是沒沒無聞呢！才短短幾年，就飛黃騰達了……」

又八把赤壁八十馬的話當成耳邊風。並非心存懷疑，而是因爲過於信任，以致於他所說的每一句話沒有必要刻意去注意。望著掛在巨大城堡上各大將軍、小將軍的名號，他心想：

「大丈夫當如是也，我自信也有這分能力。」

他也是一個血氣方剛的年輕人，難以壓抑這種嫉妒跟羨慕的心情。

「今晚我們就去拜見兼相，你看看我是如何引薦你的。」

八十馬說完，接著又說：

「我剛問你的酬勞呢？」

他催促著。

「對了，對了。」

又八拿出懷裏的錢袋，本來他每一次都認爲只用一點點沒關係，可是不知不覺，花得只剩三分之一了，他拍拍這些剩下的錢說道：

「我只剩這些錢了，這些當推薦金夠嗎？」

「沒關係，已經夠了。」

「是不是要拿個東西把它包起來呢？」

「什麼啊！要去求得一官半職時，大家都會送推薦金，或者是獻上金子。不只是薄田如此，現在大家都公然收取紅包。你也不用有所顧忌——那麼，我先幫你收下了。」

又八將身上僅剩的錢全部掏出後，有點不安，便追到八十馬後面，說：

「那就麻煩你嘍！」

「沒問題的，你要是苦著一張臉去送禮的話，恐怕連紅包都還沒給就被趕出來了，而在大坂不只是兼相有權有勢。大野、後藤那兒我也有門路可以拜託的。」

「什麼時候會有回音呢？」

「這個嘛！你在這裏等我當然是可以，但是護城河旁邊不但寒風刺骨，而且容易引人起疑，不如我們明天見吧！」

「明天——在哪裏見面呢？」

「就在人們經常聚集的廣場。」

「知道了。」

「就約在我們第一次碰面的酒館裏見面。」

兩人約定好見面時間之後，赤壁八十馬向他揮揮大手就走進門去。又八瞧他大搖大擺、長驅直入的架式。

看來，他的確是薄田兼相潦倒時的患難之交。

又八雖然吃了顆定心丸，但是當晚卻輾轉反側不能成眠。好不容易捱到天亮，在約好的時刻，他踩著初融的雪地來到廣場。

臘月的寒風刺骨，冬陽下，廣場上擠滿人潮。

8

不知爲何，赤壁八十馬那一天並未出現。

第二天也一樣。

「他可能有事耽擱了。」

又八找個合理的藉口，獨自坐在露天酒館的桌前。

「今天應該會來吧！」

他老實地望著廣場的人羣，直到天黑仍然不見八十馬的蹤影。

第三天，他有點靦覥的說：

「老闆，我又來了。」

他跟老闆打完招呼，就坐在桌前，酒館老闆天天暗中注意他怪異的一舉一動，於是問他到底在等誰？又八一五一十告訴老闆事情的原委，說自己和好友赤壁浪人相約在此。

「咦，跟那個人嗎？」

老闆用驚訝的語氣問道：

「這麼說來，他是不是告訴你，他可以幫你引薦求得一官半職呢？而且被他拿走了錢呢？」

「不是被他拿走，是我拜託他轉交薄田大人的引薦金，由於急著想得到回音，所以每天來這裏等。」

「哎呀！你太老實了。」

老闆望著他憐憫的說：

「即使你等上一百年，他也不會再出現了。」

「爲、爲什麼呢？」

「那個傢伙惡名昭彰，在這個廣場有很多像他一樣專門吸人血的蒼蠅，只要看到老實人就會糾纏過來，本來我想提醒你小心一點，但怕惹上麻煩，而且我想你瞧他那副德性，應該會提高警覺，未料你還是被他騙走了錢……現在，我也不知道該給你什麼意見了。」

老闆認爲他很倒楣，他的口吻像是在憐憫又八的無知，但是又八絲毫不覺得羞恥。只是頓時間破產了，希望也全破滅了，如此重大的打擊令他血脈賁張，非常憤怒，他茫然地望著廣場上的人群。

「你就這樣白白損失太可惜了，或許你可以到幻術攤上打聽一下，那些吸血蒼蠅經常聚衆結夥在那裏賭錢，那傢伙搞不好會到賭場去也說不定。」

「是嗎？」

又八急忙站了起來，問：

「你說的幻術攤子是哪一個呢？」

他依老闆所指的方向望去，他看到廣場上最大的攤子，聽說最近幻術大流行，看熱鬧的觀衆羣都聚集在木門口。又八走近一看，木門口的旗子上掛著一些著名的幻術師名單，像是——

「變兵童子。」

還有：

「果林心居士之大弟子。」

這廣大的攤子是用帷幕圍成的，只聽到裏面傳出奇怪的音樂聲，交雜著魔術師的叫喊聲和觀眾拍手叫好的聲音。

9

又八繞到後面，發現那裏還有一個後門，觀眾並不從這裏進出，他走近窺視。

「你要到賭場去嗎？」

看門的男子問他。

又八點點頭，那男子使了一個眼色，示意他可以通過，他便走了進去，在帷幕當中掛了一個藍色的天花板，大約有二十名左右的浪人圍在那兒賭博，又八一靠近，那些人白了他一眼，有個人讓過了一個位子，這時，又八急忙問道：

「這裏有沒有一位名叫赤壁八十馬的男子呢？」

他這麼一問，立刻有人回答：

「你說赤馬嗎？對了，最近都沒看見赤馬這傢伙，他到底怎麼了？」

「他會來這裏嗎？」

「我們哪料得到啊?好啦!你要不要下賭注?」
「不,我不是來賭博的,我是來找赤馬。」
「喂!你別開玩笑喔!不賭博,你進來幹什麼?」
「對不起!」
「小心我打斷你的腿。」
「對不起。」
又八狼狽地逃了出來,有一個吸血蒼蠅跟著過來,說道:
「臭小子,等一等,這裏可不是一句對不起就沒事,你這個傢伙眞不識相,即使不賭博也要付場地費啊?」
「我沒有錢。」
「你沒錢還敢來賭場,喔!我知道你是不是想趁機偷錢呢?你這個小偷!」
「你說什麼?」
又八亮出刀柄,這下有趣了,對方一臉不怕挑釁的表情:
「你這個笨蛋,你以爲我們怕威脅嗎?要是這樣的話,我們早就無法在大坂城一帶混了,來吧!你要砍就來砍啊!」
「我、我砍下去嘍!」
「你砍吧!我絕不阻止你。」

「你可知道我是何許人物？」

「我當然不會知道。」

「越前宇坂之庄淨教寺村的流祖，富田五郎左衛門死後留下的門人佐佐木小次郎就是我。」

又八心想這麼一說對方一定會逃走的，沒想到對方噗嗤一笑，轉身向帷幕裏的吸血蒼蠅們說道：

「嘿！你們都過來，這個人剛才竟然自報名號，簡直太藐視我們了，現在大家來瞧瞧他有什麼能耐吧！」

話聲甫落，只聽見那男子一聲慘叫，跳了起來，原來又八趁他不注意，突然從屁股戮他一刀。

「你這個畜牲！」

又八大罵一聲，聽到背後傳來衆人的叫罵聲，他拿著血刀混入人羣中。

又八盡量往人多的地方擠，以免被人發現，他提心吊膽，彷彿身旁每張臉、每個人都像吸血蒼蠅似的，不能稍有疏忽。

忽然看見前面有個攤子，布幕上畫隻老虎，木門上掛著鎌槍和蛇紋的旗子，有個城裏人站在空箱子上大聲喊著：「老虎，老虎，走了千里路去又走了千里路回來，這隻大老虎是朝鮮渡來，後來被加藤清正公親手捕獲的──」

此人不斷吆喝招攬人羣。

又八丟了一點錢，急忙鑽進去，此時稍感安心，放眼四處尋找老虎蹤影，只看見前面並排著兩、三張門板，一張虎皮好像曬衣服似的貼在上面。

10

觀衆看到只是張老虎皮而不是活老虎，竟然無人抗議或生氣，還看得趣味盎然。

「哇！這就是老虎啊！」

「長的可眞大啊！」

觀衆由入口走到出口，不斷地發出讚嘆聲。

又八想盡量拖延時間，一直在老虎皮前徘徊——這時，一對旅裝打扮的老夫婦站在他面前，阿婆說：

「權叔啊！這隻老虎不是已經死了嗎？」

老武士伸手去摸老虎皮上的毛，說道：

「這本來就是一張死老虎皮。」

「可是，剛才在門口招攬生意的人明明說是活生生的老虎呢！」

「這大概也是幻術之一吧！」

老武士苦笑著，阿婆卻板起乾皺的臉說：

「眞不值得，如果是幻術的話就應該掛出幻術的招牌，與其看死老虎，那我們還不如看圖畫就好了，你到木門那裏去把錢要回來。」

「阿婆，阿婆，別人會笑的，這種事情大可不必如此大呼小叫。」

「什麼？你不去，那我自己去好了。」

阿婆推開觀衆往回走，啊——人羣中有個人影忽然閃開。

權叔突然大喊：

「喂！又八！」

阿杉婆瞪大眼睛，問：

「什、什麼？權叔。」

「妳沒看到嗎？又八就站在阿婆妳身後啊？」

「咦，眞的嗎？」

「他跑走了。」

「跑到那兒去了。」

二人跌跌撞撞的跑出木門外，夜幕低垂，華燈初上，廣場上人羣雜沓，熙熙攘攘，又八胡撞瞎闖一連撞倒好幾個人，頭也不回的往城裏逃去。

「等等啊，我的兒子啊！」

又八回頭看到母親發瘋似地追了過來。

權叔也不斷揮著手，喊道：

「這個笨蛋！爲何要逃跑呢？又八！又八！」

即使如此，又八仍未停下腳步，阿杉婆伸著滿是皺紋的脖子叫道：

「小偷！小偷啊！」

又八好像過街老鼠，被城裏人拿著棍子、竹竿團團圍住，壓倒在地上。

路人也圍過來看熱鬧。

「抓到了。」

「你這個臭小子！」

「要如何處置？」

「把他殺了！」

有人拳打腳踢，有人對他吐口水。

阿杉婆和權叔氣喘吁吁地追上來，一看到這副光景，立刻推開羣衆，齜牙咧嘴地罵道：

「嘿！你們這些人抓著他幹什麼？」

看熱鬧的人說：

「阿婆啊！這個小子是小偷呢！」

「他不是小偷，他是我兒子。」

「咦，是你的兒子？」

「沒錯，你們竟然敢踢他，城裏的人竟然敢踢武士的兒子，我這個老太婆可不會饒了你們，誰敢像剛才那樣，再打一次給我看看。」

「這可不是開玩笑，那……剛才是誰在叫小偷的呢？」

「大聲喊叫的就是我這個老太婆，但我並沒有叫你們用腳踢他啊！我以爲如果我大叫小偷的話，我兒子便會停下腳步，這是我做母親的一片苦心，你們不懂這道理，竟然還對他拳打腳踢，眞是太過分了。」

怨敵

1

這裏是城裏的鬧區，燈火通明，人潮洶湧。

「你給我過來。」

阿杉抓著又八的領子，把他從大馬路拉到偏僻的角落，看熱鬧的人見阿婆大發脾氣都嚇得紛紛走避。權叔在寂靜的牌樓下面站了一會兒，最後忍不住走了過來，說道：

「阿婆，不要處罰他了，又八已經不是小孩子了。」

權叔試著拉開他們母子。

「你在說什麼啊！」

阿婆用手肘撞開權叔，說道：

「我教訓我兒子，你就別插嘴——好個不孝子，又八！」

本來這種骨肉重逢應該是喜極而泣的場面，但是阿婆卻憤怒地抓住兒子的衣領，把他揪倒在地上。

老人家的感情通常比較單純、容易衝動。此刻，阿杉婆枯竭的心靈裏，突然承受過度複雜的感情，竟然使她不知所措。不知自己該哭還是該生氣，或是該欣喜若狂……

「你看到自己的母親，竟然拔腿就逃，這算什麼？你是爛木頭生的嗎？你不認我這個娘了嗎？你……你這個畜牲。」

老婆婆就像又八小時候一樣，劈里拍啦地打著又八的屁股。

「本來我們都以爲你早死了，沒想到你好端端的活在大坂城裏，實在太可惡了！可惡！你這個可惡的傢伙，爲什麼不回故鄉呢？也不回來祭拜祖先，也不回來探望老母親，家裏上上下下都爲了尋找你而傷透腦筋，看你如何對大家交代！」

「母……母親，請你原諒我！請你原諒我！」

又八像小孩般跪在母親跟前泣訴：

「我知道錯了，就因爲知道自己做錯事，所以才無臉回家，今天意外見到你們，我嚇壞了，並非存心想逃走，是不由自主地躲開……我眞是沒臉見你們，我沒臉見母親及權叔。」

他雙手捂著臉，哭了起來。

阿婆鼻子一酸也跟著哭了起來。但是，生性倔強的阿婆，卻在心裏責備自己的脆弱，並說：

「你既然知道如此胡作非爲有辱列祖列宗，爲何不好好做事，求得一官半職呢？」

權叔實在看不下去了，說道：

「好了，好了。阿婆，妳就別再責罵他了，他已經夠自責的。」

「你又插嘴了，你是個男人，反而表現得比我更脆弱。又八的父親早逝，我這個做母親的就必須身兼嚴父，所以我現在就要好好教訓他……剛才的處罰還不夠，又八，你給我坐好。」

阿婆命又八坐好，自己也坐了下來。

「是！」

又八肩膀上沾滿了泥土，他爬起來靜靜地坐著。

2

這個母親發起脾氣非同小可，雖然有時候她是世界上最慈祥的母親，現在她則連祖宗八代都搬出來，罵得又八抬不起頭來。

「要是你有絲毫隱瞞，我就不聽你的解釋了。我問你，關原戰爭結束後到現在你都做了些什麼事情？你好好解釋清楚，直到我滿意爲止。」

「……我說就是！」

又八據實以告。

他說，自從和好友武藏一起上戰場，戰敗之後，兩人躲在伊吹山上，後來迷戀上比自己年長的女人阿甲，跟她同居數年，吃了不少苦頭，現在懊悔不已。如此一五一十地說出全部經過，彷彿吐光了胃裏那些腐爛的東西一般，如釋重負。

「嗯……」

權叔瞭解地點點頭。

「我這個傻兒子。」

老婆婆不斷地說著。

「那麼你現在在做什麼呢？看你裝扮得有模有樣的，是不是已經謀得一官半職，多少有些收入吧？」

「是的。」

又八一不留神，又說溜了嘴，又怕露出狐狸尾巴，立刻改口說道：

「不，我還沒有一官半職。」

「那麼你以何維生呢？」

「劍——我以教人劍術營生。」

「噢？」

阿婆的臉上第一次綻開笑容，高興的說：

「你在教劍術啊！原來如此，你歷經波折竟然還能鑽研劍術，眞不愧是我們家的兒子……對不對，權叔，他眞不愧是我這個老太婆的兒子啊！」

權叔心想，這會兒老太婆可開心了，於是他大大的點頭，說道：

「這是因爲他身上流著我們祖先的血啊，就算一時潦倒，他仍然未喪失這種精神。」

「我說又八啊！」

「是。」

「現在你跟誰學習劍術呢？」

「我跟隨鐘卷自齋師父學習劍術。」

「唔……你跟隨那個鐘卷師父啊！」

阿婆被灌了迷湯似，滿心歡喜，又八想更加取悅她，就拿出懷中印可的卷軸，他在打開卷軸時用手遮住最後一行——佐佐木小次郎殿下的部分。說道：

「您看，就是這個。」

他對著夜燈下打開卷軸。

「哪一個？哪一個？」

阿婆想拿來看，但又八沒拿給她，就說：

「母親大人，您請放心！」

「原來如此。」

阿婆頻頻點頭，說道：

「權叔你看到了嗎？這可眞是了不得啊！從小，我就認爲他比武藏更聰明，會更有成就。」

阿婆心滿意足，笑得嘴巴合不攏。

當又八正要把卷軸收起來時，不小心鬆了手，卷軸全展開來，阿婆看到最後一行字。

「等等，這裏寫著佐佐木小次郎，這是誰啊？」

「啊……這個嘛……這是我的假名。」

「假名？為什麼要用假名呢？本位田又八不是很棒的名字嗎!?」

「可是，我回顧過去，覺得非常的不名譽，所以才用假名，以免有辱祖先之名。」

「原來如此，的確是有志氣——自從你離開家鄉後，發生了很多事情。」

阿婆為了激勵自己的獨生子，細說又八離開後，宮本村發生的種種，以及為維護本位田家的聲譽，不得不和權叔離鄉背井，這些年四處尋覓阿通和武藏他們的蹤影等等——她雖無意誇張事實，但仍忍不住老淚縱橫。

3

又八低頭聆聽老母親發洩她心頭的積憤。這時，他的確是個善良、體恤的好兒子。

但是，母親一心一意只強調家族的名譽和面子，再不然就是武士的精神，這些都無法打動又八的心，直到聽到這麼一句話：

「阿通變心了！」

乍聽，又八受到很大的震撼。

「母親大人，這是真的嗎？」

阿婆看他變了臉色，更加深信是自己的苦口婆心激起了他奮發向上的精神。

「如果你懷疑的話，可以去問權叔，阿通心裏根本沒有你，她和武藏私奔了——不，根本就是武藏知道你不會再回去，所以把阿通拐走了，對不對啊！權叔。」

「沒錯，本來武藏被澤庵和尚綁在七寶寺的千年杉上，沒想到阿通竟然偷偷放走他，兩人一起私奔了，想必他們已經感情深厚了。」

又八聽到此事，猶如晴天霹靂，恨不得自己早死了算了，偏偏他還活著，對武藏懷恨更深，阿婆又火上加油：

「又八，這下你全明白了嗎？我這個老太婆和權叔離鄉背井，流浪諸國的苦衷你都瞭解了嗎？奪走我本位田家媳婦的武藏，和讓本位田家名聲掃地的阿通，要是不收拾他們二人，我這個老太婆如何面對列祖列宗，也無顏面對故鄉父老了。」

「我懂……我完全懂。」

「你不打算回故鄉？」

「我不回去，絕對不再回去了。」

「那你能打敗這兩個仇敵嗎？」

「可以。」

「你回答得有氣無力的，是不是沒有信心打敗武藏？」

「沒這回事。」

權叔也在一旁打氣，說道：

「又八，我會陪著你的。」

「我這個老太婆也會陪你一起去的。」

「又八，把阿通和武藏二人的首級取來作爲返鄉的禮物，然後討房好媳婦，好好地把本位田家的香火傳遞下去。這麼一來，不但保住武士的面子，你的聲譽也會傳到附近鄉里，至少，我們本位田家還沒有人丟過吉野鄉的臉呢！」

「嘿！你下定決心了沒有？」

「是的。」

「眞是乖兒子，權叔，你也誇誇他吧！他立誓一定要追討武藏和阿通呢……」

阿婆終於放心了。從剛才就一直坐在冰涼的地上，現在她想動動身體。

「啊……好痛啊！」

「阿婆，妳怎麼啦？」

「可能是地上太冷了，肚子痛得連腰都直不起來了。」

「是不是又生病了？」

又八轉過身，說道：

「母親大人，我背您。」

「什麼？你要背我啊……你要背我啊……」

說完，她抱住兒子的肩膀說：
「權叔啊，又八已經很多年沒背我了。」
她喜極而泣。
母親溫暖的眼淚滴溼了自己的肌膚，又八心中一陣莫名的激動，問道：
「權叔，這附近有沒有客棧啊？」
「我才正要去找呢，哪裏都行，我們邊走邊找吧？」
「我也正有此意——」
又八邊背著母親邊說：
「母親大人，您好輕啊！好輕！比石頭還要輕！」

美少年

1

船上的貨物大部分是藍色的染料和紙張，另外在船底還藏了違禁品菸草，雖然這是個秘密，但是光聞味道就可知道菸草藏在哪裏。

這艘定期貨輪，每個月數次往返於阿波國和大坂之間，船上除了載貨也載運乘客，其中有八、九成的乘客是常年往來於大坂之間的生意人。

「怎麼樣？生意興隆吧！」

「啊！雖然大家都說邊界的景氣不錯，錢不好賺啊！」

「聽說為了打造槍隻，工人不夠，景氣不甚好吧！」

另外一個商人說：

「雖然我在販賣軍需品和旗幟、鞋子等，但是生意大不如前了。」

「噢！是這樣子啊！」

「連這些小武士都很會精打細算呢！」
「哈、哈、哈！」
「以前那些野武士把搶奪來的武器賣給我們，經過整修、加工，又可以轉賣出去。如果再發生戰爭的話，野武士再把武器掠奪轉賣，我們又翻新出售，如此循環不已，只需花費少數的成本就夠了。」
商人之間大多談論著這一類的話題。
其中——
「在內地幾乎已經沒錢賺了，現在必須像呂宋助左衛門和茶屋助次郎等人那樣，坐船到海外去求發展啊！」
眺望著無垠大海，聽說在海的那端，百姓們富裕繁榮。
「即使如此，在武士的眼裏，我們這些商人還是過著令人羨慕的生活。你看那些武士們根本就是一羣附屬在大將軍旗下的寄生蟲，依我們看來，他們的日子實在太輕鬆了。但是話說回來，一有什麼動靜，他們就得披掛上陣，說不定還會戰死沙場，平常爲維護武士道的名譽，處處受限制，無法按自己喜歡的方式過生活，也實在可悲！」
「景氣的好壞，也只有我們這些商人才會受到影響吧！」
「即使受影響，日子還不是逍遙自在。」
「只要能低頭就沒事。至於胸中的鬱憤都可以用金錢來補償。」
「所以要盡情享受人生啊！」

「有時眞想大聲對他們說：『你究竟是爲何而活呢？』」

這裏的商人都屬於中上階層，他們經常鋪著舶來品的毛毯，炫耀自己是另一種身分。若仔細觀察，不難發現，原本屬於桃山文化的豪奢氣派，隨著太閤去世，已經從武家轉移到商人身上。光是看他們奢侈的酒器、華麗的旅裝、旅具，和講究的裝飾品……即使是一個吝嗇的商人，都強過領糧千石的武士。

「哎呀！好無聊啊！」

「太無聊了，我們開始吧！」

「走！我們到那帷幕裏去！」

他們走進一個小帷幕內，叫女侍送酒來，開始玩一種經由南蠻船流行到日本的「花紋紙牌」。在這裏一把賭注的黃金，足以拯救一個飢餓的村子，這些人卻揮金如土。

這一類人在船上不過是極少數的一部分。另外還有一個階級，包括浪人、儒學者、和尚以及一些習武者，在商人們的眼中，他們是一羣不知爲何活在世上的人。

現在這些人都坐在貨物旁的陰影下，面無表情地望著冬天的海面。

2

在這羣面無表情的人當中，有一個少年。

「嘿！坐著不要動。」

他倚靠著貨物，面向大海，膝上抱著毛絨絨的圓形東西。

「哇！好可愛的小猴子。」

旁邊的人說道：

「看起來很溫馴的樣子。」

「是啊！」

「你是不是養很久了？」

「不是，前一陣子我從土佐到阿波的途中，在山中抓到的。」

「是你抓的呀！」

「爲了抓牠，我還被大猴羣追得好慘。」

寒暄中，少年並未抬頭，他把小猴子夾在膝蓋當中，爲牠抓跳蚤。他頭髮上綁著紫色帶子、衣著華麗，穿了一件緋紅背心，看起來像個少年，卻又看不出他實際的年齡。

連他身上戴的菸管都屬太閤風。像他這身華麗的打扮，也是曾經流行一時的桃山全盛時期的遺風——過了二十歲還不穿元服（編註：奈良、平安時代貴族階級男子的成人式）。超過二十五、六歲，還梳著童髻，繫著金邊髮帶，甚至習慣擺出一副清純稚童的模樣。這風氣仍留傳至今。

因此，光憑外表不能判斷他是否仍未成年，他體格健碩，膚色白皙，紅唇明眸，濃密的眉毛末端往上斜揚，看起來一臉嚴肅。

雖然如此，他還是充滿稚氣——

「嘿！你還動。」

他拍了一下小猴子的頭，仍然童心未泯地繼續替小猴子抓跳蚤。折衷來看，他可能是十九、二十歲左右，再從他身上的旅裝可確定並非藩臣，在這艘船上，他既非修練者或傀儡師，也非窮武士，怡然自得的處在充滿汗臭味的人羣中，沒猜錯的話，他應該是個浪人。

但是，如果是浪人的話，他身上有件東西又太過於出色了，那就是用皮繩斜背在紅背心後的一把作戰用的大刀，刀身像竹竿那麼長，沒有護手。

由於身背大刀，加上考究的打扮，所以格外引人注目。

「這眞是一把好刀啊！」

離少年不遠處，祇園藤次也入神地望著他，心想：

「在京洛地區很少看見這種刀。」

光憑這把好刀就不難想像它的主人以前如何風光。

祇園藤次希望有機會能和少年聊一聊。冬日的午後籠罩著一層薄霧，陽光普照的淡路島已經漸漸消失在船尾，巨大的風帆在乘客頭頂上，應和著海浪聲，拍嗒拍嗒響著。

3

藤次已經厭倦這趟旅程。

他打了幾個哈欠。

要不是因爲厭倦這次的旅行，也不會察覺到他人的存在。祇園藤次已經在船上待了十四天，所以非常倦怠了。

「信差不知把信送到沒……要是能及時收到信的話，她一定會來大坂碼頭接我吧！」

他藉著思念阿甲的容顏來排遣旅途中的無聊。

吉岡家自從出任室町將軍家的兵法所之後，名祿雙收。但是到了淸十郎這一代，放縱無度，導致傾家蕩產，連四條武館都拿去抵押了，到了年底，搞不好連武館都會被那些商人沒收。年關逼近，四面八方的人都來討債，因爲無力淸償，因此將父親拳法的遺產全部變賣一空，如今是家徒四壁，可能連一頂斗笠都無法留下了。

這到底怎麼回事？

淸十郎來找藤次商量，除了這個小師父揮霍無度之外，藤次也應負一半的責任。

交給我吧！我一定會辦妥的，你等著瞧！

他絞盡腦汁想出一個方法，就是在西洞院西邊的空地上蓋一個吉岡流武術的振武閣——因爲綜觀社會局勢，目前武術盛行，諸侯四處招攬武士。若於此時大力培植新人，擴大原先的武館規模，一來不但可以保住祖先遺留下來的遺志，二來可以將之推廣於天下——如此重責大任，理當是我們這些後輩門生應盡的義務。

他叫淸十郎將主旨書寫下來，傳送給中國、九州、四國等地吉岡拳法的門人，並且四處去拜訪他們，而他最主要目的是爲了募捐建築振武閣的經費。

吉岡拳法的祖師們所培養的門人，目前散布在各藩所任職，大都身居要職，但是即使他拿著這封主旨到處去遊說，還是人算不如天算，捐款情況並不如藤次預算的理想。

大多數的回答是，我們會再跟您聯絡。

或者是，反正等我們以後到洛城時再捐吧！

現在藤次所帶回的捐款，不及他原先預計的百分之一，但是因爲這個財務問題與自己無關，反正是聊勝於無，所以打從剛才開始，就不再去想小師父淸十郎的事，而一味地幻想久未謀面的阿甲的容顏，但是他還是一直在打哈欠，坐在載浮載沈的船上，無聊透了。

他望著一直在幫猴子抓跳蚤的美少年好不羨慕，羨慕他找到一個好辦法消磨時間，藤次走近他說道：

「年輕人，你要去大坂嗎？」

美少年摸著小猴子的頭，抬頭看了他一眼。

「是的，我要去大坂。」

「你家住在大坂嗎？」
「不是。」
「那你是住在阿波國嗎？」
「也不是。」
這個少年不易親近，他回答完又繼續低頭幫猴子抓跳蚤。

4

雙方的對話似乎無法繼續。
藤次沈默了一下，又開口說：
「你這把刀眞棒啊！」
這回他誇獎他背上的大刀，美少年說話了：
「是嗎？這是我的傳家之寶。」
聽到對方的讚賞，美少年很高興地轉向藤次。
「這把刀原來是用來打仗的，所以我想拿到大坂去找一位好的鑄刀師傅，希望能把它改成佩刀。」
「即使改成佩刀，好像還是長了些。」
「是啊！這把刀有三尺長呢！」

「眞是一把長刀啊！」

「如果能夠改成這麼長就好了——」

這位美少年露出酒窩，自信滿滿。

「要把它磨短也不是不可能，即使是三尺或是四尺的長刀。但是眞正使用時如果能全力發揮這把刀的威力，那可就厲害了。」

藤次想探美少年的虛實。

「背著一把大刀，走起來看似威風凜凜，但也因人而異，要是背著這麼一大把長刀逃跑的話，可就不太好看了。可否請教你學的是哪一流的武術呢？」

一談起劍術，藤次自然而然地有點瞧不起這位乳臭未乾的少年。

美少年瞄了一眼對方自大的表現，說：

「我學的是富田流。」

「富田流使用的應該是小刀啊！」

「沒錯，是小刀。但是也無人規定學了富田流就只能用小刀，我不喜歡和別人一樣，所以就違紀練習大刀，師父盛怒之餘，把我逐出師門。」

「嗯！年輕時略帶叛逆心是不錯的。」

「然後我就離開了越前的淨教寺村，我想既然我是富田流門人，我就去拜訪創造中條流的鐘卷自齋老師父，他很同情我的遭遇，收我爲徒，我在那裏修練了四年多，功夫學的不錯，師父也認爲我學的差不多了。」

「鄉下師父很輕易發給劍術目錄或印可的。」

「可是自齋師父不輕易發印可給人的，聽說師父只頒過一張印可給一個人，那就是我的師兄伊藤彌五郎一刀齋。而我也想盡辦法希望能得到一張印可，所以臥薪嘗膽、日夜苦練，可是由於在故鄉的母親逝世，以致我練到一半就中途返鄉了。」

「你故鄉在哪裏？」

「周防岩國。我返回故鄉後仍然天天鞭策自己，經常獨自到錦帶橋旁，斬燕砍柳，磨練劍術。這把刀是我母親臨終前交給我的傳家之寶『長光刀』。」

「哦！是長光刀啊！」

「刀上沒刻名字，是經由口耳傳承，在我的故鄉還有人稱它叫『曬衣竿』呢！」

本來以為這位美少年不喜多言，沒想一談到喜歡的話題，就口若懸河，滔滔不絕，而且無視於他人的臉色。

從這一點，加上他先前所說的經歷來看，實在和他的外型不太相襯，是個個性強烈的人。

5

美少年稍微停頓一下，抬頭仰望天空，眼眸裏映著天空的雲彩，神情感傷地說：

「可是那位鐘卷師父已經在前年因病去世了。」

他自言自語：

「當時我在周防，同門草薙天鬼向我通知此惡耗時，我感懷師恩，悲慟不已——一直隨侍在師父身旁的天鬼是比我早入師門好幾期的師兄，和師父自齋有叔甥的血緣關係，卻也未獲印可，而我雖已遠離，不在師父身邊，但他卻在生前已經寫妥印可目錄要留給我，聽說他一直希望能親自頒給我的。」

他的眼淚奪眶而出。

祇園藤次聽到美少年敍述他的前塵往事，自己卻感受不到半點傷懷。

但是有人聊天總比一個人無聊還好些，所以他就回答：

「嗯！原來如此啊！」

他假裝熱中於對方的話題。因此美少年鬱悶的情懷更是一瀉千里，他接著又說：

「當時我要是能快點回去看他老人家就好了，但是我人在周防，而師父住在上州的山裏面，相隔幾百里路，更不湊巧的是，我的母親也在那段時間去世，所以我趕不及見師父最後一面。」

船身稍微搖晃了一下，烏雲遮蔽陽光，海面呈現一片灰色，偶爾浪花打上甲板，更添增寒意。

多愁善感的美少年繼續訴說著。經此種種遭遇，他已經變賣掉故鄉周防的房產，與同門師兄草薙天鬼相約，他現在正啓程前往約定地。

「師父自齋親戚很少，除遺留微薄的財產給天鬼，他並另外準備金子和中條流的印可目錄叫天鬼轉交給遠在異地的我，天鬼目前正周遊列國，我們在信上約好，明年春分時到三河的鳳來寺山相見，此處位於上州及周防路途中間，在等待的這段時間裏，我想到近畿一帶四處走走看看。」

要說的話大概也說得差不多了，美少年再次轉向聆聽他說話的藤次。

「閣下是大坂人嗎？」

「不，我是京都出身的。」

說完就沈默不語好一陣子，藤次聽著海浪聲，漫不經心地回答道：

「這麼說來，你也是想要學一點武術囉！」

藤次打從一開始就輕視這位少年，現在更覺得索然無味。最近有很多像這型的小白臉，自稱在學習武術，馬上亮出他的印可和目錄，到處招搖。在他看來，這都不過是些雕蟲小計，難登大雅之堂。難不成這世上高手如雲嗎？他自己可是在吉岡家待了將近二十年才能爬到今日的地位——他拿自己跟他們相比較。

眞要如此，將來大家還靠什麼吃飯呢？心裏這麼著，抱著膝蓋，凝視灰色的海面。

「京都？」

美少年自言自語，又看了藤次一眼，說道：

「聽說京都有個吉岡拳法的遺子叫做吉岡凊十郎，不知他現在是不是還開武館呢？」

6

藤次心想，你這個乳臭未乾的小子，口氣越來越狂妄了。

但是，這個傢伙至今尚不知自己就是吉岡門下的高徒祇園藤次，要是他知道的話，一定會後悔他剛才說了那麼多大話，而感到羞恥吧！

藤次由於無聊透頂就想捉弄一下這小子。

「沒錯，聽說四條的吉岡武館規模還很龐大，你有沒有去拜訪過那個武館呢？」

「我想如果到京都的話，一定要去拜訪的，我還想跟吉岡淸十郎比武，不過到目前爲止，我尚未去過。」

「哼……」

藤次斜著頭，禁不住噗嗤一笑，他輕蔑地說：

「你那麼自信到那裏不會被打得落花流水嗎？」

「你說什麼？」

美少年有點生氣。心想，你這話才可笑呢！美少年也禁不住冷笑。

「吉岡雖然門戶龐大，大家都買他的帳，尤其第一代的拳法是個高手，但是，現在的當家淸十郎和他弟弟傳七郎武功並不怎麼樣。」

「不比較又怎麼能知道呢？」

「我聽過很多傳言，因爲是傳言，未必全都屬實，說是京流吉岡可能就此沒落了。」

藤次聽到這裏，很想報出自己的名諱，警告對方小心說話，但是如果就這麼結束，那就不是自己在捉弄對方，而是反被對方捉弄了。

此時離大坂的船程還有好一段時間，因此，他接著說：

「原來如此，總是有些人狗嘴吐不出象牙，才會有這種評語吧！話說回來，剛才你說離開師父回到故鄉，每天都到錦帶橋邊拿著大刀斬飛燕，練了一身好功夫，是不是？」

「我是這麼說的。」

「那麼你看，這船上海鳥飛來飛去，你用大刀是不是也可以很輕易地砍下來呢？」

「……」

美少年這時也感覺到對方的語氣不懷好意，他張大著眼睛瞪著藤次淺紫色的嘴唇好一會兒，最後終於開口：

「即使我可以砍到，我現在也不想做這種表演——你不是在逼我吧？」

「沒錯，既然你那麼有自信，不把京流吉岡放在眼裏的話。」

「你好像不太高興聽到我貶損吉岡家，難道你跟他們有關係嗎？或者你是吉岡的門人呢？」

「什麼都不是，只因爲同是京都人，如果有人貶損京都的吉岡我都會不高興。」

「哈哈哈……這些都是傳言，並非我說的啊！」

「年輕人。」

「什麼事？」

「你可曾聽過一句諺語：『井底之蛙，不知天高地厚。』顧全你的將來，我現在給你一點忠告，要是你以爲這個世界這麼容易打混，你就永遠無法出頭天，你自誇拿到中條流的印可目錄、斬飛燕啦、練成一手好刀法什麼的……像你這種大言不慚，把別人當成瞎子。你聽好！要吹牛的話也要看對象。」

7

「你說我在吹牛嗎？」

美少年再仔細問了一次。

「我說了又怎麼樣？」

藤次故意挺起胸膛，反駁他。

「我是爲了你的將來才如此說的。別以爲你賣弄年輕人的豪氣，看來是令人欣賞，但如果過於誇大就變得很噁心。」

「……」

「你以爲每件事我都聽得津津有味，就越來越得意忘形了。老實告訴你吧！我就是吉岡淸十郎的高徒祇園藤次。要是再讓我聽見你妄言批評京流吉岡，我可不會饒你喔！」

四周看熱鬧的乘客越聚越多，藤次因而想炫耀出他的權威和立場，又說：

「現在的年輕人啊，太過於任性了！」

說著，他向船尾走去。

美少年也默不吭聲跟過去。

這下子沒完沒了嘍。

乘客們預測將會有場好戲看。雖然有段距離，大家都拭目以待。

藤次其實也不想惹是生非，因爲船到大坂時說不定阿甲會來接他，在和女人見面之前如果與年輕人起衝突，太引人側目，而且也會給自己惹來麻煩。

他佯裝若無其事似地將手肘倚靠著船舷的欄杆上，望著船舵所捲起的白色浪花。

「喂！」

美少年輕輕地敲他的背，看來這名美少年很任性，但是他的語氣沈穩不激動。

「喂！……藤次先生。」

這下再也無法假裝沒聽見了，他轉頭問道：

「什麼事？」

「你剛才當著衆人面前笑我是在吹牛，讓我很沒面子，所以我現在決定表演一下你想看的武技，請你過來一下。」

「我剛才叫你做什麼呢？」

「你應該不會忘記才對，我說我在周防的錦帶橋邊以斬飛燕來練習大刀，你不信，而且叫我在船上斬飛鳥給你看，不是嗎？」

「我是說過。」

「要是你看到我能斬落海鳥，是否就能證明我不是個愛吹牛的人呢？」

「可以這麼說。」

「好，我斬給你看。」

「嗯！」

藤次冷笑地說：

「要是過於勉強自己，遭來笑話，那可不好玩了。」

「不，我要斬給你看。」

「我不阻止你。」

「所以我才叫你過來看。」

「好，我看就是。」

藤次張大眼睛準備看好戲，美少年站在大約有二十塊榻榻米大的船尾中央，腳踩著甲板，伸手拔出背上的「曬衣竿」大刀。

「藤次先生，藤次先生。」

他嚷叫著。

藤次斜眼看他的架式，並問他有什麼事？

接著，美少年一本正經地說：

「很不好意思，我想請你把海鳥叫來我面前，要幾隻我都砍給你看。」

8

看來，美少年學到了一休和尚的機智，想要對藤次報一箭之仇。

很明顯的，藤次是被他愚弄了。捉弄人也要有個限度，這一來，藤次怒火中燒，說道：

「你給我閉嘴，要是能隨心所欲喚來天空飛翔的海鳥，那麼誰都可以砍得到。」

美少年一聽，說道：

「海面千萬里，我只有三尺劍，如果不飛到身邊來，我當然也砍不到啊！」

藤次更加生氣，向前走了兩、三步。

「你想給自己找藉口啊！不行就說不行，你給我老實的道歉。」

「不，我若是要道歉的話，就不會擺出這個架式，沒有海鳥，我就斬別的東西給你瞧瞧。」

「你要斬什麼？」

「藤次先生，可否請你再往前走五步。」

「幹什麼？」

「借用你的頭，就是剛才譏笑我吹牛的那顆頭。與其斬無辜的海鳥，倒不如斬你的頭來得恰當些。」

「你，你說什麼？」

藤次不自覺地縮了一下頭——突然，美少年的手肘像斷了的琴弦般猛力彈開來，他拔出背上的大刀，「啪」一聲傳來劃破空氣的聲音，速度之快，連三尺的長劍都只看到像針一般細的光芒。

「你、你要幹什麼？」

藤次邊叫邊伸手到領口。

頭還在，其他部位也沒感到任何異狀。

「你明白了嗎？」

美少年說完便走到貨堆的地方去了。

藤次臉色鐵青，他根本來不及阻止對方，而此時他尚未察覺身上有任何異樣。

美少年離開之後，在冬日微弱陽光照耀的甲板上，藤次突然看到一樣奇怪的東西，那是一束像刷子似的毛髮。

「啊！」

這時他才醒悟，立刻手摸自己的頭髮，原來他頭頂上的束髮被斬掉了。

「哎，哎呀……」

他面露驚色，手撫著頭頂，接著，髮結一鬆，鬢髮披散開來，落在臉上。

「可惡！你這個毛頭小子。」

猶如挨了一記悶棍，他怒氣填胸。但他心裏十分明白，美少年所說的一切都不是謊言，也不是吹牛，這個少年擁有超乎年齡的精湛武功，他不得不接受事實，年輕人當中也是有武藝超羣的人。

但是心裏的驚嘆和滿肚子的怒火是兩回事。他站在原地看見美少年回到剛才的地方，像在尋找什麼東西似，繞著他的四周搜尋。藤次逮到機會，他以水沾溼刀柄，雙手緊握，並降低身體靠近美少年的背後，這回，他也要砍掉他的束髮。

但是，藤次並無十成把握，索性朝對方的頭顱橫砍下去，就算殺了這小子也無所謂。

「唔！」

他全身血脈賁張、神經緊繃，就在他出手的剎那。

9

離他咫尺之間有一個小帷幕，阿波、堺國以及大坂附近的商人，從剛才就一直在裏面玩「花紋紙牌」，他們正沈醉於賭博遊戲。

「紙牌不夠吔！」

「飛到哪裏去了？」

「到那邊找找看。」

「不，這裏也沒有。」

他們翻箱倒櫃，四處尋找，其中一人突然望著天空說道：

「吔，那隻小猴子怎麼爬得那麼高呢？」

那個人指著高高的帆柱，叫嚷著。

原來有一隻猴子在上面。

那隻猴子爬到三十尺高的帆柱上。

其他的旅客由於厭倦海上枯燥的行程，正覺無聊，便圍聚過來，大家都抬頭往上看。

「你看，牠好像咬著什麼東西喔！」

「是一張紙牌吧？」

「啊哈！原來是那隻猴子拿走了賭客們的紙牌。」

「你看，那隻小猴子也在帆柱上面學人玩紙牌呢！」

有一張紙牌啪啦啪啦地掉入人羣當中。

「畜牲。」

堺國的商人急忙撿起那張紙牌。

「這還是不夠，那猴子可能還拿了三、四張。」

其他的人也七嘴八舌地說著。

「快叫人去把猴子的紙牌搶回來吧！要不然就沒辦法繼續賭下去了。」

「那麼高要怎麼爬上去呢？」

「叫船長來吧！」

「他可能爬得上去嗎？」

「付錢給船長叫他爬上去拿吧！」

船長收了錢，答應爬上去拿。在船上以船長爲首，理當爲此事負責，所以他說：

「各位乘客——」

他站在貨物堆上面對乘客說：

「那個小猴子是誰養的？請飼主到這邊來。」

無人承認自己是飼主，但是乘客們大家都淸楚此事，不約而同的注視著美少年。

船長心裏也明白，但他佯裝不知情吧！現在，船長又提高聲調說：

「旣然無人飼養，那麼就交由我全權處理，等一下可別來抱怨喔！」

並非無人飼養。美少年靠在貨物旁，思索什麼似地一聲不吭，有人小聲地說：

「眞是個膽小鬼。」

船長也盯著美少年，而那些有錢的商人因爲無法繼續賭局，更是怒目相視，那眼神彷彿在咒罵——你這個厚臉皮，你是啞巴嗎？還是聾子？

但是美少年一逕兒坐在原地，無視於一切。

「在海上竟然會跑出一隻無人飼養的猴子，如果是無人飼養的，那就任憑我處置了。各位，船長再三詢問，但是牠的主人都不出面，你們願不願意當人證，以免待會兒主人又來抱怨說他重聽或是他沒聽到。」

「沒問題，我們當人證。」

剛才那些商人憤怒地咆哮著。

於是船長走進船艙底，等他上來時，手上拿著點了火的火繩和一把土製長槍。

船長生氣了。

這回，大夥兒都興致勃勃，想看那個年輕的飼主要如何收拾下場。

10

上頭的小猴子卻一派悠然自得。

那小猴子迎著海風俯看紙牌，好像有意無意在嘲弄人們似的。但是，他突然齜牙咧嘴，吱吱大叫，迅速地爬到帆柱的橫木上，在帆柱上面狼狽地跳來跳去。

「……」

原來船長站在下面用火繩燻牠，並用長槍瞄準牠。

「等著瞧吧！這會兒換你著急了吧！」

羣衆當中有一個喝得醉醺醺的人，在下面叱罵。

「噓……」

有個堺國商人，拉了拉那位酒醉的人，因爲，從剛才一直都保持沈默的美少年，突然站起來，大聲呼喊。

「船長！」

這次換船長佯裝沒聽見了。他正要用火繩點燃長槍的火線——情況危急，間不容髮。

「啊！」

轟——一聲，子彈的聲音衝向天空，原來長槍被美少年搶走，船客們嚇得有人摀耳朵，有人趴倒在地——子彈穿過他們頭上，噗通一聲射到船外的漩渦裏。

「你、你在幹什麼？」

船長這下怒不可抑，立刻跳過去，直挺挺地站到美少年的胸前。

雖然船海生涯練就他一身魁梧強壯，但是一站到美少年面前，相形之下，遜色多了。

「你又是在幹什麼？你拿著槍不是想打那隻無辜的猴子？」

「沒錯。」

「不是太殘忍了嗎？」

「一點也不——我已經聲明在先了。」

「你怎麼聲明的？」

「你是眼睛瞎了？還是耳朵聾了？」

「閉嘴，即使我眼盲耳聾也是乘客。我可是一個武士，船長竟然欺到乘客頭上，大呼小叫，身爲武士的我才不屑回答。」

「不要找藉口，剛才我一再聲明，無論你喜不喜歡我的表達方式。何況在我出面處理之前，你的猴子騷擾到那邊的乘客，而你竟然裝聾作啞呢！」

「你說那邊的客人，指的是剛才在帳幕裏聚賭的那些商人嗎？」

「你說話不要這麼刻薄，那些乘客可是比一般乘客多付了三倍船資的。」

「那些商人目無法紀，公然在羣衆面前揮霍聚賭，而且任意侵占空間，據爲私用，在船上大搖大擺，已經讓人看不順眼。我並沒有叫小猴子去偷紙牌，是小猴子在模仿那些傢伙的不良行爲，我沒理由出面道歉。」

說到一半，美少年轉向聚集在那裏的堺國及大坂的商人們，紅潤的臉龐流露出諷刺的笑容。

忘憂貝

1

海浪波濤洶湧，黑暗中可望見木津川沿岸一帶燈火點點。

空氣中瀰漫著魚腥味。船即將靠岸，船上及岸上都傳來呼叫聲，船慢慢地靠向碼頭。噗通一聲，海面上濺起白色浪花，船員拋下錨，並將纜繩丟上碼頭。水手們架好渡橋。

四處人聲吵雜。

「我是飯店的人，有人要吃飯嗎?」

「住吉神社家的兒子，有沒有搭乘這艘船呢?」

「有沒有信差呢?」

「老爺——我在這裏。」

來碼頭接船的人們，提著燈籠站在岸邊，緩緩向燈光搖曳的船隻靠近。

剛才那位美少年也夾雜在人羣中下船去，有兩、三個替客棧拉客的人，看到他肩膀上坐著小猴子，就對他說：

「這位客官，到我們客棧來住宿吧！猴子免費！」

「我們客棧就在住吉神社前面。不但方便去參拜，而且景色怡人，房間優雅舒適。」

美少年看都不看一眼，似乎也沒有人來接他，他就帶著小猴子消失在人羣中。

船上堺國和大坂的商人們正忙著把貨物搬下船，看到剛才的情形，說：

「這個傢伙可眞踐啊！仗恃著自己會一點功夫，就趾高氣揚了。」

「眞是的！被這小伙子一搗亂，害我們後來在船上毫無樂趣可言。」

「假如我們不是商人，就不會如此輕易放他下船了。」

「好啦！好啦！任憑武士們去耀武揚威吧！他們認爲能夠大搖大擺、目中無人，就很了不起！別去管他們了，我們是大人不記小人過，把今天的不愉快拋諸腦後吧！」

來接船的人很多，他們都提著燈籠，有的還準備了交通工具，其中還有幾位女士。

祇園藤次走在最後面，悄悄地上了岸，他的臉色非常難看，神情狼狽，再也沒有比今天更不愉快的日子了。他用頭巾包住被砍掉束髮的頭，表情黯淡。

等候的人羣中，有人一看到他的身影，就大喊：

「這裏啊……藤次先生。」

女人披著頭巾，因爲碼頭上寒風刺骨，使得她的臉也變僵硬了。白粉藏不住的皺紋洩漏了她的年齡。

「啊！是阿甲嗎……妳來接我啊！」
「還說呢，你不是寫信要我來接你嗎？」
「可是我一直擔心信能不能及時送到。」
「你怎麼了，怎麼一臉落寞呢？」
「不，我有一點暈船……先到住吉找個好旅館歇息再說吧。」
「可是，抬轎的人在這兒等著呢！」
「眞是謝謝妳，妳是不是也訂好客棧了呢？」
「是啊！大家都在等候你呢！」
「啊！」
藤次頗感意外，問道：
「嘿！阿甲，等一等，我約妳來這裏見面，只是想兩人找一家安靜的小旅館，一起過個兩、三天的悠哉生活……妳剛才所說的大家，指的是誰呢？」

2

「不，不，我不坐。」
祇園藤次拒絕乘坐來迎接他的轎子，氣急敗壞地走在阿甲前面。

只要阿甲一開口，他就罵道：

「混蛋！」

他根本不給阿甲開口說話的餘地。

他之所以會如此大發雷霆，阿甲的擅作主張只是原因之一，主要是在船上所遭受的侮辱、憤怒，現在全都爆發出來了。

「我要自己住，把這個抬轎的人趕回去。這算什麼？你難道不瞭解我的心情嗎？笨蛋！笨蛋！」

他甩著衣袖。

河邊的魚市場已經關門了。屋外四處散落魚鱗，宛如貝殼在黑暗中閃閃發亮。

走到人煙稀少的地方，阿甲抱住藤次說：

「好了嘛！別生氣了。」

「放開手。」

「你若是一個人住，會耐不住寂寞的。」

「我怎麼樣都無所謂。」

「別這麼說嘛！」

她把濃妝艷抹、透著髮香的冰冷臉頰貼向藤次的臉。藤次逐漸從旅行的孤獨情緒中甦醒過來。

「……好不好嘛！拜託你啦！」

「太教我失望了。」

「這我瞭解，但是我們還有其他獨處的機會啊！」

「我來此主要是想和妳在大坂遊玩個兩、三天。」

「我知道，我全都知道。」

「妳要是眞的瞭解，爲什麼還拉一大堆人來湊熱鬧呢？我那麼思念妳，可是，我看妳一點也不想我。」

藤次責備她。

「哎呀！你又說這種話了……」

阿甲眼眶一紅，就要哭出來。

她是有原委的。

當她收到藤次的信時，本來就準備自己單獨來大坂與他相會。誰知，那一天吉岡淸十郎也帶了六、七名弟子來「艾草屋」喝酒，無意間從朱實口中聽到這件事。

「既然藤次要來大坂，我是不是該去迎接他呢？」

其他的弟子也都附和他的說法。

「朱實也一起去吧！」

羣起譁然，令阿甲也不好推辭，因此，一行十幾人全都住進了住吉客棧。當大家吃喝玩樂時，阿甲獨自帶著轎伕來接藤次——如此說來，事出無奈。藤次愁眉深鎖，一天之內連發生兩件倒大楣的事，眞是屋漏偏逢連夜雨啊。

首先是一上岸就聽說清十郎和弟子們竟然隨同阿甲來到此地，眞教人受不了。

但是，最糟糕莫過於脫下頭巾時的難堪。

要如何自圓其說呢？

頭上的束髮被人削斷，令他尷尬不安。他希望能保住武士的顏面，如果是不爲人知的恥辱也就罷了，但此事若流傳出去，那就太沒面子了。

「……事到如今也無可奈何了。叫抬轎的人過來吧！」

「你改變心意了？」

阿甲立刻跑回碼頭。

3

傍晚時，阿甲說要去迎接藤次，到現在還沒回來。在等待的時間裏，大夥兒沐浴更衣準備迎接，卻在客棧等得好不耐煩。

「藤次和阿甲也快回來了吧！在他們還沒回來之前，如此空等也太乏味了。」

最後大夥兒一致決定在他們回來之前，先喝點酒、吃點小菜。

照理說在等候的時候喝點小酒並無傷大雅，但是這些人不知不覺就喝得爛醉如泥、杯盤狼藉。

「這住吉有沒有歌女啊。」

「各位意下如何呢？我們是不是該叫三、四位漂亮的歌女來助興啊？」

他們舊態復萌。

人羣道中沒有人的表情是：不要做那些無聊事！

他們只有對小師父吉岡清十郎多少有所顧忌，因此有人說：

「小師父，有朱實陪伴，是不是要請師父到別的房間呢？」

清十郎苦笑一下，正中下懷，如果能和朱實二人另闢房間，喝酒聊天，總比跟這些人喝酒廝混來得有趣。

清十郎離開後，房間裏只剩弟子，他們歡呼道：

「來吧！這下可以開懷暢飲了。」

他們叫來一些奇裝異服的歌女，聽說在十三間川頗有名氣。她們拿著笛子和三味線等樂器來到房間外的庭院，其中一位問：

「你們到底是在吵架還是在喝酒啊？」

已經喝得酩酊大醉的弟子說：

「笨蛋，哪有花錢來吵架的呢？我們召妳們來就是要開懷縱飲一番啊！」

「既然如此，請各位安靜一點好嗎？」

大夥兒立刻安靜下來。

「我們開始唱吧！」

這些人正襟危坐，原本躺在地上的人也坐了起來，整個房間充滿弦樂聲，一位小侍女走過來說：

「客人已經下船，剛剛抵達客棧，正朝這兒來。」

「什麼？什麼人要來了？」

「是一位名叫藤次的人。」

「來的眞不是時候。」

阿甲和祇園藤次一臉不悅地站在房門口。看來沒有人是眞正在等候他，藤次懷疑自己爲何在年底和這羣傢伙來到住吉？雖然阿甲說他們是來歡迎自己的，但是眼前的情形似乎沒有人是眞心歡迎自己。因此，他滿心不悅地說：

「小侍女。」

「什麼事。」

「小師父在哪兒？我要去小師父的房間。」

祇園藤次向走廊走去，背後傳來：

「嘿！師兄，你現在才到嗎？大夥兒等你那麼久，你是不是和阿甲半路溜去玩了呢？這個師兄太豈有此理了。」

說話的人喝得酩酊大醉，走到他面前攀住他的脖子，還放了一聲響屁，藤次正想躲開，卻被醉漢硬拉到桌旁，一不留神踩到地上的剩菜，一陣嘩啦，杯盤掉落，兩人一起跌倒在地。

「啊！我的頭巾。」

藤次急忙用手護住頭巾，但爲時已晚，剛才滑倒時，頭巾已被醉漢一把抓了下來。

4

「咦？」

衆人注意到藤次沒了束髮的頭，感到奇怪。

「你的頭髮怎麼了？」

「喔呵！好奇怪的髮型啊！」

「這是怎麼一回事啊？」

衆目睽睽下，藤次漲紅了臉，狼狽不堪，急忙把頭巾包回去，說道：

「沒事，只是長了一點膿包。」

他想自圓其說，但是，

「哇哈哈哈……」

大家笑得東倒西歪地說：

「旅行帶回來的土產竟然是膿包啊！」

「眞是欲蓋彌彰啊！」

「藏頭露尾！」

「少騙人了，證據擺在眼前呢！」

「馬也有失前蹄的時候啊！」

沒有人相信藤次的解釋，大家你一語我一言地奚落他。

大夥兒飲酒作樂，鬧到通宵。第二天，這批人與昨夜判若兩人，全都聚集到客棧附近的海邊，高談闊論。

「眞是豈有此理！」

沙灘上長滿了爬藤，大家圍坐在一起，慷慨激昂，有的吐口水，有的揮拳頭。

「剛才你說的都是眞的嗎？」

「你以爲我在說謊嗎？」

「好啦！好啦！別再生氣，現在不是生氣的時候。」

「我們不能推說沒辦法就不聞不問，吉岡武館可是聞名天下的兵法所。豈能任人侮辱！此事我們絕不能坐視不管。」

「那你說該怎麼辦呢？」

「現在還來得及，我們只要找到那個帶著小猴子的美少年就行了。無論如何都要找到他，並斬斷他的束髮，這不僅是爲了洗刷藤次所受的恥辱，更是爲了維護吉岡武館的尊嚴。各位有異議嗎？」

昨晚大家喝得酩酊大醉，今天竟然生龍活虎，情緒高昂。

大家之所以聚集在這裏是這樣的：今早他們爲了洗滌昨夜的宿醉，便又泡了一次澡。有一位也來泡澡的客人，聽說是堺國的商人，他說昨天從阿波到大坂的客船上，發生了一件趣事。一位帶著小猴子的美少年斬斷一位武士的束髮，他比手畫腳地把當事人的表情描述得生動逼眞。

「那位被斬斷束髮的武士自稱是吉岡武館的高徒。像這種高徒，可眞丟盡吉岡武館的臉啊！」

大夥兒就在泡澡時聽到那位商人談論此事。

他們聽完之後羣情激憤，本想找祇園藤次問個究竟，但是聽說今天一大早藤次和吉岡淸十郎談了話，用餐之後與阿甲已經先出發到京都了。

大家都深信傳言屬實。現在如果去追這個懦弱的師兄也無濟於事，眞要追的話，應該是去追帶小猴子的少年，當面洗刷吉岡武館的恥辱。

「大家有沒有異議？」

「當然沒有。」

「那就這麼決定。」

大夥兒一起發誓後，拍拍灰塵站起來，正準備離去。

5

住吉的海邊，放眼望去一層層的波浪像一道道白圍牆，冬日的陽光，燦爛地照耀海洋，更增添幾許暖意。

朱實光著白皙的腳丫踩著碎浪，一會兒拾起石子，一會兒又丟下。

他看到遠處的吉岡門人拔出刀來，各自朝不同的方向離去，不知發生了什麼事。

「咦！怎麼回事？」

朱實站在海浪中，瞪大眼睛注視著這一切。

一位落後的弟子朝她的方向跑過來。朱實問他：

「你們要去哪裏？」

那人停下腳步。

「喔，是朱實啊！」

「妳也跟我們一起去找吧！現在大家都分頭去找了。」

「找什麼？」

「找一位帶著小猴子的少年武士。」

「發生什麼事了？」

「這事若不管的話，也會損及小師父清十郎的名聲。」

那名弟子告訴朱實有關祇園藤次在旅途中發生的糗事。朱實聽完平靜地說：

「你們眞是唯恐天下不亂。」

對方一臉不以爲然。

「我們並非唯恐天下不亂，但如果放過那個乳臭未乾的小子，聞名天下的兵法所京流吉岡豈不是名譽掃地嗎?」
「這不是更好嗎?」
「胡說八道。」
「男人啊!每天只會做些無聊的事罷了。」
「妳從剛才一直在撿什麼?」
「我——」
朱實低頭望著腳邊美麗的沙灘說:
「我在尋找貝殼。」
「貝殼?你看吧!女人的生活才更無聊呢!滿地都是貝殼,還需要找嗎?」
「我找的不是普通的貝殼,我是在尋找忘憂貝。」
「忘憂貝?有這種貝殼嗎?」
「其他海邊沒有,聽說只有住吉的海邊才有。」
「才不是呢。」
「是眞的!」
兩人互不相讓,朱實說:
「假如你不相信,我證明給你看,你過來這裏。」
她把那名弟子硬拉到附近的松樹林下面,指著一個石碑。

上面刻著一首選自《新勅撰集》的古老詩歌：

閒暇的時光
到住吉的海邊
尋找
忘記愛情的貝殼吧

朱實誇耀地說：

「怎麼樣？這下你還能說沒有嗎？」

「這只是傳說，騙人的詩歌不足取信。」

「聽說在住吉尚有忘憂水、忘憂草。」

「好吧！就算有吧！但那又有何用途呢？」

「聽說把忘憂貝悄悄地放在腰帶裏，就可以忘掉一切。」

「如此說來，你有很多想遺忘的事囉！」

「沒錯，我希望能忘掉一切。我因爲忘不了而日不嚥食、夜不成眠……所以，我才來此這裏找。你也幫我找吧！」

「時候不對啊！」

那名弟子忽然想起什麼事，立刻掉頭跑開。

6

好想忘掉一切。

每當她痛苦時，就會如此希望，可是——

「我是眞不想忘記啊！」

朱實雙手環抱胸前，心情矛盾。

要是眞有忘憂貝，好想偷偷地把它放進淸十郎的袖子裏，然後他就會忘了我的存在，她嘆了一口氣。

「他老是纏著我不放……」

朱實滿腹心酸，不想自己的靑春竟要斷送在淸十郎手裏。

每當她苦惱於淸十郎死纏不放的追求時，在她內心深處就會浮現出武藏的影子——只要思念武藏，對她就是一種解放，但也會讓她痛苦不堪，這是爲什麼呢？因爲她眞想逃離現實而耽溺夢中，偏偏這又是不可能的事。

「可是……」

她嘆息不已，自己對武藏一往情深，卻不知他對自己是否有意。

「唉！眞希望能把一切都忘掉。」

湛藍的海洋彷彿向她招手。朱實遙望海面，內心一陣害怕。她不再嘆息了，只一味地想衝向大海的懷抱。

自己對這分感情如此執著，可能連養母阿甲都不知情。淸十郎更不可能知道，周遭的人都認爲她聰明活潑而且淸純天眞，尙不宜談戀愛。

朱實視養母及這些男人爲外人，可以與他們玩笑嬉鬧，並經常拽動繫著鈴鐺的衣袖，一派少女的純眞模樣。但是，每當她獨處時，靑春的火焰在她內心烈烈燃燒。

「姑娘、姑娘，剛才小師父一直在找妳，妳到哪兒去了，他很擔心妳。」

原來是客棧的男僕看見她站在石碑前，就邊喊邊跑了過來。

朱實回到客棧，看見淸十郎獨自坐在一間聽得見松濤的房間，桌上鋪著取暖用的紅色被褥，他雙手放在被下取暖。

他一見到朱實便說：

「外面這麼冷，妳到哪兒去了？」

「根本就不冷，海邊的陽光可暖和得很呢！」

「妳去那裏做什麼？」

「我撿貝殼。」

「眞像個小孩子。」
「我本來就是小孩子。」
「過了年就幾歲啦？」
「不管我幾歲，反正我只想當個小孩……不行嗎？」
「不行，妳必須顧及妳母親的計畫。」
「我母親從沒想過我的事，因爲她覺得自己還年輕呢！」
「好了，好了，到桌下來取暖吧！」
「我最討厭取暖桌，太熱了……我還沒老到要烤火呢。」
「朱實……」
清十郎抓著她的手把她拉到膝前。
「今天沒有別人在，而妳的母親也很識相，先回京都去了……」

7

朱實看到清十郎眼中燃燒著熱情，身體嚇得僵硬了。
「……」
她下意識地將身體往後退縮，但是清十郎緊抓著她的手不放，弄得她好痛。

「爲何要逃？」

清十郎臉上暴出青筋。

「我不是要逃走。」

「今天大家都不在，機會難得，對不對？朱實！」

「你想幹什麼？」

「別話裏帶刺。我們相識快一年了，妳應該明白我的心意。阿甲更是明白人，她曾經說過，我之所以得不到妳，是因爲我不夠強硬……所以今天……」

「不行！」

朱實突然趴下來：

「放開我，把手放開。」

「我就是不放。」

「不要！不要！」

她的手被抓得通紅，幾乎快被扭斷了，淸十郎依然不放手。如果此時他使用京八流的武功，她再怎麼掙扎也是白費力氣的，再加上今天的淸十郎與往日判若兩人，以前他總是自暴自棄，藉酒裝瘋，死纏著她不放，今天他卻滴酒未沾，臉色慘白。

「朱實，妳逼我到此地步，現在還要讓我遭受恥辱嗎？」

「不知道。」

朱實最後不得不說道：

「你再不放手，我要大聲喊叫了，我要把全部的人都叫來。」

「妳叫吧……這棟房子離主屋那麼遠，不會有人來的。」

「我要回去。」

「不讓妳走。」

「我又不是你的人。」

「胡說……妳問妳母親看看，爲了得到妳，我已經付了一筆錢給阿甲了。」

「即使母親把我賣掉，我也不同意，我寧死也不會把自己交給討厭的男人。」

「什麼？」

他用取暖桌上紅色被褥蓋住朱實的臉。朱實掙扎大叫，心跳都快停止了。

但是，恁憑她呼天喚地，也沒有人來。

微弱的陽光寂靜地照著格子門，陣陣的松濤猶如遠處的潮音，門外的冬日一片靜謐，只聽見鳥兒啾啁聲，無視於人類殘酷的行爲。

過了一陣子。

格子門內傳來朱實「哇」的哭叫聲。

接著，一片死寂，聽不到多點聲響，只見清十郎鐵青著臉，出現在格子門外。

他用手壓住被抓傷正流著血的左手手指。

就在此刻，喀啦一聲，朱實甩開格子門往外飛奔，並尖叫一聲。

「啊……」

清十郎嚇了一跳，一邊按住用手帕包紮的手，一邊看著朱實跑開——他根本來不及抓住她，朱實像受了驚嚇的小鹿般瘋狂地跑走了。

「……」

清十郎有點不安，但他並未追過去，只是目送著朱實的背影，看著她穿過庭院跑到客棧的另一個房間，他這才放心，此時他全身舒暢，異常滿足，他斜著嘴角露出微笑。

無常

1

「我說權叔啊！」

「什麼事？」

「你都不累嗎？」

「有點累了。」

「我想你也累了，我這個老太婆今天也走夠了。你看看這裏，不愧是住吉的神社，蓋得多麼雄偉啊……喔！這就是人稱若宮八幡秘樹的橘子樹嗎？」

「應該是吧！」

「聽說神功皇后（編註：仲哀天皇的皇后。攝政七十年。）渡海到三韓的時候，在八十艘貢船當中，這是最珍貴的物品。」

「阿婆，聽說那神馬小屋裏的馬是最棒的喔！要是讓牠參加加茂的賽馬，一定會奪魁的。」

「嗯！是一匹汗血馬啊！」

「那裏好像立著一個牌子。」

「牌子上寫著：要是把養這匹馬的豆子煎來吃的話，可以治療夜哭磨牙的症狀，權叔啊！你要不要煎來吃啊！」

「妳在說笑話！」

兩人邊說笑邊四處瀏覽。

「吔！又八呢？」

「又八到哪兒去了呢？」

「那裏，他在那神樂殿下面休息呢！」

「哎喲！哎喲——」

老太婆高舉著手。

「從那裏又會折回神社牌樓，我們現在是要去高燈籠那裏啊！」她大聲呼叫。

又八慢吞吞地走過來，每天帶著兩位老人家漫無目的的閒逛，恐怕需要相當的耐心吧！如果只是五天或十天的旅行那也就罷了！可是一想到此行目的是爲了追趕宮本武藏這個仇家，他就心情鬱悶得不想開口。

他曾經提議，三人同行四處尋找效果不佳，倒不如各自分頭尋覓，效果更好。但是母親反對地說：

「快要過年了，我們母子好不容易相聚在一起，至少過年時一起喝屠蘇酒，說不定這是最後一次的團圓呢！最起碼也要共度今年的春節。」

他不能違逆母親的意願，卻暗自盤算過了正月初二就要離開他們。母親和權叔不知是因爲畏懼死亡，或是信仰的關係，只要看到神社、佛堂就要進去奉獻香油錢，而且花很長的時間膜拜禱告，今天光在住吉神社就幾乎耗掉一整天。

「你還不快點來嗎？」

又八嘟著嘴慢吞吞地走過來，害得阿杉婆急得直跳腳。

「別老是使喚別人嘛！」

又八回嘴，可一點也不加快腳步，又加上一句：

「您自己還不是讓人等個老半天。」

「你看你說的是什麼話？膜拜神明是凡人應該做的事，我沒看過你合掌敬拜神明，這會遭報應的。」

「囉嗦！」

又八把臉撇向一邊。

阿婆一聽到，便要更加指責。

「你說誰囉嗦？」

母子相逢的頭兩、三天，還流露濃郁的親情，日子一久，又八每件事都要頂撞，故意違背母親的意思，因此，只要一回到旅館，阿杉婆一定把兒子叫到跟前，每天晚上都要聽她的庭訓。

權叔眼看庭訓又要開始，覺得在此地訓話不甚雅觀。

「好了，好了！」

他邊走邊安撫母子二人的情緒。

2

權叔心想這對母子眞是傷腦筋。

他想安撫阿婆的情緒又要顧及又八的感覺，一路上一直注意雙方的變化。

「哦！味道好香啊！原來是茶館正在烤蛤蜊呢。老太婆啊！我們去喝一杯吧！」

位於高燈籠附近海邊的葭簀茶館。權叔見他們二人提不起勁，自個兒先走進去。

「掌櫃的，有酒嗎？」

然後拿起酒杯，說：

「來吧！又八心情放輕鬆些，剛才阿婆是囉嗦了些。」

阿杉婆把臉撇向一旁說道：

「我才不喝。」

權叔勸酒無效，只好拿著杯子說：

「那麼，又八喝一杯吧！」

便爲他斟了一杯酒。

又八大口大口地喝著，連喝了兩、三壺，當然他是和母親嘔氣才會這麼喝的。

「喂！再來一壺。」

他不管權叔的阻攔，又叫了第四壺酒。

「不要太過分了。」

阿婆怒斥道。

「我們這趟旅程，並非爲了遊山玩水或飲酒作樂。權叔你也該收斂一點。你啊！跟又八一樣，也不想想自己都多大了。」

權叔被這麼一責備，漲紅了臉，立場頓失，爲了顧及面子，只好摸摸鼻子，說道：

「的確，你說得沒錯。」

他自知無趣，便步出屋外。

訓誨又上演了，阿杉婆抓住又八耳提面命。她這種母愛既強烈又脆弱，一發作起來，根本等不及回到旅店，也無視於有無旁人——而又八斜眼瞪她，做無言的反抗。

母親訓完之後。

「母親大人，」

這回換又八開口了。

「這麼說來，我在母親眼中是個毫無志氣的不肖子嘍！」

「沒錯，直到今天你對於我們該做的事有表現出決心嗎？」

「我並未袖手旁觀，母親，您應瞭解的。」

「你以為我不知道嗎？知子莫若母，我有你這種兒子，是我們本位田家的不幸。」

「妳等著瞧。我現在還年輕，等我有所作為，妳這個老太婆可別後悔妳曾經罵我不成材！」

「喔！我還眞希望能夠後悔！但是恐怕再等一百年也沒有後悔的機會吧！想來眞是可悲啊！」

「有一個可悲的兒子，也是沒辦法，我只好離妳而去了。」

又八憤然站起來，大步走出去。

阿婆急著大叫：

「喂！回來啊！」

又八並未回頭。本來權叔是可以阻止這件事發生的，但他只是一動也不動悠閒地望著海面。

阿婆本想站起來，但又坐回去。

「權叔不要拉他，隨他去吧！」

3

權叔聞言，轉頭說：

「老太婆！」

他往下的話，並不是在回答阿婆。

「妳看那個女子有點奇怪。喂！等等啊！」

權叔說完，立刻把斗笠扔在茶館的屋簷下，直奔海邊。

老太婆嚇了一跳。

「你這笨蛋，你要到哪裏去啊？又八不是往那個方向——」

阿婆也跟在他後面跑了大約六十呎，一不小心腳被海草絆倒，整個人往前摔了出去。

「混、混蛋！」

阿婆爬了起來，臉及肩膀上沾滿了沙子。

她一肚子氣地搜尋權叔的蹤影，突然她張大著眼睛，直叫：

「你這笨蛋！笨蛋！」

「你瘋了嗎？你要到哪裏去啊！權叔！」

她大聲呼叫，心裏懷疑自己是不是也快發瘋了，她跟著權叔一直往海邊追過去。

仔細一看——

權叔奮身投入海中，因爲這一帶都是淺灘，水深僅及腳踝，他全心全意往海中跑去。濺起的浪花掩蓋了他的身軀，泛起一層白霧。

而在權叔前面，竟然還有一位年輕女子拚命往海裏跑。

剛開始權叔發現那名女子的時候，她只是站在松林下，望著碧海藍天，但是當權叔叫了一聲「啊」

的時候，那名披頭散髮的女子已經踩著海浪直奔大海了。

由於這一帶海邊的淺灘很廣，跑在前面的女子，海水僅淹及膝蓋。

她踩著白色的水花，露出紅色袖裏，織著金絲的腰帶閃閃發光，看起來就像平敦盛（編註：平安末期的武將。因無官職，世稱無官大夫。）騎馬涉水的景象。

「姑娘……姑娘……喂……」

權叔終於快追上她，對著她大喊大叫，就在此時，大概淺灘在那裏突然陡降，水面留下噗的一聲，那名女子已被大浪吞噬。

「妳有什麼苦衷，非得要自殺啊！」

就在同時，權叔也咕嚕咕嚕地全身沈到水裏。

阿婆在沙灘上急得跑來跑去。

當她看到那名女子和權叔同時被海浪吞噬時，立刻大叫：

「哎呀！來人啊！快點救人啊！會來不及的，這兩個人會淹死啊！」

她的語氣彷彿在責怪他人。

「快救人啊！岸上的人啊！岸上的人啊！」

她連滾帶爬奮力揮手，好像自己即將滅頂似地大聲求救。

4

「是殉情嗎？」

「怎麼可能……」

趕來搭救的漁夫們看到躺在沙灘上的兩個人不禁笑了起來。

權叔的手緊緊拉住年輕女子的腰帶，看起來兩人都沒氣了。

年輕女子雖然披頭散髮，但是濃妝艷抹非常醒目，她輕咬發青的嘴唇露著微笑。

「喔！我見過這位女子。」

「她不是剛才在海邊撿貝殼嗎？」

「對了，她住在那個客棧。」

雖然如此，並無人去通報，從遠方跑來了四、五個客棧的投宿客人，吉岡清十郎也在其中。

清十郎朝人羣的方向跑得上氣接不著下氣：

「喔！是朱實。」

清十郎臉色蒼白。但是他不敢站到人前，只是縮著身子佇立在人羣後。

「武士，這是你的同伴嗎？」

「沒、沒錯。」

「快點讓她把海水吐出來。」

「這……這樣有用嗎？」

「別說廢話，趕快行動吧！」

漁夫們分別對權叔和朱實的背部又壓又拍的，施行急救。

朱實甦醒過來，清十郎叫客棧伙計背著她，急欲逃離衆人的視線，回到旅館。

「權叔啊……權叔啊……」

阿杉婆從剛才便一直把臉貼在權叔的耳邊哭個不停。

年輕的朱實得救了。但是權叔年紀已老，又喝了點酒，看來似乎沒有生還的機會，任憑阿杉婆怎麼呼喊，不再睜開眼睛了。

漁夫們已經盡了最大的努力，卻回天乏術。

「這位老人已經沒救了。」

老太婆聽他們一說，停止號哭，對著熱心救人的漁夫們說：

「說什麼沒救了，那位女子不是已經救活了嗎？難道就無法救這老人？」

她咬牙切齒對他們厲聲責罵，有人伸出手來想繼續急救，但是老太婆卻把他們推開。

「我一定要救活他給你們瞧瞧。」

她拚命用盡各種方法。

大家看到她竭盡心力的樣子，都非常感動，但由於阿婆把這些人當僕傭般使喚，說什麼壓的方法不對，那樣沒效果，去生火、去取藥來……等等，語氣十分霸道，所以那些毫不相干的人也不由得惱怒了。

「這算什麼啊？臭老太婆。」

「死掉的人和暫時休克的人是不一樣的，妳說能救活那妳就救吧！」

大家七嘴八舌，沒多久便三三兩兩的離開了。

海邊暮色蒼茫，夜幕低垂的天空只有橙色的雲彩映著夕陽餘暉，老太婆依然不死心，她生了一堆火，將權叔拖到火邊。

「喂，權叔……權叔……」

波濤漸漸黯淡下來。

火再怎麼燃燒，也無法溫熱權叔越來越冷的身體，但是阿杉婆還是不放棄，她認爲權叔好像隨時都會開口跟她說話，因此她用嘴唇叼著放在盒子裏的藥丸餵權叔吃，並且抱著他的身體不斷地搖晃。

「你睜開眼睛看一下，你開口說話呀……哎呀！這到底怎麼回事，你竟然放著我這個老太婆不顧就先走了——我們還沒有找到武藏，也尚未處罰阿通那女人呢！」

舊約

1

海浪和松濤聲中，夜色漸漸籠上格子門。朱實躺在房間裏昏睡，並夢囈不斷。

「……」

清十郎的臉色比躺在枕上的朱實的臉更加蒼白，他靜靜守候一旁，想到這朵花被自己蹂躪，內心既痛苦又內疚，只能垂頭喪氣。看來他還有一點良心。

他使用暴力，像野獸般在這個少女身上發洩，而現在卻隨侍枕邊，焦慮這位身心俱疲、了無生意的女子，擔憂她的生命垂危。他表情凝重而又良心不安，吉岡清十郎是一個具有雙重性格的人。

在短短的一天當中，自己表現出兩種截然不同的個性，但清十郎並不覺得自己是個怪人，只是眉端流露著慚愧及沈痛的表情。

「……朱實，心情放輕鬆些，不只是我，天下男人都是一樣的……將來妳會瞭解我的心，可能是我的愛過於激烈，才會把妳嚇著了吧！」

他不斷地重複這些話，不知是講給朱實聽，還是在自我安慰。總之他一片柔情地守在朱實枕邊。

房間裏就像披上一層黑紗，變得陰暗，朱實白皙的手露出被外時，清十郎替她拉上被子，她厭惡地推開。

「……今天是什麼日子了？」

「什麼？」

「再過……幾天……就過年了……」

「現在才臘月七日，過年之前，妳一定會好起來的，大年初一之前我一定帶妳回京都。」

清十郎把臉貼近她。

「不要——」

朱實哭喪著臉，打了清十郎一巴掌。

「給我滾到那邊去！」

「混蛋！你這個衣冠禽獸！」

她嘴裏不斷地怒罵。

「……」

「禽獸，你是禽獸！」

「……」

「我看到你就討厭。」

「朱實，請妳原諒我。」

「囉嗦、囉嗦，不要再說了！」

朱實在黑暗中拚命揮舞著她白皙的手，清十郎面露痛苦，噤著氣息望著朱實近乎瘋狂的舉止，稍微鎮靜之後，朱實又問：

「……今天幾日了？」

「……」

「過年還沒到嗎？」

「……」

「我聽武藏哥哥講過──從大年初一的早上到初七，每天早上都會在五條橋頭等待。新年怎麼還沒到呢……啊！好想早一點回京都啊！只要到五條橋頭就可以見到武藏哥哥了。」

「……啊！武藏。」

「……」

「你說的武藏是指宮本武藏嗎？」

朱實察覺到清十郎驚訝的表情，便不再說話，闔上青紫的眼皮，昏昏沈沈地睡去。

乾枯的松葉啪嗒啪嗒地打在格子門上，不知何處傳來馬嘶聲，一會兒，格子門外有人提著燈火過來，原來是客棧的女侍引領一位客人前來。

「小師父，您在裏面嗎？」

2

「哦！是誰啊──我是淸十郎，我在裏面。」

淸十郎急忙關上隔壁間的紙門，裝出一副若無其事的表情。

「我是植田良平啊！」

風塵僕僕的男子打開門，坐在門邊的地板上。

「啊！是植田嗎？」

淸十郎心中打量他的來意。植田良平這個人和祇園藤次、南保余一兵衛、御池十郎左衛門、小橋藏人、太田黑兵助等人都是一些老門徒，號稱「吉岡十劍」的高徒之一。

這次的旅行當然不必這些高徒隨行。植田良平本是留守四條武館，此刻他身著騎馬旅裝，顯然是出了緊急狀況。淸十郎不在家時，可能有很多需要負責處理的雜務，但是良平千里迢迢跑來此地，絕非年關將近，債主上門逼債吧！

「什麼事？發生什麼事？」

「我必須請小師父立刻回府，所以就簡單扼要地向您稟報。」

「嗯……」

「咦！奇怪。」

植田良平探手入懷，尋找東西。

就在此時，紙門那頭傳來：

「不要……你這個畜牲……給我滾到一邊去。」可能是被白天那場惡夢給嚇著了，朱實的喊叫聲聽起來不像說夢話，一字一句非常清楚。良平大吃一驚：

「那是什麼聲音？」

「沒什麼……朱實……來此地之後就生病發高燒，有時候還會說夢話。」

「喔，原來是朱實啊！」

「別提這個了，你有什麼緊急事趕快告訴我。」

「就是這個。」

他從腰帶裏取出一封信函交給清十郎。

良平把女侍帶來的燭台放到清十郎面前，清十郎看了信封一眼。

「啊……是武藏寫的。」

良平加重語氣回道：

「正是。」

「已經開封了嗎？」

「因為是封急件，留守武館的人已先行看過。」

「他信裏說了什麼？」

清十郎並未立刻伸手取信——雖然在他心目中宮本武藏占有舉足輕重的地位，但是他認為此人不可能會再給自己第二封信，這事出乎他意料，除了一陣愕然，背脊不由發麻，令他一時不想拆開信函。

良平則咬牙切齒：

「那個人終於來了。雖然今年春天他離開武館時曾經口出狂言，但是我認為他不可能再到京都來，沒想到這個高傲自大的傢伙竟然如期赴約。您看，他信上竟然寫著：吉岡清十郎閣下及其他門人，卻只署名新免宮本武藏。看來他是準備以一擋百來跟我們挑戰。」

3

從信封上看不出武藏的落腳處。

但是，無論他人在何方，卻未曾忘記履行跟吉岡一門師兄弟的約定。由此可見，他跟吉岡家已陷於無形的交戰狀態。

所謂比武——就是一決生死——關係著生死存亡，關係著武士的劍和顏面，並非雕蟲小技的比賽而已，此乃攸關生死大事。

然而，吉岡清十郎竟然毫無警覺，直到今天他還是悠哉遊哉，四處尋歡作樂。

在京都幾個有骨氣的弟子當中，有人對清十郎的行為非常不滿。

「教訓即將來臨，只是遲早的問題。」

也有人非常氣憤慨。

「要是拳法老師還在的話就好了。」

他們義憤塡膺，一個修行武者竟敢如此侮辱他們，怎不令他們恨得咬牙切齒。

雖然如此，大家還是一致認爲——

無論如何還是先通知吉岡清十郎，立刻把他找回京都來。

這便是植田良平驅馬來此的目的。可是，武藏這封重要的書信，淸十郎爲何把它丟在膝前，只是望著它而不取閱呢？

「無論如何，請您先過目。」

良平催促著。

「嗯……好吧！」

淸十郎終於拿起信。

看信時，他的指頭微微顫抖——並非武藏在字裏行間有何激昂之處，而是淸十郎的內心從未如此脆弱。雖然他平日多少有些武士風範，但是隔著紙門躺在隔壁的朱實不斷地說著夢話，他的意志就宛如泥船行水，已經完全融化、瓦解了。

武藏的信簡單扼要，內容如下：

想來閣下別後無恙。

吾依約呈上信函。
想必閣下勤練劍術又更上一層樓，在下亦勤練有加。
敦請閣下決定場所、日期、時間。
在下謹遵指示，履行舊約，與您一決勝負。
唯懇請在正月七日之前於五條橋畔靜候您的回音。
月　日
新免宮本武藏

「立刻動身。」
清十郎將信往袖裏一放，就立刻起身。他心亂如麻，一刻也無法留在此地。
他急忙叫來客棧老闆，結帳之後，希望朱實能暫留此地。客棧老闆面有難色，卻又無法拒絕，只好勉強同意。
在這令人厭惡的夜晚，清十郎一心只想逃離此處。
「我要向你們借馬。」
匆忙打點之後，跳上馬鞍，植田良平尾隨在後，二人快馬加鞭穿過住吉昏暗的街樹。

名劍「曬衣竿」

1

「哦！就是肩膀上坐著猴子，衣著華麗的少年嗎？那個少年剛剛才經過這裏。」

「哪裏？在哪裏？」

「什麼？你說他走過高津的眞言坡，往農夫橋方向走了？然後，沒過橋走到河岸東邊的磨刀店，是嗎？」

「這下子有著落了。」

「沒錯，一定是他。」

「快追啊！」

黄昏時，一羣男人站在路旁，睜大眼、骨碌碌地盯著來來往往的人潮，就像海底撈針般，四處搜尋美少年的蹤影。

河岸東側，家家戶戶已開始放下門簾，這羣男人中有一人跑到一家店裏，嚴肅地詢問那裏的製刀師父，沒多久便出來。

「到天滿去，到天滿去。」

他領先跑在前面，其他的人邊跑邊問：

「打聽到下落了嗎？」

得知是好消息之後，大夥兒都高聲歡呼。

「這下子他跑不掉了。」

不用說，這一羣人就是吉岡的門徒。他們從今天早上以住吉爲中心，分頭四處找尋從碼頭帶著小猴子來到城裏的美少年。

剛才問店裏的製刀師父打聽的結果，那少年的確是由眞言坡走過來的。因爲製刀師父說：黃昏時，店裏正要點燈，一個弱冠之齡的武士將他肩頭的小猴子放在門外，走進店裏問道：

「老闆在嗎？」

工人回答：「老闆剛好不在。」

「我有一把刀要託你們磨，這是一把無法匹敵的寶刀，老闆不在我不放心，所以我想先確定一下，你們店裏磨刀裝箭的技術如何？可否拿些現成的給我看？」

工人們恭敬的拿出幾把磨得不錯的刀給他過目，他只瞄了一眼，便說：

「看來你們店裏所磨的刀都太粗糙了。我要磨的就是肩上這把刀，它還有一個名字叫『曬衣竿』。是我家的傳家之寶，雖然未刻刀名，卻無半點瑕疵，是備前名作。」

說完，拔出刀鞘亮給他們看，並且滔滔不絕誇讚自己的刀有多好，這些工人已經一肚子不高興，只得說：「原來如此，曬衣竿這名字取得眞好，的確又長又直，這可能就是它唯一的優點吧！」那人聽完有點不悅，立刻起身，並詢問從天滿到京都的渡船頭如何走。

「還是到京都去磨吧！大坂這邊的製刀店全是一些下雜士兵所使用的劣質刀劍，我要告辭了。」

說完，表情冷淡地離開。

聽起來這個年輕人相當狂妄，想必他想起祇園藤次被他斬斷束髮的狼狽模樣而洋洋自得吧！然而他卻未料到螳螂捕蟬，黃雀在後，危險已經尾隨在後，他這時還是大搖大擺、得意忘形呢！

「等著瞧！你這個乳臭未乾的小子。」

「好不容易才有了下落，千萬別操之過急。」

這些人從一大早就到處搜索到現在，個個疲憊不堪。可是跑在前面的人卻氣喘如牛。

「不行，不行，再不快點就來不及了。淀川上行的渡船在這個時候可能只剩最後一班船了。」

2

帶頭的人望著天滿河川大叫：

「哎呀！糟了。」

後面的人問：

「怎麼回事?」
「碼頭的茶館已經打烊了，河面上也沒看見船隻。」
「是不是已經開走了。」
大家望著河面目瞪口呆。
茶館的人正要關上店門，一問之下得知，帶著猴子的弱冠少年的確在船上。又說：這最後一班渡船剛剛才離岸，應該尚未開到豊崎的渡船頭。
而且上行船隻速度緩慢，如果從陸地追趕，應該可以追得上。
「對，不到黃河心不死，既然沒在這裏趕上，那就不急，先休息一下。」
他們點了茶水和糕點，囫圇吞食之後，又立刻沿著河邊昏暗的道路追趕下去。
眼前一片漆黑，河川蜿蜒如銀蛇般，在前方分叉成兩道支流，淀川在此分爲中津川和天滿川，在那裏可看見河面上燈火閃爍。
「是那艘船。」
「這下子可被我們追上了。」
七個人都露出得意的神色。
河岸上，乾枯的蘆葦宛如數把鋼刀，閃閃發光，附近田野不見青草，雖然寒風刺骨，但是大夥兒都不覺得寒冷。
「追上了。」

距離越來越近。

其中一人毫不考慮地揚聲大叫：

「喂！那艘船，等一等啊！」

船上也傳來了一聲：

「什麼事？」

岸上其他的人都在罵揚聲喊叫的同伴——現在根本無需打草驚蛇，無論如何，前面約一公里處就有個渡船口，必定有乘客上下船。現在大喊大叫不就驚動船上的敵人，讓他有所戒備了嗎？

「哎呀！不管怎麼樣，對方頂多一個人，既然已經喊出聲了，那我們就必須提防對方跳入河中逃走。」

「沒錯，要特別留意。」

有人即時勸架才沒產生內鬨。

於是，這七個人速度一致地跟上在淀川逆流而上的夜船，並且又大叫：

「喂！」

「什麼？」

這回好像是船長在回答。

「把船靠到岸邊來。」

這麼一說，船上揚起了一陣笑聲。

「你們是在開玩笑嗎？」

「不靠岸是不是？」

這幾名男子語帶威脅，這回有個客人學他們的語氣回道：

「就是不靠岸。」

七個沿著河邊一路追趕的男子，跑得身體發熱、口吐白煙。

「好，你們要是不靠岸，我們就到前面的渡船頭去等。船上是不是有一個帶著小猴子的弱冠少年？告訴他，要是他知道羞恥的話就站到甲板上。如果這傢伙逃跑了，全船的人都要抓來詢問，知道了嗎？」

3

從陸上可以很清楚地看見船上立刻引起一陣騷動，大家臉色大變。

靠岸後準會有事發生。光看那些在陸地上追逐的武士，每個人都拉起褲管、捲起袖子、手握大刀。

「船長，你不要回答。」

「對方說什麼你都不要開口，到渡口之前都不要靠岸就行了，因爲渡口那裏就會有渡船頭的崗哨。」

乘客們低聲交談，吞著口水，剛才回嘴的乘客更是不敢出聲，像個啞巴不敢正視他們，陸地和船之間隔著河水，可以暫保乘客安全。

陸地上的七個人緊追著船，好一會兒沒再喊話，等船上的回音，但未見動靜，因此他們又大叫：

「聽到了嗎？帶著小猴子、乳臭未乾的武士，快點走到甲板來，到甲板上來。」

船上有人回話了：

「你們在找我嗎？」

本來乘客們說好，無論如何都不能回話，現在突然有個年輕人站上甲板答腔。

「噢！」

「眞的在船上。」

「你這個小毛頭。」

河岸上那七個人看清楚是他之後，霎時瞪大眼睛對著他指指點點，要是船再靠近岸邊一點的話，他們恐怕會跳上來。

那位弱冠少年背著號稱「曬衣竿」的大刀，筆直地站在船頭，浪花濺上甲板，在他腳邊映著水花，隱約可見他正露齒微笑。

「帶著小猴子的弱冠少年，除我之外別無他人，你們又是什麼人？是無所事事的野武士？還是餓壞肚子的賣藝人呢？」

他的聲音傳到岸邊。

「什麼？」

岸上的七人聚在一起，氣得咬牙切齒，「你這個耍猴戲的，竟敢口出狂言。」

他們輪流對少年謾罵不已。

「別太得意忘形，待會兒可別跪地求饒。」

「你可知道我們是誰？有沒有聽過吉岡清十郎，我們就是他的門徒，沒聽過嗎？」

「正好你可以伸手將河水把脖子洗乾淨。」

船已經抵達毛馬堤。

那七個人一看船將停靠毛馬村，就先一步跑到碼頭上守株待兎。

然而船卻遠遠地停在河心繞圈子，船長及乘客都認爲事態嚴重，不靠岸比較安全。吉岡門下那七個人見此光景——

「喂！爲什麼不靠岸？」

「你們以爲可以待在那兒等到明天或後天嗎？到最後可別後悔喔！」

「再不把船靠過來，我們會一網抓盡全船乘客，抓來砍頭！」

「等我們划小船過去，可別怪我們手下不留情！」

對方不斷恫嚇，最後那艘三十石的船終於靠向岸邊，同時——

「囉嗦！」

聲音劃破河面上的寒氣。

「我讓你們如願，現在就到岸上，你們準備接招吧！」

弱冠少年熟練地拿起槳，無視於乘客及船長不斷的勸阻，船槳嘎嘎地劃開水面往岸邊靠近。

4

七個人手握劍柄圍在船將靠岸的岸邊上。

「納命來吧！」

「來了！」

船隻靠岸使水面泛起了筆直的水波，弱冠少年文風不動站在船上，而在岸上屏氣凝神等待良久的七個人望見少年快速逼近，頓時覺得他的身影變大好幾倍。就在此時——

刷、刷、刷、船開上了長滿乾枯蘆葦的泥地上，這七個人恍惚以為船開到面前，下意識地後退了好幾步，此刻船頭有個圓滾滾的動物形影，從離岸七、八公尺的船上一躍跳過中間的泥淖，跳落在其中一人的頭頂上。

「哎呀！」

那人大叫，同時七人手中的七道白光脫鞘而出，劃向空中。

「是猴子啊！」

等他們看清楚之後，劍已經撲了個空。原先他們以為那是他們的敵人弱冠少年跳躍過來，才會如此焦急，此時他們似乎也感到有些狼狽，立刻互相提醒對方。

「別操之過急！」

縮在船上角落的乘客們看到那七個人的狼狽模樣，雖然緊繃的神經得到一陣舒暢，但是表面上誰也不敢出聲。

只有一個人叫了一聲，原來握著船槳的美少年將船槳插入蘆葦的泥淖中，身體立刻飛躍上岸，比小猴子更輕快。

「咦？」

因爲美少年的落點與他們預測有些偏差，於是七個人一齊轉身。雖然期待已久，但出了這個小意外，使得他們更加緊張，本來他們是打算圍攻美少年，現在計畫無法得逞，只能沿著岸邊直行，他們形成一列縱隊，使得等在他們面前的美少年有充分的時間準備出招。

走在縱隊最前面的人，即使膽怯也無法後退了，這時他雙眼充血、耳朵聽不見聲音，平日練的劍法現在一點也使不上來，只好咬緊牙根，硬朝著弱冠少年的方向殺過去。

「……」

少年健碩的身體巍巍聳立，他踮起腳尖，挺起胸膛，右手伸握背後的刀柄。

「你們剛才自稱是吉岡的門徒，如此正好，先前我只斬斷某人的束髮，對方也未繼續追究，看來你們好像不肯善罷干休，剛好我也覺得還不過癮呢！」

「胡……胡說八道！」

「反正我這『曬衣竿』還有待研磨，那我就不客氣了。」

僵立在最前面的人，聽完美少年的話想逃也逃不了了，號稱「曬衣竿」的長劍頓時像切西瓜般一刀砍死了那個人。

第一個人倒向後面人的肩膀，其他六個人目睹第一個人如此輕易就被對方的大刀砍死，一時失神，無法一起行動。

5

在這種情況下，多數人反而比一個人來得更脆弱，弱冠美少年乘勝追擊，耍著號稱「曬衣竿」的長劍，長度正適合派上用場，霎時打向第二個人，雖然他的腰沒被砍斷，但是光這麼一打就夠他瞧的了，那人慘叫一聲，身體飛向旁邊的蘆葦叢中。

「下一個。」

美少年目光掃瞄他們，這幾個人不擅打鬥，也察覺情勢不對，立刻改變陣形，像五片花瓣包著花蕊般，將敵人團團圍住。

「別後退！」

「可別退縮啊！」

大家互相打氣鼓勵，看來有點勝算，於是蜂擁而上。

「乳臭未乾的小子！」

這些人有如初生之犢不畏虎般，只逞匹夫之勇，其中一人竟然：

「納命來！」

邊喊邊奔向美少年，本想狠狠一刀砍向對方，不料他的劍在離美少年胸前兩尺處撲了個空，砍向地面。

那個人過於自信，鏗鏘一聲砍到了石頭，宛如自投羅網般翻了一個斛斗，屁股朝上滾到敵人面前，少年本可輕而易舉地砍死他，卻饒恕這位戰敗者，自己則趁勢彈開，迎向身旁的敵人。

「哇！」

身旁的敵人慘叫一聲，剩餘三人更不敢輕易出手，立刻逃之夭夭。

看到他們抱頭鼠竄，美少年燃起了極大的殺戮欲望，兩手握著「曬衣竿」追向他們。

「這就是吉岡的武術嗎？」

他追跑著。

「太不夠意思了，你們給我回來。」

「等等，你們專程把我從船上叫下來，現在竟然逃走，有這種武士嗎？如此一逃了事，京八流吉岡將貽笑天下。」

武士被另一位武士如此嘲笑乃是極大的侮辱，比被人家吐口水還更嚴重。但是，那些抱頭鼠竄的人已經聽不見這些話了。

毛馬堤此時正人潮熙攘。寒風中傳來跑馬的鈴聲，白霜和河水映著燈火，不需燈籠也是一片明亮，馬背上的人影和跟隨在馬後徒步的身影，都口吐著白煙，行色匆匆，似乎忘了寒冷。

「啊！」

「抱歉！」

那三人只顧逃命，差點撞上迎面而來的馬匹，個個往後退了幾步。

6

騎馬的人緊急勒住韁繩，馬兒一陣嘶鳴，他望著差點撞上馬的三個人。

「咦，是你們這幾個啊！」

馬上的人既驚訝又生氣：

「你們這些笨蛋，一整天遊蕩到哪兒去了？」

「啊！是小師父。」

接著，馬後面又出現植田良平。

「瞧你們這副德性，出了什麼事？你們是陪小師父前來此地的，竟然不知道小師父已經決定回府。難不成你們還在鬧酒嗎？鬧事也該懂得分寸啊，走！」

這些人被誤會是喝酒鬧事，覺得非常委屈，他們憤恨不平地告訴小師父，如何爲了維護自家流派的權威以及小師父的名譽而奮力一戰。他們神情狼狽、口乾舌燥，卻仍一口氣說完。

「你聽，你聽，那、那個人來了。」

他們聽到逐漸逼近的腳步聲，不禁露出緊張的神色。
植田良平瞧他們如此懼怕，不覺心生憐憫。
「你們害怕什麼？沒那麼嚴重，本來你們是要保護自家流派的名譽，卻反受其辱。好，讓我來見識那個人。」
植田良平讓騎在馬上的淸十郎以及三個人站在後面，獨自往前走了十步左右。
「等著瞧，你這個乳臭未乾的小子。」
他提神戒備，等待逼近的腳步聲。
少年不知究裏，依然揮舞著長劍，虎虎生風。
「喲！等等，逃跑是吉岡流的絕招嗎？我不想殺生，可是這把『曬衣竿』還在叫囂著呢，回來、回來，你們想跑可以，但是得留下頭顱。」
他在毛馬堤的堤防上大呼小叫地跑了過來。
植田良平手沾口水，緊握刀柄。少年像一陣疾風，無視屈身在下的良平，他大步飛躍過來，幾乎要踩到良平頭頂上。
「喝！」
良平大叫一聲，舉刀向上揮砍過去，他雙手握刀，身體盡量往上伸展，少年著地之後，金雞獨立，回頭一望。
「欸！又來了一個人。」

良平腳底一陣跟蹌，「曬衣竿」從背後砍了過來。

植田良平從未遇過如此猛烈的劍法，他只感到一陣刀風，人已經跌落在毛馬堤堤防下的田裏，還好堤防並不高，泥土也凍結了，才不致顯得太狼狽，但是很明顯的，他已失去機會，等他爬回堤防，定眼一看，敵人的身影宛如餓虎撲羊般，只見長劍「曬衣竿」已經斬傷三名門徒，正向馬背上的吉岡清十郎逼近。

7

清十郎本來以爲這件事毋須親自出面，是以十分放心，但是危險竟然瞬間欺近。那把號稱「曬衣竿」的長劍朝他直擊而來，劍法兇猛，突然刺向清十郎所乘的馬匹腹部。

「岸柳，等等！」

清十郎大喊一聲，踩著鞍鐙的脚移近馬鞍，本以爲他會站在馬鞍上，未料馬匹越過少年，疾如箭矢，直奔遠方，而清十郎的身體「砰」的一聲，往後翻身，跳開十幾尺。

「漂亮。」

誇獎他的並非自己人而是對手。

少年又重新握好「曬衣竿」朝清十郎一躍而上。

「剛才你的動作俐落，我雖然是你的敵人，卻非常欣賞，想必你就是吉岡清十郎，你來的正是時候——看劍。」

號稱「曬衣竿」的長劍，洋溢著熱騰騰的鬥志直刺過來，淸十郎不愧是拳法的長子，看得出他是鍛鍊有術，遊刃有餘。

「岩國的佐佐木小次郎的確眼光過人。但無論如何，我淸十郎都毫無理由與你鬥劍。我們隨時都可以一決勝負，但是事情何以會發展至此地步呢？你先把刀收起來。」

最初淸十郎稱他岸柳的時候，美少年沒聽見，這一次對方又稱呼他是岩國的佐佐木，令他非常驚訝！

「……你爲何知道我是岸柳佐佐木小次郎呢？」

淸十郎拍著膝蓋。

「果然沒猜錯，你就是小次郎閣下。」

說著向前走了一步。

「雖然與你初次相遇，但是我早已久仰您的大名。」

「聽誰說的？」

小次郎有點茫然。

「就是你的師兄伊藤彌五郎。」

「哦！你跟一刀齋是好友嗎？」

「一刀齋先生直到今年秋天都住在白河神樂岡旁的一間草庵裏，我經常拜訪他，一刀齋師父也時常走訪四條的寒舍。」

「哦……」

小次郎露出酒窩。

「如此說來，你們並非泛泛之交嘍！」

「一刀齋先生每次聊起來必定會提到你——他常說，岩國有位岸柳佐佐木跟自己一樣都學過富田五郎左衛門的劍法，在鐘卷自齋師父門下當中，雖然佐佐木的年齡最小，但是放眼天下，能跟自己並駕齊驅的人，除了他之外別無他人。」

「但是你怎麼能夠光憑這些就認出我就是佐佐木小次郎？」

「我看你年紀尚輕，而且經常聽一刀齋談起你的個性，也知道你的外號叫『岸柳』，對你可說知之甚詳，剛才我看你那麼輕鬆地使用長劍，心中便有了譜，於是試著叫你的名字，果然被我猜中了。」

「這眞是奇遇！」

小次郎大喊「快哉！」但當他看見自己手中沾滿血跡的長劍「曬衣竿」時，自己也很迷惑，事情爲何演變到這個地步。

8

由於雙方已經明瞭事情的來龍去脈，過了一會兒，佐佐木小次郎和吉岡淸十郎兩人在毛馬堤防有如老友般並肩走在前頭，植田良平及三名門徒則縮著身體跟隨在後，往夜幕低垂的京都走去。

「哎呀！一開始我也是莫名其妙地被捲入這場紛爭，其實我並非好事之徒。」

小次郎解釋著。

清十郎自小次郎口中得知，在往阿波的船上祇園藤次的所作所為，以及他後來所採取的行動等等，感到非常憤怒。

「眞是豈有此理。回去之後，我一定教訓他不應該記恨。我的弟子表現不佳，才更沒面子。」

小次郎聞言，不得不稍表謙虛。

「不，不，我也是這種個性，大言不慚。一發生爭執就絕不退縮，必定與人爭到底，並非只有你門人的錯——今晚這些人也是爲了維護吉岡流的聲譽，以及他們老師的顏面，只不過他們的武功平平罷了！他們用心良苦，値得原諒。」

「是在下教導不周。」

清十郎自怨自責，臉色沈重。

小次郎表示，如果對方不記仇的話，就一筆勾銷，付諸流水。清十郎聞言贊同他的說法：

「這是求之不得的，眞是不打不相識，希望我們能夠交個朋友。」

弟子們跟在後面，看到兩個人已經化敵爲友，這位美少年身材高大，看起來像個少爺，誰會想到他竟是伊藤彌五郎一刀齋口中經常讚美的「岩國的麒麟兒」岸柳佐佐木。

祇園藤次見他年少可欺，未料卻遭惹上大禍，自取其辱。

植田良平跟其他人方才從小次郎的愛劍「曬衣竿」之下撿回一命，在明白眞相之後，更令他們心驚膽顫的是——

他就是岸柳嗎？

他們張大眼睛，重新打量那人寬廣的肩膀。只覺此人眞有非凡之處，不得不承認自己有眼不識泰山。

他們最後走到毛馬村碼頭，那兒有幾具被「曬衣竿」砍死的屍體已經凍僵了。植田良平交代三名弟子料理完屍體後，就去尋找剛才逃跑的馬匹。而佐佐木小次郎則吹了幾聲口哨，尋找那隻經常偎在他懷裏的小猴子。

小猴子聽到口哨聲，不知打哪兒跑了出來，跳到他肩膀上。吉岡淸十郎邀請小次郎務必要到四條武館逗留幾天，並把自己的坐騎讓給小次郎，但是小次郎搖搖頭：

「這怎麼可以，我是個尙未成材的晚輩，而閣下卻是平安的名家，吉岡拳法的嫡男，而且有數百門人的一流宗家。」

說完，他拉住馬的口輪：

「請您自己騎乘，別客氣！比起自己一個人走路，還是抓著馬口輪走起來比較愉快。我就恭敬不如從命，到府上打擾一陣子。我們就這麼一路聊到京都吧！」

本以爲小次郎傲慢不馴，如今卻是彬彬有禮。年關將近，淸十郎在迎春時節必須和宮本武藏一決生死，現在他正好藉此機會邀請小次郎到家裏作客，感覺上增添不少信心。

「那麼我就先失禮了，你走累時再換你騎乘。」

他也以禮相待，之後便跳上馬鞍。

山川無限

1

永祿年間，東國的名人當中以塚原卜傳及上泉伊勢守爲代表，京城方面則以京都的吉岡以及大和的柳生兩家與其形成對峙的局面。

除此之外，就是伊勢桑名的太守北畠具教。具教這個人在江湖上不但是頭角崢嶸的名人，還是個賢明的地方官，直到他去世之後，伊勢的老百姓仍然懷念他，稱讚他：

「眞是一個賢明的太守。」

大家懷念他爲桑名帶來的繁榮及德政。

北畠具教從卜傳那兒學得一太刀的劍法，卜傳的正統流派未在東國發揚光大，反而在伊勢紮根。

卜傳的兒子塚原彥四郎雖然承襲父親的武術，卻沒有學得一太刀的秘傳，父親死後，彥四郎離開家鄉常陸，來到伊勢跟具教見面的時候，他這麼說：

「家父卜傳也傳授給我一太刀的秘傳，家父生前說過他也曾經傳授給您，現在，我想與您切磋研究，看彼此所學是否相同，不知您意下如何？」

具教察覺師父的遺子彥四郎是來向他偷學武術，但他還是爽快地答應了。

「好，你仔細看著！」

說完，便對他展現一太刀的秘術。

彥四郎照本宣科學得了一太刀的武術，但只學到皮毛並未深研精髓。是以卜傳流仍在伊勢發揚光大。受此遺風影響，直到今日，地方上人才輩出，高手如雲。

只要來到此地，一定會聽到當地人引以為傲的種種事跡，這些話聽起來比胡亂吹牛的順耳多了，更可提供外人對此地的瞭解。現在，也有一名旅客正從桑名城騎馬前往垂坂山，他聽到馬夫高談闊論家鄉的諸端事跡，不斷點頭稱是。

「噢！原來如此，原來如此。」

時逢十二月中旬，伊勢雖已逐漸暖和，但從那古海邊吹向山谷的海風依舊寒冷刺骨。坐在馬車上的乘客卻僅著單薄的奈良製上衣，外面罩了一件無袖背心，看來單薄而且有些髒了。

此人的臉龐被日曬得焦黑，根本不需戴斗笠，看他頭上那頂破斗笠，恐怕掉在地上也沒人要，他的頭髮因長日未洗像個鳥巢糾成一團，只是隨便紮成一束罷了！

他付得起馬錢嗎？

當初這位客人向他租馬時，馬夫還暗自擔心著，而且這位客人竟然要去一個偏僻、人煙罕至的深山裏……

「客官。」

「嗯……」

「我們中午之前可以到達四日市，傍晚抵達龜山，再要到雲林院村的話，可能已經半夜了。」

「嗯！」

「您要去辦什麼事？」

「唔……唔。」

無論馬夫說什麼，此人一逕點頭不語，好像已陶醉在那古的海濱風景。

此人就是武藏。從去年春末到今年暮冬，他不知走了多少路，皮膚因風吹雨淋而粗糙不堪，只有那雙眼顯得明亮銳利。

2

馬夫又問他：

「客官，安濃鄉的雲林院村從鈴鹿山底還要往裏走約二里路，您去那麼偏遠的地方，到底要做什麼呢？」

「去拜訪一個人。」

「那個村子應該只住著一些樵夫、農夫吧？」

「我聽說桑名有一位擅長用鎌刀的高手。」
「啊哈！您說的是宍戶先生嗎？」
「嗯！只記得他叫宍戶。」
「宍戶梅軒。」
「對，對。」
「那個人精於冶煉鎌刀，而且聽說他擅長使用鎖鍊鎌刀，這麼說來，客官您是修行武者嘍！」
「嗯！」
「與其去拜訪冶煉鎌刀的梅軒，倒不如去松坂，那裏有一位聞名伊勢的高手。」
「誰？」
「神子上典膳。」
「噢！神子上。」
武藏點點頭，他早已久仰其名，便不再多問，默默地坐在馬上任其搖晃。他眺望四月市的旅館屋頂漸漸靠近，終於來到城裏，藉著一個路邊攤吃起便當。
此時可以看見他一隻腳趾上綁著紗布，走起路來有些跛。
原來是腳傷化膿，今天才會以馬代步。
他非常細心照護自己的身體。雖然如此，仍然在混雜的鳴海港踩到一個木箱上的釘子，昨天還因此發高燒，腳腫得像個柿子。

「難道這是不可抗拒的敵人嗎？」

武藏連對一根小釘子也會聯想到勝負——如果釘子是一名武士，他竟然如此粗心大意，頗感可恥。

「很明顯地，那根釘子落地時是朝上的，而自己竟然會踩到它，這表示自己不夠專注，警覺性不足。——而且還是整隻腳全踩踏上去，顯示出身形不夠靈敏，要是自己武功修練到家的話，在草鞋碰到釘子的那一瞬間，應該能夠敏銳察覺的。」

自問自答之後，下了一個結論：我的功夫尚未到家。

他發現自己武功尚未純熟，劍和身體未成一氣——光是練就一手好刀法，身體和精神卻不能合而為一。他深覺自己劍法尚未成形，是以憂心忡忡。

但是，自從今年晚春離開了大和柳生的田莊之後，直到今日已經過了半年，這期間武藏並未浪費光陰。

他走訪伊賀，下近江路，一路走過美濃、尾州到各地的城池和山澤，極力尋找劍的眞理。

什麼才是最高境界？

有一陣子他得不到答案，最後他終於肯定自己：我找到劍的眞理了！

他能領悟絕非因為這些眞理埋藏在城市或山林沼澤當中。半年來他在各地碰過幾十個習武之人，其中不乏高手，但是這些人只是技術高超，巧於用刀罷了。

3

人海茫茫，人中龍難遇。

這是武藏遨遊四海之後的感慨，同時也讓他想起了澤庵，他實在是一個難得的人中龍。

「我能遇見他是上天所賜予的恩寵，我必須把握這個機緣。」

武藏一想起澤庵，雙手及全身頓覺痛楚不堪。這種奇妙的疼痛乃因當時被捆綁在千年杉樹梢時所留下來的，對他而言，記憶猶新。

「等著瞧吧！下次換我把你澤庵綁到千年杉上，換我在地上對你說教。」

武藏經常以此爲志，並非怨恨或報復，因爲澤庵在禪理上已臻人生最高境界，武藏希望自己在劍法上能夠凌駕澤庵，他一直抱此願望。

即使在劍法上無法超越澤庵，自己若能在修身養性上突飛猛進，總有一天能把澤庵綁上千年杉，自己則在地上對他說教。澤庵在樹上會說什麼呢？

武藏眞想知道。

也許澤庵會很高興地說：

「善哉！善哉！我願足矣！」

不，澤庵這個人不會如此露骨地說出心裏感受，也許他會開玩笑地說：

「小子，你幹得好！」

武藏對澤庵一直抱著奇妙的情懷。反正無論澤庵說什麼，也不管武藏會用什麼形式，總之，一定要向澤庵證明自己的進步，並能凌駕澤庵之上。

然而這些純屬武藏的空想，他現在才剛起步，想達到完美的境界還有很長的一段路，更甭說要凌駕澤庵之上。

空想無濟於事。

雖然武藏沒見到柳生谷的劍宗石舟齋，可是想到他崇高的人格，自己相形見穢，深感無地自容，尤其才明白自己年輕不經事，更不敢輕言武學論道。以前他一直認爲這個世界是個無聊、通俗的社會，現在才瞭解世界太廣闊、太可怕。

現在不是談理論的時候，劍法並非紙上談兵，一味議論根本無法營造一個完美的人生，唯有身體力行才是最重要。

武藏頓悟之後，立刻隱居山裏，只要看到他從山中出來的模樣，便可猜知他在山中過的是什麼樣的日子。

那時他臉頰如鹿般削瘦，遍體傷痕，由於經過瀑布的沖洗所以頭髮乾枯且粗糙不堪，他席地而眠，只有牙齒是白的。他走向人羣聚落，內心燃燒著傲慢和自信，下山是爲尋找能與自己匹敵的對手。

他在桑名聽說有個人能力與自己相當，所以現在打算去拜訪他。途中，他又聽說一個擅長冶煉鎌刀的高手宍戶梅軒，此人究竟是難得一見的高手，還是泛泛的米蟲呢？尚不得知，反正現在離初春還有十天左右，在前往京都的途中可以順道去見識。

4

武藏抵達目的地時，已是深夜。他付錢給馬夫之後說道：

「你可以回去了。」

但是馬夫說這裏是深山，而且深夜不便趕路，希望能向客官打算拜訪的朋友借宿一晚，明早再到鈴鹿山接客人回去較恰當。何況天寒地凍，他連一里路也無法再趕了。

這附近有伊賀、鈴鹿、安濃羣山環繞，山上一片白雪。

「那麼，你隨我一起去找吧！」

「是宍戶梅軒先生的家嗎？」

「沒錯。」

「我們一起去找！」

梅軒是個鐵匠，如果天色未晚一定可以問得到，但是此時夜深人靜，村莊裏看不到任何燈火。不過，從剛才他們就一直聽到「鏗鏘」的打鐵聲劃破寒冷的夜空，兩人循著聲音，終於找到一盞微弱的燈。

發出打鐵聲的正是鐵匠梅軒的家。屋外堆滿了各種金屬器料，屋簷也被燻得一片漆黑，一看便知是鐵鋪。

「你去叫門。」

「好。」

馬夫開門進屋，中間有一大片空地，雖然已經休息了，鑄鐵的火爐仍熊熊燃燒著。一名婦人背對爐火在工作。

「妳好，很抱歉這麼晚來打擾——啊！有火，先讓我烤一烤，暖暖身子。」

一位陌生男人突然跑進屋裏，還上前烤火，婦人不由得停下手上的工作問道：

「你們是誰？」

「我從遠方載一位客人來拜訪妳丈夫，剛剛抵達此地。我是桑名的馬夫。」

「是嗎？……」

婦人不以爲然地看看武藏，皺著眉頭。可能有很多修行武者登門拜訪，婦人早已習慣這些旅者的打擾，她看來是個三十幾歲的美麗女子，卻用命令小孩的語氣對武藏說：

「把門關上，寒風吹進來，小孩會感冒的。」

武藏點點頭。

「是的。」

他老實地關上大門，然後坐在火爐房的一截樹幹上環視屋內。在他四周是個被燻黑的加工處，旁邊是個地板上鋪著蓆子的六張榻榻米大的房間。武藏看到牆壁上掛著十來把鎖鏈鎌刀，這種鎖鏈鎌刀只在傳說中聽過，是罕見的武器。

就是那個吧？武藏心想

武藏眼睛爲之一亮，他來此的目的主要是希望能見識這種武器並討教幾招，這也是他鍛鍊自己的方法之一。婦人放下木槌爬上鋪著蓆子的房間，武藏以爲她要去泡茶，不料她竟然躺在被窩裏給孩子餵奶。

「你們來找我丈夫是來比武的嗎？幸好我丈夫不在，不然你們恐怕沒命了。」

婦人笑著說道。

5

武藏聽完一陣氣惱，自己大老遠跑到深山裏，竟然平白遭受鐵匠老婆的恥笑。一般女人都會誇大自己丈夫的社會地位，這位婦人卻認爲她的丈夫舉世無雙，眞教人受不了。

武藏無意與她爭執。

「妳丈夫外出，這的確很遺憾，請問他到哪兒旅行了呢？」

「他到荒木田先生那兒去。」

「荒木田先生是誰？」

「你來到伊勢，居然不知荒木田先生，哈哈哈！」

婦人又笑了。

正在吃奶的嬰兒突然哭了起來，那婦人無視客人的存在，唱起催眠曲：

睡喲睡

睡覺的寶貝最可愛

半夜啼哭

令人疼

疼喲疼

媽媽好心疼

帶著鄉音的催眠曲唱來韻味十足。

武藏本因瞧見打鐵鋪的燈火才能找到這裏，並非受人之託而來，如今只好放棄了。

「這位大嫂，掛在牆壁上的鎖鏈鐮刀是你們自己的嗎？」

武藏向她徵求是否可以借看鎖鏈鐮刀，也好讓自己開開眼界。婦人躺在牀上邊打瞌睡邊唱催眠曲，聽見武藏的要求，迷迷糊糊地點點頭。

「可以嗎？」

武藏伸手取下掛在牆上的一支鎖鏈鐮刀，仔細端詳。

「原來如此，這就是最近風行的鎖鏈鎌刀嗎？」

拿在手上，只不過是一枝一尺四吋長的木棒罷了，可以插在腰際。棒子的一端有個扣環，上面掛著長鎖鏈，鎖鏈的尾端是一顆鐵球，看來足以敲碎人的頭骨。

「哦！鎌刀藏在這裏面啊？」

棒子側面有個凹槽，可以看到鎌刀的刀背閃閃發光，武藏用指頭將它摳出來，刀刃與棒子垂直，這個刀刃足以砍斷人頭。

「是不是這樣使用呢？」

武藏左手握鎌刀，右手抓住鐵球的鎖鏈，假想正在與敵人交手。他擺好架勢，摸索鎌刀的使用法。躺在牀上的婦人不經意地瞄了他一眼。

「哎喲，不是這種架式。」

她遮上胸前的衣襟走到空地上。

「你如果採取這種招式，對方的大刀早把你砍死了。鎖鏈鎌刀應該這樣子拿的。」

婦人奪去武藏手中的鎌刀，擺出架勢。

「啊……」

武藏看傻了眼。

剛才看婦人在餵奶的時候，她只不過是個充滿母愛的女人，但是拿著鎖鏈鎌刀一擺出架式，整個人突然變得英姿煥發，武藏甚至覺得她美得令人目眩。

此時，武藏也發現到泛青的鎌刀刀背上刻著「宍戶八重垣流」的字樣。

她的架式非常漂亮，十分引人注目，就在此刻，婦人收回架式。

「就是這麼使用的。」

說完，她把鎖鏈鎌刀收成一根木棒又掛回牆上。

武藏記不住她的招式，深感遺憾——眞希望能再看一次。

但是婦人已不再理會他，自顧著收拾工具，又走到廚房去收拾碗筷，準備明天的早餐。

連他的女人都能有此架式，宍戶梅軒的武功一定更爲高強。

武藏渴望能見到梅軒。但是他老婆說梅軒目前正在伊勢的荒木田家作客，武藏偷偷問馬夫。

「荒木田是大神宮的神官。」

馬夫靠在火爐旁的牆角上，有氣無力地回答著，他已經快睡著了。

原來是伊勢神宮的神官，那麼只要到神宮一問便可知曉了。好，就這麼辦……武藏心想。

6

當天晚上二人席地而睡。第二天，鐵鋪的店員起床開大門的時候，吵醒了他們。

「你載我到山田去吧！」

「您要到山田？」

馬夫張大眼睛問他。

馬夫心想昨天這個客人已經老老實實付了錢，應該不會有問題才對，所以他就答應去山田，決定之後，兩人立刻啓程。經過松坂，黃昏時終於來到伊勢大神宮前，綿延數里的參拜大道，兩旁種著整齊的街樹。

嚴寒的冬天裏，街道兩旁的茶館生意清淡。有些巨大的街道樹因風雨摧殘而橫倒在地，路上幾乎不見半個人影。

武藏在一個山田的旅館裏，派人去禰宜的荒木田家打聽是否有一位宍戶梅軒先生前來作客？

荒木田家的管家卻回答並無此人。

武藏好不失望，此時，他因踩到釘子而受傷的腳又開始發作。從前天開始紅腫，客棧的人說用泡過豆腐渣的溫水清洗，傷口會好得快。因此武藏第二天都待在客棧裏療傷。

武藏一想今年臘月已經過了一半，不禁擔心這個偏方是否有效？因爲他已經從名古屋託人捎信去吉岡家，要是屆時腳傷未癒，那該如何是好呢？

而且武藏在信中提到日期任由對方決定。另外，他還與人約定在正月一日之前，無論如何一定趕到五條橋頭赴約。

「要是我沒來伊勢，直接去的話就來得及。」

武藏有點後悔，望著溫水，恍惚覺得腳趾腫得像豆腐。

7

客棧的人很關心他的腳傷。拿給他祖傳秘方和外傷藥。但腳卻日益腫脹，猶如木柴般沈重，傷口只要蓋上棉被就燥熱難耐。

他回想自懂事以來，從未因病臥牀超過三天以上。小時候，頭頂上，剛好位在月代的地方長了一顆疔子，到現在還留有黑色疤痕，從此他決定不剃月代髮型。除此之外，他不記得自己生過什麼病。

生病對人而言也是強敵，要用什麼劍來克服病魔呢？

這表示他的敵人並非只限於身體之外。武藏躺了四天，內心隱約體會出這一點。

再過幾天就過年了。

他翻開日曆，想起跟吉岡武館的約定。

再這樣下去不是辦法。

想到這裏，武藏心跳加快，肋骨擴張宛如一副盔甲，那腫得像木柴的腳用力踢開棉被。

要是我克服不了這個敵人，要如何去戰勝吉岡一門呢？

他決定除掉此病魔，勉強盤腿而坐──眞痛！腳傷的疼痛讓他幾乎窒息。

武藏面對窗戶，閉目養神，本爲忍耐疼痛而漲紅的臉，慢慢地恢復平靜，他頑強的信念打敗了病魔，頭腦也逐漸清醒了。

武藏張開眼睛，從窗戶看到外宮和內宮的一片神木。神木前有一座前山，東邊可眺望朝熊山，兩座山中間有一座聳立像把劍的高峰，睥睨羣山。

「那是鷲嶺吧！」

武藏望著那座山。當他躺在牀上養傷時，每天觸目可及就是鷲嶺。不知爲何他一看到這座山內心就會充滿鬥志，激起他征服的欲望。現在他的腳腫得宛如大水桶，躺在牀上時，他深覺這座山不卑不亢，傲然聳立。

鷲嶺的山頭鶴立雞羣般直入雲霄，見到這座山頭使武藏憶起柳生石舟齋，石舟齋給人的印象不就跟這座山一樣嗎？不，應該說他現在才發覺石舟齋就像鷲嶺高踞雲霄，正嘲笑自己喪失鬥志呢！

「……」

凝視山的時候忘了腳痛，當他回過神來，腳已痛得彷彿放在打鐵鋪的火爐上。

「哎喲，痛死了。」

武藏痛急了猛踢腳，望著那腫大的腳好像已經不屬於自己身體的一部分了。

「喂、喂！」

武藏忍痛呼叫客棧的女侍。

無人回應，武藏握緊拳頭敲打著榻榻米大叫：

「喂，來人啊……我要馬上離開這兒。幫我結帳，另外還要幫我準備便當、飯糰，以及三雙牢固的草鞋，拜託嘍！」

神泉

1

《保元物語》中伊勢武者平忠淸就是出生於這個古市，然而現在路邊茶館的女人卻成爲慶長古市的代表。

這些茶館大多在簡陋的竹架上覆蓋草蓆遮陽，四周圍著褪色的帳幕，濃妝艷抹的女人多如街道上的松樹，在路邊招攬客人。

「客官，進來歇歇腳吧！」

「客官，進來喝口茶吧！」

「那邊的年輕人，進來坐一下再走吧！」

「客官進來休息吧！」

她們不分晝夜都在招攬客人。

這裏是通往內宮必經之路，即使你不願意，仍會被這羣聒噪的女人看到，稍不留神就會被拉住袖子使你前進不得。武藏從山田出發，皺著眉咬緊牙根拖著疼痛的腳，一跛一跛地通過這裏。

「喂，修行武士先生。」

「您的腳怎麼了？」

「我們替您療傷吧！」

「我來替您按摩吧！」

那些女人不讓武藏通過，抓著他的袖子和斗笠，還有女人握住他的手腕說：

「男子漢大丈夫怎會如此害羞呢？」

武藏漲紅著臉，啞口無言，面對這些女人如臨大敵般，他卻不知所措，只能一味地說：「對不起！」武藏的忠厚老實，在女人眼中宛如一隻可愛的小豹子，更加想捉弄他，最後武藏狼狽地落荒而逃，連斗笠也不要了。

身後女人們的笑聲穿過街樹迴盪在空中，女人白皙的玉手擾亂武藏的心神，使他熱血沸騰，久久無法平息。

武藏並非對女人毫無感覺，在他漫長的旅程中也經常碰到同樣情況。有時夜裏無法入眠，想到女人的脂粉味，便令他欲火焚身，這與拿劍應敵迥然不同，再怎麼努力也睡不著，輾轉反側，不時想起阿通以宣洩自己的情欲。

幸好他現在有一隻腳受傷，才能逃過一劫。他勉強支撐了一段路，腳的傷處有如踩在炭上炙熱難耐，每走一步，劇烈的疼痛就從腳底直竄頭頂。

武藏決定離開客棧之前，腳已經開始疼痛。現在他用大包巾包著傷處，每一抬腳，就須使上全身的力氣。因此，那些女人誘人的紅唇及蜂蜜般黏人的玉手和迷人的髮香，很快便被拋諸腦後，使他能夠一直保持清醒。

「倒楣！眞倒楣！」

武藏每走一步都如同踩在火炭上，他額頭直冒汗水，全身的骨頭都快散了。

但是當武藏走過五十鈴川，一踏入內宮，整個人豁然開朗起來。此處草木茂盛，可以感覺神明的存在——雖然說不出是否眞有神明——但是這兒鳥語花香，有如仙境。

「哎喲……」

武藏終於忍不住，他倒在風宮前一棵大杉樹下，抱著腳痛苦呻吟。

2

武藏像一座化石動也不動。傷口化膿，體內好像燃燒熊熊火焰，體外卻是十二月的寒風刺痛肌膚。

「……」

最後武藏失去知覺。他當然知道自己會嘗到苦頭，但就不知當初爲何會突然離開客棧。

武藏和一般病人一樣，無法忍耐久臥病牀等待腳傷痊癒。但是他也過於魯莽，這樣只會使腳傷更加惡化，雖然如此，武藏在精神上卻充滿鬥志。不久他恢復知覺，抬起頭，眼神炯炯地瞪著虛無的天空。

天空下，他看見神苑的巨杉，沙沙作響的風中傳來笙、篳篥、笛子合奏的古樂聲刺激著武藏的耳朵，武藏豎耳傾聽，樂聲中有位女子溫柔的歌聲。

打節拍吧
只要父親一句話
就盡情地拍
節奏整齊劃一
即使和服的袖口破了
也不讓腰帶綳了
也不讓背繩斷了
絶不　絶不

「可惡！」武藏咬牙切齒地掙扎站起，扶著風宮的牆壁，螃蟹般橫著往前走。

遠方燈火處傳來天籟之聲，那裏是子等之館，是在大神宮工作、可愛的淸女（編註：平安時代，女文學作家清少納言的別稱）住所。剛才的樂聲可能是這些淸女們像以前天平年間彈著笙和篳篥等樂器在練習神樂吧！

武藏螃蟹般慢慢往子等之館的後門走去，往裏窺視，裏面空無一人，這一來武藏鬆了一口氣，解下腰帶和背上的包袱一併掛在牆壁上，身上空無一物，用手撐著腰，一跛一跛的不知走向何方。

過了一會兒。

離該館五、六百公尺處有一條五十鈴川。岩石旁，一個赤身裸體的男人打破水面上的冰層，正在沖澡。

幸好沒被神官發現，要不然準會被罵。

——瘋子！

像這樣赤裸裸在冰水裏沖澡，旁人看了必會以爲他瘋了。《太平記》書上曾經記載，從前在伊勢地區有一個善於使用弓箭的仁木義長，攻占神領三郡，在五十鈴川以捕魚維生、在神路山上以鷹捉鳥維生。就在衆人歌頌他的威武時，他竟然發狂了。今夜這名裸體男子，不免讓人懷疑也遭邪惡靈附身。

那人終於像水鴨般爬上岸，擦乾身體，穿上衣服——他就是武藏。

此時，他凍得毛髮直豎有如冰柱。

3

武藏心想如果無法克服肉體上的痛苦，又如何征服敵人呢？未來的人生是無法預期的，就像最近他必須面對的大敵——吉岡清十郎及其一門。

武藏和吉岡的關係惡劣，這次的決鬥，對方爲了保全顏面，一定會傾全力應戰，他們會說：

「你現在後悔已經爲時已晚！」

並且以逸待勞，等待決鬥之日的來臨。

武功高強的武士常常像念佛般把「拚命」、「覺悟」等字眼掛在嘴邊。但是武藏認爲這些話不切實際。

就連平庸的武士碰到這種場面，也會抱持拚命的決心。這是動物的本能。而更上一層的決心便是覺悟，然而，想抱著一死的覺悟並非難事，因爲當人被迫面臨生死存亡時，自然會激發一死的覺悟，誰都一樣。

武藏煩惱的並非他未抱持一死的覺悟，而是該如何才能致勝，如何把握必勝的信念。

路途並不遙遠——

從這裏到京都不到四十里，稍微趕點路，不出三天就可以到達，但是，心裏的準備並非倉促可成的。

武藏從名古屋派人送挑戰書到吉岡家。之後，武藏經常自問：

「自己是否已經做好準備了呢？能贏對方嗎？」

很遺憾的，他不得不承認在他內心深處仍有一絲畏懼。

因爲他很清楚自己的修養未臻成熟，尚未達到達人或名人的境界。

武藏想起奧藏院的日觀以及柳生石舟齋，還有澤庵和尚的行徑——即使自許再高，從自己粗枝大葉的性格，還是可以挑出很多弱點。他必須自我承認：

「尚未成熟！」

然而，此時自己不但尚未成熟——也還未準備好應戰，卻必須深入虎穴殺敵致勝。身爲武術家不能只求戰鬥，更需得勝保全性命。如果無法向世人顯現堅強的生命力就算不得是眞正的武術家。

武藏振奮精神。

「我一定要贏！」

他對著神木大聲叫喊，朝五十鈴川的上游走去。

像原始人攀爬層層疊疊的岩石，這一帶原始的古老森林有一道無聲的瀑布，原來是瀑布的水已經凍成冰柱了。

4

武藏到底要去哪裏？目的何在？

也許是他在神泉裸浴，受到懲罰，現在的武藏彷彿已經瘋了。

「怕什麼！」

武藏像個瘋狂的惡鬼。他攀上岩石，抓住樹藤，征服腳底下的巨石，一步步努力向上爬。若非他心中有個偉大的目標，如此絕崖峭壁，光憑一般人的意志力是無法克服的。

從五十鈴川的一之籟再走約一至二公里的地方有一條溪谷，礁石暗布，水流湍急，聽說連鮎魚都無法游過。過了溪谷有一斷崖，看來除了猴子和天狗之外，大概沒有其他動物能攀爬上去。

「嗯！那就是鷲嶺。」

武藏正處於精神緊繃的狀態，在他眼中，沒有征服不了的峭壁。

原來，他把身邊的大小雜物都放在子等之館，其用意如此。武藏抓住懸崖上的一條樹藤，一尺一尺地向上爬，力氣驚人，好像宇宙有一股引力將他慢慢往上拉似的。

「我成功了！」

武藏征服了斷崖，在頂上大聲歡呼，從崖頂可以俯瞰五十鈴川白色的盡頭，那是二見浦水灘。在武藏眼前，夜氣籠罩的森林隱約可見險峻的鷲嶺。昔日他躺在客棧療傷時，天天仰望這座高不可攀的鷲嶺，如今他終於征服它了。

這座山就是石舟齋。

武藏因爲抱持這樣的念頭才爬上高峰。當初他拖著紅腫的腳傷，勃然離開客棧，又在神泉裸浴，費盡千辛萬苦才上此崖。如今，他眼中閃爍光芒，透露出此行的目的——也就是說，他天生好強的個性，再也不會受到柳生石舟齋這個巨人的陰影所左右。

這個陰影曾盤踞他內心深處，當他眺望這座山時，老覺得它就像石舟齋，正嘲笑自己每天爲了腳傷所苦，因此武藏非常厭惡看到這座山。

「什麼東西！」

經過幾天的深思熟慮，他決定踢開心頭的陰影，終於一鼓作氣爬上山頂。

「石舟齋有什麼可怕的⁉」

武藏光著腳用力踩踏地面，他內心暢快無比。如果連這點信心都欠缺，那又如何踏上京都之途與吉岡決鬥，又如何能致勝呢？

武藏把踩在腳下的草木冰雪視為敵人——每一步都是勝敗的呼吸。他在神泉裸浴，使得全身血液凝凍，現在，這些冰涼的血液竟如熱泉般從他的皮膚散發出來，冒著熱氣。

這座鷲嶺就連登山者都無法攀登，現在武藏卻赤裸裸擁抱山岳的肌膚。他繼續往上爬，尋找踏腳的岩石，有時岩石鬆動，腳下便會傳來落石掉下溪谷的聲響。

一百尺——兩百尺——三百尺，武藏的身影在穹蒼的襯托下越來越渺小。有一朵白雲飄過來，當白雲飄走時，他的身影已與天空合而為一。

鷲嶺宛如巨人，冷漠地看著武藏的一舉一動。

5

武藏猶如螃蟹般抓住岩石匍匐爬行，現在他正爬到近山頂的地方。

他小心翼翼，生怕手腳稍有疏忽，自己就會跌得粉身碎骨。

「呼……」

全身汗毛豎立，爬到這裏他氣喘如牛，連心臟都快跳出來了，每爬一點就喘口氣。他繼續往上攀爬，不覺回頭望著腳底下所征服的來時路。

神苑的太古森林，五十鈴川的銀色水帶，神路山、朝熊山，前山等連峰，以及鳥羽的漁村，和伊勢的大海，全都在自己腳底下。

「已經快到山頂了。」

臉上流著溫熱的汗水，武藏回憶起兒時陶醉在母親懷裏的感覺，使他渾然不覺岩石的粗糙，眞想躺下來好好睡一覺。就在此時，他腳尖的岩石開始鬆落，武藏心頭一驚，下意識地另尋踏腳石——再熬一口氣是何等艱辛啊！這絕非筆墨所能形容，就如決鬥時，殺與被殺之間的雙鋒對峙的局面。

「快到了，只差一點。」

武藏又攀住岩石，努力往上爬。

這時如果意志薄弱或是體力不支，將來必定會被其他的武術家打敗。

「畜牲！」

武藏的汗水沾溼了岩石，他的身體也因爲汗水所造成的熱氣不斷被蒸發而像白雲般。

「石舟齋小子。」

武藏像在詛咒似的。

「日觀這個混蛋，澤庵這個臭和尚。」

他想像自己正踩在這些比他優秀的人的頭頂上，一步步地往上爬，他跟山已經合爲一體。要是山靈看到有人如此擁抱這座山，一定也會非常驚訝。突然，武藏看見眼前一片飛沙走石，天地變色。彷彿被人摀住了口鼻幾乎無法呼吸，他緊緊抓住岩石，但是陣陣強風幾乎捲走他的身體……武藏只得暫時緊閉雙眼，一動也不敢動地趴在岩石上。

雖然如此，他的內心卻高唱凱歌。當他匍匐於岩石上時，他看見一望無垠的天空，甚至看到黎明時，白色的雲海正透出曙光。

「看！我終於征服了。」

當武藏知道自己已經爬上山頂時，意志彷彿斷了絃一般，整個人撲倒在地。山頂的強風夾雜沙石，不斷地打在他背上。

這一刻，武藏感到一種無以言喻的快感，他已達到無我的境界。汗水溼透全身，他將身體緊緊貼著山頂。在這黎明初透的時刻，山性也好，人性也罷，都在大自然莊嚴的懷抱中孕育著，武藏進入恍惚狀態，沈沈入睡。

他猛然醒來，一抬頭覺得頭腦像水晶般透明，身體就像一條小魚般想要到處游竄。

「啊！再也沒有什麼事能難倒我了，我已經征服了鷲嶺。」

艷麗的朝陽染紅了山頂和武藏，他如同原始人般高舉雙手，伸展腰身，並仔細端詳征服山頂的雙腳。

突然他發現一件事，從受傷的腳趾處正流出大約有一升多的青色膿液，在這清澄的天界上，除了人體的異味之外，還瀰漫著欣欣向榮的香氣。

冬陽的陰影

1

住在子等之館的妙齡神女（編註：在神社從事奏樂、祈禱的未婚女子），當然也都是淸女。年紀小的約十三、四歲，大的二十歲左右，全都是處子。

她們演奏神樂時穿白絹窄袖上衣，紅色長褲裙，平常在館內學習和打掃時都穿著寬鬆的棉質長褲裙和窄袖上衣。早上工作完後，各自拿著一本書到禰宜荒木田的私塾學習國語及和歌，這是每天的課程。

「那是什麼？」

一羣淸女正陸陸續續走出後門，其中一人看見牆上掛著東西。

那是昨夜武藏掛在牆上的修行武者的包袱。

「是誰的？」

「不知道。」

「像是武士的東西。」

「我當然知道是武士的，但不知是哪一位武士啊？」

「一定是小偷忘了帶走。」

「哎呀！還是別碰爲妙。」

大家瞪大眼睛，好像大白天發現披著牛皮午睡的小偷似地爭相圍睹，又害怕得猛嚥口水。

其中一人說道：

「我去告訴阿通姑娘。」

說完逕往後面走去。

「師父，師父，不得了了！妳過來看一下。」

小神女從欄杆下往上呼叫，阿通正在宿舍的邊間寫字，她放下筆，問道：

「什麼事？」

打開窗戶探出頭來。

小神女用手指著：

「那邊，有一位小偷留下刀和包袱。」

「最好把它交給荒木田先生。」

「可是沒人敢碰，怎麼辦？」

「妳們眞是大驚小怪，等一下我拿去就是了，大家別在那兒浪費時間，快到私塾去吧！」

過了一會兒，阿通走到外面，大家已經走了，只留下一個煮飯的老太婆和一個生病的神女在看守。

「阿婆！妳知道這是誰的東西嗎？」

阿通隨口問完，就去拿修行武者的包袱。

她順手一抓竟然無法提起，一個男人爲何要把這麼重的東西綁在腰上走路呢？

「我去見一下荒木田先生。」

阿通對看家的阿婆交代完之後，便雙手抱著那個重包袱走出去。

兩個月前，阿通跟城太郎兩人此投宿在伊勢大神宮的家（編註：世代皆任神職之家）。當時，爲了尋找武藏，他們已經走過伊賀路、近江、美濃，眼見寒冬將至，一位女子是無法越過滿是冰雪的山谷，只好在鳥羽附近以教笛維生。禰宜的荒木田家聽到這個消息，便邀請阿通到社裏來指導子等之館的淸女們吹笛。

阿通的主要目的並非教笛，而是想知道此地流傳的古樂。而且，她也喜歡跟淸女們在神林中共同生活，便決定暫時在此棲身。

造成不便的是她的同伴城太郎，雖然他還年少，卻不被允許住在淸女的宿舍，只好叫他白天打掃神苑的庭院，晚上則睡在荒木田先生家的柴房。

2

神苑的冬天，寒風吹著光禿禿的樹幹，颯颯作響。

疏林中，冉冉揚起一縷晨煙——宛如神仙的化身。不禁讓人想起那縷晨煙下，城太郎正拿著竹掃把在掃地呢！

阿通停下腳步。

城太郎一定在那裏打掃。

一想到城太郎，阿通臉上便露出微笑。

那個小白臉。

那個不聽話的傢伙。

最近，城太郎竟然也老老實實地聽自己的話，而且，盡管好玩卻工作賣力。

她聽到「啪——啪」折斷樹枝的聲音。阿通雙手抱著沈重的包袱，來到林中小路。

「城太郎！」

她大聲呼喚。

遙遠的地方也傳來——

「喲——」

是城太郎精神飽滿的聲音，沒多久就聽見他跑下來的腳步聲。

「是阿通姊姊啊！」

他停在阿通面前。

「哎呀！我以為你在掃地呢！你這一身短褂子、木劍是幹嘛呢？」
「我在練劍呀！我以樹為敵，自己練習劍術。」
「練劍是可以，可是這裏是神苑，是追求清靜祥和、是我們日本人的精神所在，也是民衆來此參拜女神的神聖之地——所以，你看那裏不是掛了告示牌，上面寫著禁止攀折神苑樹木、濫殺鳥獸。何況你是負責打掃神苑的人，怎麼可以用木劍砍伐樹枝呢？」
「我知道啦！」
城太郎回答著，對於阿通的說教一副不以為然的樣子。
「既然知道，為什麼還要砍伐樹枝呢？要是被荒木田先生知道了一定會挨罵的。」
「可是，已經枯掉的樹枝砍斷了沒關係吧！難道連枯枝都不能砍嗎？」
「不行。」
「妳在說什麼啊！那我有一件事要問阿通姊姊。」
「什麼事？」
「這個神苑既然如此重要，為什麼人們不好好珍惜它呢？」
「這是一種恥辱。就像自己的心靈也是雜草叢生一樣。」
「雜草叢生還不打緊，有些樹幹被雷電擊中迸裂開來，就這麼任它腐朽棄之不顧，被暴風雨連根吹倒的大樹木也已枯死了；再看看神社裏面到處是鳥巢、屋頂漏水，而廂房也已經損壞不堪，燈籠也掛得歪歪斜斜，這種地方哪像是重要的神社？阿通姊姊我想問妳，從攝津外海眺望大坂城，它的確是燦爛奪目；德川家康現在開始修築伏見城，並且開始修築各國十幾個巨大的城堡；在京都、大坂除了大將軍和富人家的官邸之外，一般的房子也蓋得很漂亮，庭院採用利休風格或遠州風格，而且聽說連茶裏都不會掉下一粒灰塵來。但是，看看我們這裏，在這廣大的神苑裏，爲何只有我和穿著白褂子的老爺爺在打掃，而且不過三、四個人罷了！」

3

阿通輕輕頷首。

「城太郎，你這些話怎麼和前幾天荒木田先生所講的一模一樣呢？」

「啊！阿通姊姊也去聽課嗎？」

「我當然去聽了。」

「穿幫了。」

「你現學現賣是行不通的。不過，荒木田先生這番話的確是語重心長，盡管我對你的賣弄毫不感動。」

「眞是的……聽了荒木田先生講課之後，我認爲信長、秀吉，還有家康，一點也不偉大，雖然大家都稱頌他們的豐功偉業，他們在取得天下之後，就自認爲是天下無敵手，所以，我認爲他們並不偉大。」

「信長跟秀吉這兩個人還好，雖然拿世人和自己當藉口，對京都的御所倒還敬畏幾分，也能博取人民的歡心。倒是足利氏的幕府時代，尤其永享到文明這段期間，那才真夠悽慘。」

「咦，怎麼說呢？」

「這段期間不是發生過應仁之亂嗎？」

「沒錯。」

「因爲室町幕府無能，才會導致內亂四起，有實力的人爲了擴張自己的權益，於是戰爭迭起，搞得民不聊生，無人爲國家大局著想。」

「你是指山名和細川之間的爭權奪利嗎？」

「沒錯，他們爲了自己的利益而引發戰爭，可說是自私自利的私鬥時代。那時荒木田先生的祖先荒木田氏經，代代任職於伊勢神宮。但是世上的武士大多自私自利，全都爲貪圖私利而爭戰不斷。因此，從應仁之亂開始，已經乏人參拜神明。古時候留下來的祭典也都荒廢失傳，雖然荒木田先生的祖先前前後後向政府反應了二十七次，請求振興祭典，但是朝廷經費不足，幕府又欠缺誠意，而武士們更是自私自利，只爲自己的地盤爭得頭破血流，無人重視這件事情。氏經先生在這種潮流當中，既要和當權力爭，又得克服貧窮，並四處遊說人民，終於在明應六年將神宮遷往臨時的宮殿去。你說這是不是很可笑呢？但是仔細思量，我們不也經常在長大成人之後便忘記母親的養育之恩。」

城太郎等阿通熱熱烈烈一口氣說完之後，拍著手跳了起來。

「哈哈哈、哈哈哈，妳以爲我不吭氣就是不知道嗎？原來阿通姊姊也是現學現賣。」

「哎呀！你聽過這些課——你這個人眞可惡！」

阿通作勢要打他，但是手上的包袱太重了，只追了幾步便停下來，只能微笑看著他。

「咦，那是什麼？」城太郎跑了過來。

「阿通姊姊那是誰的刀……」

「不行，你不能拿，這是別人的東西。」

「我不是要拿，妳借我看一下嘛——好像很重的樣子，好大的一把刀啊！」

「看看你那雙貪婪的眼睛。」

4

阿通聽到背後傳來啪嗒的草鞋聲，原來是剛才從子等之館出去的一位稚齡神女。

「師父、師父，禰宜先生在找妳，好像有事要拜託妳。」

阿通回頭時，她又掉頭跑回去了。

城太郎好像受了驚嚇，立刻張望四周的樹林。

冬陽透過樹梢，形成一道道波光，在地上照映出點點斑影。城太郎在樹下，腦子裏不知在想什麼。

「城太郎你怎麼啦，你睜著大眼睛在張望什麼？」

「……沒什麼。」

城太郎若有所思，咬著指頭。

「剛才跑來的那位姑娘突然叫妳師父，我還以爲是在叫我師父，所以嚇了一跳。」

「你是指武藏哥哥嗎？」

「啊、啊！」

城太郎像啞巴似支支唔唔，阿通突然一陣心傷，鼻頭一酸，差點掉下淚來。

城太郎爲什麼要提到這個人，雖然他是無心的，卻勾起阿通的傷心處。

阿通對武藏不能一日稍忘。這是她沈重的負擔，爲何無法丟掉這個負擔呢？那個無情的澤庵曾經要阿通住在無爭的土地，結婚生子。但是，阿通只覺得他是不懂感情的說禪和尚，很可憐他。而她對武藏的思念之情，卻無法忘懷。

情愛就像蛀牙菌，把牙齒蛀得越來越大。平常沒想起這件事，阿通也過得很好，但是只要想起武藏，她就茫然不知所措，只是一味地到處遊走，尋覓武藏的蹤影，想要靠在武藏的胸膛痛哭一場。

阿通默默地走着。武藏在哪裏啊？在哪裏？找不到武藏讓她心焦如焚。

阿通流著淚，雙手環胸默默地走著——她的雙手還抱著充滿汗臭味修行武者的包袱，和一把沈重的大刀。

但是，阿通並不知情。

她如何知道那是武藏的汗臭味呢？她只覺得那包袱非常沈重，而且，因爲心裏想的盡是武藏，所以根本未去留意包袱的事。

「阿通姊姊——」

城太郎一臉歉意地追過來。當阿通正要走入荒木田先生的屋內時，城太郎剛好追上她。

「妳生氣了嗎？」

「……沒有，我沒生氣。」

「很抱歉！阿通姊姊，眞對不起。」

「不是城太郎的錯，是愛哭蟲又找上我了。現在我有事要去問荒木田先生，你先回去好好掃地，好嗎？」

5

荒木田氏富把自己的住宅取名爲「學之舍」，當做私塾。來此學習的學生，除了清純可愛的神女之外，還有神領三郡裏各階級的小孩，約有四、五十人。

氏富教導這些學生一些當今社會已經失傳的學問，也就是目前不受大都市重視的古學。

這些孩子學了這些知識之後，就會瞭解擁有廣大森林的伊勢鄉土，有它光榮的典故。而從整個國家的觀點來看，現在大家都認爲武家的興盛就是國體的興盛，至於地方上的衰微，並不認爲是國家衰微的現象。至少，在神領的子弟中，培育幼苗，期待他們將來能夠傳承下去，就像這座大森林一樣，生生不息，期盼精神文化能夠有茁壯、茂盛的一天。這就是荒木田氏富悲壯的志業。

氏富以愛心和耐心，每天爲孩子們講解深奧難懂的《古事記》和中國經書。

也許是氏富十幾年來毫不倦怠地教育下一代，因此，不論是豐臣秀吉掌握天下大權，還是德川家康爲征夷大將軍，這個地區裏的百姓，甚至連三歲的小孩也不會把這些如星星般的英雄錯看成太陽。

現在，氏富上完課，從「學之舍」走出來。

學生們下了課便一哄而散，各自回家。

「禰宜先生，阿通姑娘在那邊等您呢。」

一位神女對氏富說著。

「我差點忘了。」

氏富這才想起這件事。

「我找她來，自己竟然忘得一乾二淨。」

阿通站在私塾外面，手上抱著修行武者的包袱，從剛才她就一直在門外聽氏富教學。

「荒木田先生，我在這裏，您找我有何吩咐？」

6

「阿通姑娘，讓妳久等了，請進來。」

氏富請阿通進入屋內，尚未坐穩，他看見阿通手上的包袱便問：

「那是什麼？」

阿通告訴他：這是今天早上掛在子等之館牆壁上，不知是誰的東西？神女們看它不像普通人家的包袱，都不敢靠近，所以我把它拿來給先生。說完之後，荒木田氏富也覺得納悶。

「噢……」

他皺著白眉毛，望著那包袱。

「看起來不像是來此參拜的人所留下的東西。」

「一般來參拜的人，不會走到那裏去的。而且昨晚並未發現，今天早上小神女們才發現這包袱，可見這個人是在半夜或黎明時進來的。」

「唔……」氏富的臉色有點難看，喃喃自語道：

「也許是衝著我來的，可能是神領的鄉士故意惡作劇。」

「您認爲會是誰在惡作劇呢？」

「老實說，我找妳來也正是爲了此事。」

「是跟我有關的嗎？」

「我說出來妳可別生氣——事情是這樣子，神領鄉士中有人向我抗議，認爲留妳在子等之館並不恰當。」

「哎呀！原來是我引起的。」

「妳不需有絲毫歉意，但是，以世俗的眼光——我說了妳可別生氣……他們認爲妳已經不是一個不懂男人的神女了。因此，若把妳留在子等之館會玷汚聖地。」

雖然氏富輕描淡寫，但是阿通的眼裏已經充滿了後悔的淚水，她並非生氣，而是深覺無奈。以世俗的標準來衡量自己，認爲她四處漂泊，在江湖中打滾，並且懷著一分刻骨銘心的永恆戀情浪跡天涯，當然會認爲她已不再清純。可是，一個貞潔的女子是無法忍受這種恥辱和冤枉呀！阿通激動得全身顫抖。

氏富似乎沒考慮這麼多，總之人言可畏，眼看春天即將到來，所以氏富想跟阿通商量，不需要再指導淸女吹笛，言下之意也就是希望阿通離開子等之館。

阿通本來就不打算在此久留，現在又給氏富帶來痲煩，更加深她的去意，所以她立刻答應，並感謝氏富這兩個月來對她的照顧，決定今天就啓程離去。

「不，不必這麼急。」

氏富說完也很同情阿通的處境，不知如何安慰她，只是將手伸到書架上。

城太郎尾隨阿通，不知何時已經來到後面的走廊，此時他探頭悄悄地對阿通說：

「阿通姊姊，妳要離開伊勢嗎？我也要一起走。我已經很厭煩在此打掃了，正好趁此機會開溜，好嗎……這是個好機會，阿通姊姊。」

7

「這是我一點心意……阿通姑娘，這點微薄的謝禮就當路上的盤纏吧！」

氏富從書架上的盒子裏取出一些銀子。

阿通深感惶恐，並未收下銀子。雖然自己指導子等之館的淸女吹笛，但也在此叨擾了兩個月，受氏富很多照顧，因此她說，如果要收下謝禮的話，也應該照付住宿費用，所以拒絕接受。氏富說：

「不，妳一定要接收這分謝禮，因爲等妳到京都時我還有事相託，請妳務必收下銀子。」

「您託我的事情，我一定會照辦，但是這些銀子我心領了。」

阿通把銀子推回去，氏富看到阿通背後的城太郎：

「喂！那麼這就給你當路上的零用。」

「謝謝您！」

城太郎立刻收下，然後說：

「阿通姊姊，我可以收下嗎？」

城太郎先斬後奏，阿通也拿他沒辦法。

「眞是謝謝您了。」

阿通再三道謝，氏富這才放心。

「我要拜託妳到京都的時候，將此交給住在堀川的烏丸光廣卿。」

說完，從牆上架子取下一卷圖畫。

「這是我前年受光廣卿之託所畫的圖。那時約定要請光廣卿在畫上題詩詞，我認爲如果是派人去或委託信差都不能表達我的誠意，所以請你們一路小心，切勿淋到雨或弄髒了。」

阿通覺得責任重大，卻又無法拒絕。氏富拿出一個特製的盒子和油紙，準備把畫包起來。但是他可能是對這幅畫情有獨鍾，而且要將作品送人總有些依依不捨，於是說道：

「這幅畫也給你們看看吧！」

說完攤開那幅畫。

「哇！」

阿通不自覺地發出讚美聲，城太郎也張大眼睛，靠近觀賞。

雖然尚未題詩詞，不能明瞭這幅畫所表達的涵意。卻看得出是平安朝時期的生活和習俗，用土佐流的細筆畫法，塗上華麗的朱砂色料，令人百看不厭。

城太郎並不懂畫。

「啊！這個火畫得眞像，看起來好像眞的在燃燒似的……」

「只可看不可摸哦！」

兩人全神貫注，都被那幅畫吸引住了。就在此時，管家從庭院走來對氏富講了幾句話，氏富聽完後點頭說：

「嗯！這樣子啊，那就不是可疑人物，爲了愼重起見，還是請那個人寫下字據，再把東西還給他。」

說完，將阿通拿來帶有汗臭味的武士行囊，交給管家。

子等之館的淸女們聽到教吹笛的師父突然要離開，大家都感到依依不捨。

8

「眞的嗎？」

「這是眞的嗎？」

大家圍著阿通。

「您不再回來了嗎？」

大家都像要跟親姊姊分離似的，非常悲傷。這時，城太郎在館外大喊：

「阿通姊姊，妳準備好了嗎？」

城太郎脫下白褂子穿上自己的短上衣，腰上橫掛著木劍。荒木田氏富託他們帶的重要圖畫用兩、三層油紙包好，放在盒子裏，再用大包巾包著，由城太郎背著。

「哎呀！你的動作眞快！」

阿通從窗戶回話。

「我當然快——阿通姊姊，妳還沒準備好嗎？女人出門怎麼動作這麼慢啊！」

這個地方禁止男人進入，所以當城太郎在等待阿通時，只能站在屋簷下曬太陽，他望著籠罩著霞霧的神路山，伸著懶腰打起呵欠。

城太郎是個活潑、好動的小男孩，受不了等待，才一下子他就感到無聊，快等得不耐煩了。

「阿通姊姊，妳還沒好嗎？」

阿通在館內回答：

「我立刻就出去了。」

阿通早就準備妥當，只不過短短兩個月的相處，她已經和這些神女親密得情同手足，突然要離開，那些年輕的少女們好不傷心，捨不得讓阿通走。

「我會再回來的，請大家多保重。」

阿通心裏明白不可能再回來了，她知道自己在撒謊。

神女中有人低聲啜泣，也有人說要送阿通到五十鈴川的神橋，大家七嘴八舌圍著阿通一起走到門外。

「咦！奇怪。」

「城太郎剛才還直嚷著要走，現在怎麼不見人影了？」

神女們用手圈著嘴大叫：

「城太！」

「城太你在哪裏啊？」

阿通很瞭解城太郎這孩子，因此並不擔心。

「他一定等不及，一個人先跑到神橋去了。」

「眞教人受不了。」

有一個神女注視著阿通的臉，說：

「那個小孩是師父您的孩子嗎？」

阿通笑不出來，她一本正經地回答：

「妳在說什麼？那個城太怎麼可能是我的小孩呢？我今年春天才二十一歲啊！我看起來有那麼老了嗎？」

「可是有人這麼傳說。」

阿通突然想起氏富剛才所提的人言可畏，感到非常生氣。但是，無論別人如何說，只要有一個人信任自己就可以了。

「阿通姊姊，妳好壞啊！妳好壞啊！」

原來以爲城太郎已經先走了，沒想到他卻從後面追過來。

「叫我等妳，妳卻自己先走了，實在太不夠意思了。」

城太郎嘟著嘴巴。

「可是你剛才根本不在這裏啊！」

「我不在這裏，那妳也得先找一下才夠意思啊！剛才我看見一個長得很像我師父的人往鳥羽街的方向走去，我覺得奇怪才跑過去一探究竟呢！」

「啊！像武藏的人？」

「可是我看錯了。我追到街樹那裏，老遠瞧見那個人跛著腳走路的背影……好不失望。」

9

兩人一路行來，城太郎像剛才一樣，幾乎每次都嘗到希望破滅的痛苦。因爲，在路上不管是擦身而過的人，或是背影神似武藏的人，他都會跑上前去確定一下，有時候看到別人的樓上好像有武藏的人影，或是渡船中坐著像武藏的人——無論是騎馬的或乘轎的，所有的人只要有那麼一點長得像武藏，城太郎就會激動地說：咦！是他嗎？

城太郎一定會使盡方法去確認對方是不是武藏，每次總是帶著落寞的表情回來，類似這樣的事情，已經不下幾十遍了。

因此，阿通並未因城太郎所說的話而生氣，尤其當她聽到城太郎說那是一個跛腳的武士時，竟然笑了起來。

「太辛苦你了。才剛要上路就情緒低落的話，往後的旅程可就很無趣了。我們先握手言歡再出發吧！」

「這些小姑娘呢？」

城太郎無禮的環視尾隨在後的那羣神女：

「她們要一起走嗎？」

「沒這回事，她們只是依依難捨，想送我們到五十鈴川的宇治橋。」

「那眞是太辛苦了。」

城太郎模仿阿通的口氣。

本來充滿離愁的神女們，由於城太郎的加入，氣氛立刻變得活潑起來。

「阿通師父，您走錯路了，不是向那兒轉。」

「我沒走錯。」

阿通轉往玉串御門的方向，對著遠方的內宮正殿，合掌低頭膜拜許久。

城太郎見狀：

「啊！原來如此，阿通姊姊是在向神明告別。」

城太郎說著，遠遠地看著阿通。神女們用手指戳他的背。

「城太，你怎麼不來拜呢？」

「我不要。」

「怎麼可以說不要呢？你會歪嘴巴喔！」

「拜了我會不舒服。」

「拜神明爲何會不舒服呢？這神明可不同於一般世俗的神明，或是流行、趕時髦的神明，你可以把祂想像成遙遠的母親，怎麼會不舒服呢？」

「這個我懂。」

「你懂的話就去拜啊！」

「我不喜歡嘛！」

「你好倔強！」

「你們這些臭丫頭、臭三八給我閉嘴。」

「哎喲！罵人了。」

一式打扮的神女們，個個張大眼睛。

「哎喲——」

「哎喲。」

「這小孩眞嚇人。」

阿通遙拜之後走回來。

「你們怎麼了？」

神女們在等阿通回來主持公道。

「城太剛才罵我們是臭丫頭——而且，他還說他討厭膜拜神明。」

「城太，這是你不對。」

「什麼嘛？」

「你以前不是說過，在大和的般若荒野，武藏跟寶藏院衆人決鬥時，你非常擔心，對著空中合掌大聲請求神明保佑，不是有這麼一回事嗎？現在你也去膜拜。」

「可是……大家都在看我。」

「好，各位，妳們轉過頭去，我也轉過頭——」

大家排成一列背對著城太郎。

「……這樣子可以嗎？」

阿通說完，沒聽見城太郎回話，便偷偷回過頭去看，看到城太郎往玉串御門的方向跑過去，站在那裏深深一鞠躬。

風車

1

武藏面對大海，坐在賣烤蠑螺的攤子前。

「客官，我們的船要環湖一周，還有兩個空位，你要不要坐啊？」

有位船夫對著武藏拉生意。

另外又有兩名海女（編註：潛水採貝的漁女），提著剛撈上來的海螺籃子。

「這位先生，要不要買海螺啊？」

「買點海螺吧！」

「……」

武藏腳上的紗布已經被流出來的膿血沾污了。他將紗布解開，本來疼痛不堪的腳傷，現在已經完全消腫恢復原狀了，紗布包裹得太久以致皮膚變得又白又皺。

「不買，不買。」

武藏揮揮手，趕走了船夫和海女。他試著把腳踏在沙地上，走向海裏，把腳泡在海水裏。

從這一天早上開始，他不但忘記了腳傷的痛苦，體力也全都恢復，精神亦爲之振奮。他除了很清楚地知道腳傷已經痊癒之外，今晨的心境與昨日大不相同，因爲自覺前途無量而欣喜若狂。

武藏請賣烤蠑螺的姑娘幫他買了一雙襪子和新草鞋，他嘗試在地上踩踏，跛腳走路也有好一陣子，一下子痊癒又有點不適應，傷口還有些疼痛，但已經微不足道了。

「船夫已經在趕遊客上船，客官，您不是要去大湊嗎？」

正在烤蠑螺的老頭子提醒武藏。

「沒錯，到大湊之後就有船開往津鎮吧？」

「對，也有船開往四日市和桑名。」

「老闆，今天是臘月幾日了？」

「哈哈哈！您眞是貴人多忘事，竟然都忘了日期，今天已經是臘月二十四日了。」

「才二十四日嗎？」

「還是你們年輕人無憂無愁，眞令人羨慕。」

武藏快步到高城海邊的渡船頭，他還希望能跑得更快些。

武藏趕上往對岸大湊的船隻，船上滿載乘客。在這同時，也是神女們送阿通和城太郎到五十鈴川的宇治橋頭，或許她們現在正揮著手道別呢。

那條五十鈴川的河水便是流到大湊的海口，武藏所乘的渡船發出船槳拍打波浪的聲音。

抵達大湊之後，武藏立刻改搭開往尾張的渡船。乘客大多是旅客，左岸可以看見古市、山田和松坂等地的街道樹，巨大的船帆，迎著海岸線，平穩地行駛在伊勢的海面。

此時，阿通和城太郎正由陸路往同一個方向前進，不知道他們誰會先到達目的地？

2

如果到松坂，便可以打聽到那位伊勢出身、號稱「鬼才」的神子上典膳的消息，但武藏打消了這個念頭，在津鎮就下船。

在津鎮港下船時，走在他前面的男子，腰際掛著兩尺左右的木棒，吸引武藏的注意。因爲木棒上捲著鎖鏈，鎖鏈的尾端有一個銅環。腰上另外還佩了一支皮刀鞘的野太刀。年約四十二、三歲，皮膚比武藏還要黝黑，頭髮焦黃地捲在一起。

「老闆！老闆！」

若非有人如此稱呼這個人，任何人都會以爲他只是一個野武士。武藏仔細看了一下那名從船上追下來，年約十六、七歲，臉上還沾著煤灰的鐵匠小徒弟，肩膀上扛著一支長柄鐵鎚。

「等等我，老闆。」

「還不快點。」

「剛才我把鐵鎚忘在船上了。」

「怎麼可以忘記吃飯的傢伙呢？」

「我已經跑回去拿來了。」

「那當然，要是你敢忘記，你就沒命了。」

「老闆！」

「你眞囉嗦。」

「今晚我們不是要住在津頭嗎？」

「太陽還高，我們先趕一段路。」

「眞想住在這裏，有時候出來工作可以放輕鬆些啊！」

「別說瞎話了。」

從碼頭通往大街的路上，兩旁都是禮品店和拉客住宿的人。那個打鐵鋪的徒弟扛著鐵鍾，在人羣中四處張望看熱鬧，因此又沒跟上他老闆。最後終於看到老闆在店裏買了一個玩具風車。

「岩公。」

「是。」

「幫我拿這個。」

「是風車吔。」

「拿在手上怕會被人撞壞，最好插在領子上。」

「要買回家當禮物的嗎？」

「嗯……」

看來那個老闆是買給他小孩的。出外工作，回到家最大的享受便是看到小孩的笑臉吧！老闆走在前面頻頻回頭，大概是擔心插在岩公領子上的風車會被弄壞。

巧的是，他們左彎右拐，竟然是武藏要走的路。

「喔……」

武藏心裏有數——一定是這個男人。

但是，這世上有那麼多的打鐵鋪，而且帶著鎖鏈鎌刀的人也不少。爲了愼重起見，武藏不時地走在前面或後面，悄悄地留意觀察，當他們來到津鎮城外，正要轉往鈴鹿山的街道時，武藏從他們二人的對話中已經可以確定。

3

「請問你要回梅畑嗎？」

武藏問那兩個人，對方操著濃濃的鄉音回答：

「是的，我們是要回梅畑。」

「請問您是不是宍戶梅軒先生呢？」

「嗯……你怎麼知道我就是梅軒，你是誰？」

越過鈴鹿山，從水口通往江州草津——這條道路是通往京都必經之路。武藏前幾天才經過這裏。由於他打算在年底到達目的地，希望能在那兒暢飲屠蘇酒，因此他一路毫無逗留地直接來到這裏。前幾天他經過此地時，曾去拜訪宍戶梅軒，不巧他不在家，武藏也不執著，只是期望它日有機會再相識，沒想到竟然會在此巧遇梅軒，武藏覺得自己跟鎖鏈鎌刀挺有緣分的。

「實在很有緣，前幾天我曾去雲林院村拜訪您，見過尊夫人。我叫宮本武藏，是個習武者。」

「啊！原來如此。」

梅軒毫無訝異之色。

「你就是那位住在山田的客棧，說要跟我比武的那個人嗎？」

「您聽說了？」

「你不是去打聽我是否在荒木田先生家裏？」

「打聽了。」

「我是去荒木田家做事，但並不住在他家，我借用神社街一個朋友的工廠，在那兒完成了一件非我莫屬的工作。」

「噢……然後呢？」

「我聽說有一位修行武者住在山田客棧，正在找我，但我怕麻煩，所以未加理會——原來就是你啊！」

「是的，聽說您是鎖鏈鎌刀的高手。」

「哈哈哈！你見到我內人了嗎？」

「尊夫人露了一下八重垣流的架式給我看。」

「那不就夠了嗎？實在沒必要緊追不捨。我的流派內人已經露給你看過了，要是你想看得更多的話，說不定還沒看到一半，你就已經喪命了。」

原來他們夫妻倆都是高傲自大的人，在這世上似乎武術與傲慢都是一體的。但話說回來，若非對方有那麼強的自尊心，也不會因爲擁有精湛的武術而驕傲自矜的。

武藏的修養功夫到家，能暗自嚥下這口氣，他之所以能不被對方激怒，是因爲在他重新踏出社會時，澤庵曾經教誨他「山外有山，人外有人」，而且他探訪寶藏院和小柳生城也得到不少教誨。

武藏很有風度地包容對方，仔仔細細觀察對方的本領，甚至必躬必敬地採取低姿態。

在尚未摸清楚對方底細之前，武藏謹言愼行不形於色。

「是的。」

武藏像個晚輩般謙虛地回答。

「您說的沒錯，光看到尊夫人的架式就讓我獲益良多。但是能在此遇見您，眞是有緣，希望能聆聽您多談談有關鎖鏈鎌刀的心得，那就更感激不盡了。」

「談鎖鏈鎌刀？要談的話可以啊！今晚你要投宿關所的客棧嗎？」

「正有此意，如果您不嫌棄的話，可否讓我到府上叨擾一宿呢？」

「我家裏不是旅館，寢具不夠，若不在意和我的徒弟岩公共宿，那就請便。」

4

黃昏時，三人來到鈴鹿山，山中的村落在燦爛的夕陽下，宛如一面湖水，漸漸沈寂下來。

岩公先跑回去通報，武藏看到梅軒的老婆抱著小孩站在屋簷下，手上拿著父親送的玩具風車。

「你看，你看，爸爸從那裏回來了，看到爸爸了嗎？爸爸回來了——」

本來是傲慢自大的宍戶梅軒，看到孩子立刻變成了一位慈祥的父親。

「嘿喲！我的小乖乖。」

宍戶梅軒手舞足蹈地逗著小孩，夫婦倆相偕抱著孩子進屋去。並未把一起回來並打算在此寄住一晚的武藏看在眼裏。

直到吃晚飯時。

「對了，對了，叫那個修行武者一起來吃飯。」

武藏穿著草鞋，正在工作房的火爐旁烤火。梅軒看見他，才忽然想起而如此吩咐他的妻子。

他老婆一臉不悅。

「前幾天你不在的時候，也來住了一晚，怎麼現在又來了？」

「就讓他跟岩公一起睡。」

「上次我是在火爐旁鋪了蓆子給他睡，今晚也讓他這樣睡就好了。」

「喂，小伙子。」

梅軒在爐前溫好了酒，他拿著酒杯問武藏：

「你喝酒嗎？」

「我喝一點。」

「來一杯吧！」

「好。」

武藏坐在工作房和房間中央。

「我敬您。」

武藏舉杯向梅軒致意，一口飲盡，酒味微酸。

「杯子還您。」

「那個杯子你拿著吧！我還有杯子。你這個武者修行——」

「是。」

「你看起來很年輕，幾歲呢？」

「過了年就二十二歲了。」

「故鄉在哪裏？」

「美作。」

武藏一回答完，宍戶梅軒便瞪大眼睛，從頭到腳再一次重新打量武藏。

「……剛才你說……叫什麼名字……你的名字。」

「我叫宮本武藏。」

「武藏是哪兩個字？」

「武功的武，寶藏的藏。」

這時候，他老婆把晚飯菜餚端過來。

「請用。」

她把飯菜放在草蓆上，宍戶梅軒吸了一口氣，自言自語：

「是這樣子啊……」

「來，酒溫熱了。」

梅軒爲武藏斟酒，突然開口問他。

「你從小就叫做武藏（Takezou）嗎？」

「沒錯。」

「你十七歲的時候也是用這個名字嗎？」

「是的。」

「你十七歲的時候有沒有跟一名叫又八的男子到關原去打仗？」

武藏內心一驚。

「您對我似乎很清楚啊！」

5

「我當然知道，因爲我也曾經在關原工作。」

武藏一聽倍感親切，梅軒現在也改變了傲慢的態度。

「我覺得你很面熟，原來我們是在戰場碰過面啊！」

「這麼說來，你是在浮田家的陣營嘍？」

「我那時在江州野洲川，跟野洲川的鄉士一起，投靠浮田家的陣營，跑在軍隊的最前方。」

「原來如此，我們可能碰過面。」

「你的朋友又八現在如何呢？」

「戰後就沒再見過他了。」

「你說的戰後是指從什麼時候開始呢……」

「會戰之後，我們在伊吹的一戶人家裏藏匿了一陣子，等我們的傷口痊癒之後便分手了，從此再也沒見過面了。」

「……哦。」

梅軒對正要哄小孩入睡的老婆說：

「沒酒了。」

「你們已經談夠了吧！」

「我們現在酒興正濃，還要喝。」

「今晚爲什麼喝這麼多酒呢？」

「因爲我們談得正投機。」

「已經沒酒了。」

「岩公，你過來一下。」

梅軒對角落呼叫，隔牆傳來岩公起牀的聲音。

「老闆！什麼事？」

岩公打開房門，露出臉來。

「你到斧作那裏去賒一升酒。」

武藏拿起飯碗。

「等一下，酒馬上來。」

梅軒急忙抓住武藏的手。

「我特地叫岩公去賒酒來，等一下再吃飯吧！」

「請勿爲了我出去賒酒，我已經不勝酒力了。」

「沒關係。」

梅軒又說：

「對了，對了，你剛才說要問我有關鎖鏈鎌刀的事，我一定知無不言，但是不喝酒哪能談呢？」

岩公很快就回來了。

他把酒壺放在爐火上溫熱，此時梅軒已經在對武藏大談鎖鏈鎌刀用在戰場上的效益。

「拿鎖鏈鎌刀對付敵人容易獲勝，因爲它跟刀劍不同，讓敵人根本無空隙可以防守，而且在還沒擊中對方要害之前，就可利用鎖鏈先纏住敵人的武器，就像這樣，左手拿鎌刀，右手抓稱鉈——」

梅軒坐著，示範給武藏看。

「敵人攻過來時，用鎌刀擋住敵人的武器，同時又可用稱鉈反擊對方，這也是一招。」

說完又換另一種招式。

「像這種情況——如果敵人離自己較遠的時候——可以用鎖鏈纏住對方的武器，無論是大刀、槍、或是棒，皆足以致勝。」

說完，又教武藏投稱鉈的方法，他講了十幾招，例如揮動鎖鏈畫出蛇形般的線條，還有鎌刀和鎖鏈並用，讓敵人產生視覺上的錯覺，可以反守爲攻。梅軒不斷地介紹這種武器玄妙之處。

武藏聽得津津有味。

武藏在聽對方解說時，全神貫注，就像渴望知識的空袋子。完全置身其中。

鎖鏈和鎌刀——

雙手並用。

武藏邊聽講解，自己也頗獲心得。

人有雙手，而劍只用到一隻手。

他在心裏暗自思索著，得到這個結論。

6

第二壺酒不知不覺也見底了，梅軒雖然也喝，但絕大部分都斟給武藏，武藏酒酣耳熱之際毫不覺過量，從未如此酩酊大醉過。

「老婆！我們到後面的房間睡，這裏的棉被留給客人，妳到後面去鋪被子。」

他老婆原來打算睡在這個房間，因此當他們兩人喝酒時，也不管客人是否在場，便逕自和小孩躺進被窩裏睡了。

「這位客人好像也累了，讓他早點休息。」

梅軒對客人的態度突然變得非常親切，現在又要讓武藏睡在這裏而自己去睡後面的房間。他老婆無法理解，而且被窩已經睡暖了，她不願意起來。

「你剛才不是說要讓這位客人跟岩公一起睡在工具房嗎？」

「妳這個笨蛋！」

他瞪著老婆。

「那要看客人是何許人啊！妳給我閉嘴，到後面去鋪被子。」

「……」

穿著睡衣，他老婆滿心不悅地走到後面房間，梅軒抱起已經熟睡的嬰兒。

「雖然被子不是很乾淨，但是這裏有火爐比較暖和。半夜裏若口渴，這裏也有茶喝，請不要客氣，快到被窩裏睡吧！」

梅軒說完便離開了，過了不久，他的老婆過來換枕頭的時候，臉上已經堆滿了笑容。

「我先生已經喝得大醉，再加上旅途勞累，他說明天要睡晚一點才起來，你也不必急著早起，明天早上在這兒吃完早餐再離開。」

「……謝謝妳。」

武藏只能如此回答，他已經爛醉如泥，幾乎無法脫下草鞋和上衣。

「那麼我就打擾了。」

武藏說完便躺進這位婦人和小孩剛才睡過的被窩裏，被窩還相當溫暖，但是武藏的身體比被窩還熱，梅軒的老婆靜靜地站在門邊，看著武藏說：

「……晚安！」

說完吹熄燭火，這才離開房間。

武藏爛醉如泥，他的頭就像孫悟空被頭箍束緊一樣疼痛不堪，太陽穴的脈搏呼呼作響。

奇怪，今天晚上我怎麼會喝這麼多——武藏痛苦不堪，有點後悔——剛才梅軒不斷地勸酒，那麼高傲的梅軒爲何突然出去借酒，而且，本來一直不高興的老婆，竟然變得那麼親切，還讓出這麼暖和的地方給他睡——爲何他們突然改變態度呢？

武藏覺得事有蹊蹺，但是尚未理出頭緒來，就已經昏昏欲睡，眼皮都張不開了，一蓋上棉被便呼呼大睡。

爐火餘灰殆盡，偶爾閃著微小的火焰照著武藏的臉龐，看得出來他已經進入夢鄉。

「……」

事實上，梅軒的老婆一直守在門邊，直到武藏睡著，才躡手躡腳地回到她丈夫的房間。

7

武藏在作夢，同樣的夢一次又一次不斷重複，都是一些零零碎碎的夢境，有時出現幼年時的光景，在他睡眠的腦細胞裏，像蟲子一樣爬進爬出，神經上留下蟲的足跡，他的腦膜好像映著螢光色的文字，一切充滿幻覺。

……而且，他在夢裏一直聽到一首催眠曲：

睡喲睡

睡覺的寶貝最可愛

半夜啼哭

令人疼
疼喲疼
媽媽好心疼

這首催眠曲是上次投宿時，梅軒老婆唱的那首催眠曲。充滿伊勢鄉音的旋律，現在在武藏的夢鄉裏，聽起來竟像是自己故鄉美作吉野鄉的旋律。

武藏看到自己變成嬰兒，由一位皮膚白皙，年約三十歲左右的女人抱著。嬰兒的武藏竟然知道那是自己的母親，他用幼稚的眼睛看著乳房上方白皙的面孔——

令人疼
疼喲疼
媽媽好心疼

母親抱著他邊搖邊唱催眠曲，母親美麗的臉龐就像一朵梨花，長長的石牆上可以看到開了花的苔蘚，樹梢上映著夕陽，屋裏已經開始點起燈火。

母親的雙眸落著淚珠，襁褓中的武藏不知所以地望著母親的淚水。

——妳給我出去。

——回到妳娘家去吧！

他聽到父親無二齋嚴厲的聲音，卻不見他的身影，只見母親逃出家裏那道長牆，最後跑到英田川的河牀，邊哭邊走向河裏。

襁褓中的武藏很想告訴母親：危險！危險！

他在母親懷裏不斷地扭動著身子，但是母親卻慢慢走往河流深處，緊緊抱著動個不停的嬰兒，幾乎要把他弄痛了。母親淚溼的臉頰緊貼著嬰兒的臉。

武藏啊！武藏！你是父親的兒子還是母親的兒子呢？

此時，岸邊傳來父親無二齋的怒吼聲，母親一聽到，立刻投身英田川。

襁褓中的武藏被丟到布滿石頭的河牀上，在月見草的草叢裏，使盡吃奶力氣哇哇大哭。

「……啊？」

武藏猛然驚醒，才知道是一場夢。夢中渾渾噩噩，那個女人的臉龐分不清是母親還是別人。武藏一直覺得那個女人在窺視他的夢，因此才醒了過來。

武藏沒見過母親的臉，他雖然懷念母親，卻無法描繪出母親的面孔，只能看別人的母親來想像自己母親的音容。

「……爲何今夜我會喝醉呢？」

武藏酒醒之後，整個人也清醒過來，睜開眼睛望著被煤炭燻黑的天花板，紅色的光芒忽隱忽現

——原來是即將燒盡的爐火映在上面。

細看之下，在他頭上有一個風車，從天花板垂掛下來。

那是梅軒買給他兒子的玩具，除此之外，武藏還聞到被褥上的母乳香。他這時才明白，可能是因爲周圍的氣氛，才會引發他夢見已故的母親，他望著風車，內心洋溢無限懷念。

8

武藏尚未全醒也沒睡著，恍恍惚惚之間微張著眼睛，忽然覺得垂掛在那裏的風車有些奇怪。

「……」

因爲風車開始旋轉起來了。

本來風車就是會旋轉，沒什麼好奇怪，但是武藏心頭一驚，打算離被起身。

「……奇怪？」

他仔細聆聽。

好像聽到在哪個地方有輕微的開門聲，當門一關上時，原來轉動的風車便靜止下來。

想必從剛才一直有人在進出這家的後門，雖然躡手躡腳，十分小心，但是門在開關之間，風吹動門簾，風車也跟著旋轉。武藏覺得五彩繽紛的風車好像蝴蝶一般，時而張翅飛舞，時而停止。

武藏本想爬起來，但立刻又縮回被窩裏，他全神貫注，想要察知這屋子裏的動靜，就像裏著一片樹葉便可知曉大自然季節的昆蟲，緊繃的神經貫穿全身。

武藏這才意識到剛才自己是多麼危險。但是他不瞭解為何他人，也就是這裏的主人宍戶梅軒要殺害自己。

「難道我上了賊船？」

一開始武藏如此判斷。如果是盜賊，只要瞧見武藏輕便的行裝，便知道沒東西打搶。

「恨我嗎？」

應該不是這個原因。

武藏仍然不明究裏，但是他的皮膚已經感覺到有人漸漸逼近自己的性命——到底是這麼等待對方來？還是先發制人呢？他必須取捨其一。

他悄悄伸手到牀下找到了草鞋，再將草鞋拿進被窩。

風車突然開始急促旋轉，忽隱忽現的爐火餘光照著風車，看來好像變幻萬千的花朵一樣，不斷旋轉，現在，他聽見屋裏屋外有明顯的腳步聲！他把被窩隆高，做出有人睡在裏面的模樣。終於，在門簾那兒出現兩道目光，有一名男子握刀潛行過來，另外一人手拿長槍繞過牆壁，來到被窩的另一邊。

「……」

那兩名男子傾聽被窩裏的動靜，看著隆起的被窩。這時，又有一個人從門簾走過來，正是宍戶梅軒，他左手拿著鎖鏈鐮刀，右手抓著稱鉈。

「……」

「……」

「……」

一對、兩對、三對眼睛……

三人以眼示意，屏氣凝息，站在枕頭旁邊的人「啊」一聲踢翻枕頭，另一旁的男子立刻拿著長矛對著被窩。

「起來！武藏！」

梅軒抓住銅鉈和鎖鏈鎌刀，後退一步，對著被窩大叫。

9

被窩裏並無反應。

不論他們拿著鎖鏈鎌刀打過去，用長矛戳著棉被，或大聲叫喊。被窩裏仍毫無反應，因爲，應該睡在被窩裏的武藏早已不在那裏了。

拿著長矛的男子用槍掀開棉被。

「啊……被他逃跑了。」

大家一臉的狼狽，急忙四處尋找，梅軒一看到旋轉中的風車馬上會意過來。

「門開著。」

說完，立刻跳到門口。

屋外蒙上一層白霜，有如月光般皎潔。剛才風車突然旋轉了起來，就是因爲刺骨的寒風從這扇門吹了進來的關係。

「糟了——」另外一個男子叫了起來。因爲他看見工作室和房間中那扇通往陽台的門是開著的。

「那個混帳東西，原來從這裏逃走了。」

梅軒急忙大叫：

「門外把風的人是在幹什麼！把風的人呢？」

「喂！喂！」

大聲怒罵，跑到屋外一看，屋簷下一個黑影蹲在地上。

「老大！老大！抓到武藏了嗎？」

黑暗處，傳來小聲的問話。

梅軒不由怒火中燒。

「你在說什麼？你們是幹什麼的？武藏那個混蛋早已經聞風逃走了。」

「咦！逃走了……什麼時候？」

「你還有臉問我？」

「奇怪了？」

「全是一羣酒囊飯桶。」

梅軒在那個門進進出出，然後說道：

「他只有兩條路可逃，一條是越過鈴鹿山，另一條是往津鎮的街道。應該尚未走遠，我們快去追吧！」

「往哪兒追？」

「我往鈴鹿山的方向，你們往街道追去。」

屋內屋外大約有十人左右，還有人拿者槍炮。

每個人的裝束都不一樣。拿槍的看起來像個獵人；拿刀的看起來像個樵夫；其他人可能也是同一階層的，都聽命於宍戶梅軒，他們個個面目猙獰，都效忠於梅軒，不是只把他視爲一般的鐵匠而已。

他們兵分二路。

「如果找到武藏，立刻鳴槍做暗號，大家聽到槍聲就趕快集合。」

一夥人說好之後便追了出去。

但是，才跑了半刻鐘，一個個已經氣喘如牛，不得不放棄，垂頭喪氣的走回來。

大家疲憊不堪，也不管會不會被老大梅軒責罵，誰知梅軒卻比衆人都早一步回到家，正低著頭呆坐在屋內。

「沒有追到，老大！」

「太可惜了。」

梅軒只好放棄。

「算了。」

梅軒抓起幾根木柴，以膝蓋劈劈啪啪的折斷，然後叫道：

「老婆！還有沒有酒，拿酒來！」

說完，發洩似地把木柴狠狠丟進爐火，揚起一陣灰燼。

10

半夜的騷動，把嬰兒給吵醒了，哭個不停。梅軒的老婆躺在牀上回答已經沒有酒了。有一個男人說可以回家拿酒來，便走了出去。這些人都住在附近，很快地酒拿來了，也來不及溫酒就倒進碗裏喝了起來。

「眞不甘心！」

「這個年輕人不簡單！」

「這個混帳，命倒挺長的。」

你一言我一語地放著馬後炮當下酒菜。

「老大！請息怒，都是把風的人的錯。」

大家想灌醉梅軒，讓他先睡。

「我也太大意了！」

梅軒無意怪罪他人，只是皺著眉頭喝悶酒。

「要對付那個毛頭小子，也許根本不必勞師動衆，我一個人就夠了……但是，四年前那個傢伙十七歲的時候，連我哥哥辻風典馬都死在他手裏，一想到此事，我不敢輕舉妄動。」

「但是，老大，今天那位修行武者，眞的就是四年前住在伊吹艾草屋阿甲家裏的那個小毛頭嗎？」

「一定是我死去的哥哥典馬在指引我——起先我也沒有注意到，但是喝了一、兩杯之後，武藏那個傢伙可能不知道我就是辻風典馬的弟弟，在野洲川工作的野武士辻風黃平。所以他說在關原之役時，他叫做武藏（Takezou），現在改名叫宮本武藏（MuSaSi），我聽了之後，從他的年齡和相貌上推斷，可以確定他就是用木劍殺死我哥哥的那個武藏（Takezou）。」

「你本來想以牙還牙，卻被他溜走了。」

「最近社會祥和太平，所以，即使我哥哥典馬尙存人間，可能也很難生活，大概只能跟我一樣，除了打打鐵勉強糊口之外，就是上山當山賊，別無選擇餘地。但是，一想到哥哥被關原之役的一個無名小卒用木劍打死，就令我憤恨不已。」

「那時候，除了叫做武藏的那個小毛頭之外，還有一個小伙子吧！」

「對，他叫又八。」

「對！對！那個又八當天晚上立刻帶著艾草屋的阿甲跟朱實連夜逃走……現在不知去向。」

「我哥哥典馬被阿甲所迷惑才會喪命。所以大家要小心，不知道什麼時候又會遇上阿甲也說不定。」

也許酒精開始作用，梅軒低頭打起瞌睡。

「老大！你躺下來睡吧！」

「老大！去睡吧！」

大夥兒親切地將他扶到剛才武藏睡過的被窩裏，並揀起枕頭爲他墊上，宍戶梅軒立刻闔上充滿怨恨的眼睛，倒頭呼呼大睡。

「回家吧！」

「回去睡覺嘍！」

這些人原來都是伊吹的辻風典馬和野洲川的辻風黃平的手下，專門在戰場上剝削戰利品維生的野武士。時代變遷之後，有的人當獵人，有的當農夫，但還是不改邪惡的本性。此時，夜深人靜，這批人走出打鐵鋪，走出滿布白霜的野地，各自回家。

11

這些人離開之後，一切又恢復平靜，好像從未發生事情一樣。在這座屋子裏，只聽見人的打呼聲和野鼠的吱吱叫聲。

偶爾，傳來嬰兒尚未熟睡發出的咿呀聲音。夜已深，嬰兒也進入夢鄉了。

接著——

在廚房和工作房中間，有一個堆滿柴火的房間，柴火旁有一座土灶，破舊的牆壁上掛著簑衣和斗笠。此刻，在土灶後面靠近牆壁處，簑衣悄悄地移動，有一個人影把簑衣掛回牆上，然後，就像從牆壁裏走出來一樣，那人影站了起來。

那個人便是武藏。

他一步也沒離開這屋子。

剛才他逃離被窩，打開柴房，便以簑衣掩蓋身體藏在柴火堆中。

「……」

武藏在房間裏走動。宍戶梅軒已經熟睡，梅軒似乎鼻子不好，他的鼾聲與衆不同——武藏聽了，在黑暗中不禁露出苦笑。

「……」

武藏聽著他的鼾聲，心裏有一個想法。

他和宍戶梅軒的比武已全然獲勝。

但是，剛才偷聽到他們的對話，才知道梅軒就是以前在野洲川的野武士，本名叫辻風黃平，而且和那被自己打死的辻風典馬是親兄弟，難怪他想要殺自己以報兄仇，宍戶梅軒雖然是個野武士，但個性怪異、好勝心強。

如果留他活著，以後必定還會千方百計暗算自己，爲了自身的安危，武藏必須先下手爲強。可是，有必要置對方於死地嗎？

「……」

武藏想了想，終於想到一個方法。他繞到梅軒的牀邊，從牆上取下一把鎖鏈鎌刀。

梅軒依然睡著。

武藏盯著梅軒的臉，用指甲勾出鎌刀的刀刃，刀刃和手柄呈垂直狀。

武藏用溼紙包住刀刃，然後將鎌刀架在梅軒的脖子上。

好了！

掛在天花板上的風車也靜止不動了，若非他用紙包住刀刃，明天一早，這家的主人可能就要頸斷枕頭上了，風車可能會瘋狂旋轉呢！

武藏之所以會殺辻風典馬是有緣由的。而且，當時自己剛參加過戰爭，血氣方剛才會如此。現在，殺死宍戶梅軒並無益處，何況他的兒子將來必會為父報仇，就如風車旋轉般，冤冤相報，永無終止。

武藏今夜不知為何，一直回憶起死去的父母，看到這一家人和樂地沈醉夢鄉，空氣裏瀰漫著奶香味，武藏好生羨慕，遲遲不捨離去，他在心底默念：

「受你們照顧了……祝你們有一個好夢。」

默禱完後，輕輕地打開雨窗，悄悄爬出去。在迷濛的夜色中，再度踏上他的旅途。

奔馬

1

人在剛步上旅程的頭幾天，充滿新鮮，絲毫不覺疲累。

這兩個人昨夜雖然很晚才趕到追分關卡住宿，今天一大早，兩人已經從筆捨山趕到四軒茶館前，此時，晨曦在他們身後初露。

「哇！好美啊——」

她停下腳步，觀賞美麗的日出。

阿通的臉上泛著紅暈，那一刻，她的表情充滿朝氣，不，應該說天下萬物都生機蓬勃。

「阿通姊姊，現在還看不到半個路人呢。今晨，這個街道就是我們兩個打頭陣了。」

「你得意什麼？早來晚到，還不是都一樣。」

「才不一樣呢。」

「你是說，走在前面的路，十里的路就會縮成七里囉！」

「我並不是這個意思，走在路上當然是走在最前面最舒服囉！要是走在馬屁股後面，或是塵埃後面，那可就不一樣了。」

「話是沒錯，可是像城太郎你這般威風凜凜、得意洋洋的樣子，就很奇怪了。」

「因爲今天的街上都還沒有行人，所以感覺上好像走在自己的地盤上似的。」

「好吧！那我就當你的馬前卒爲你引路吧！這會兒你可以更趾高氣揚了。」

阿通在路旁揀了一根竹子，邊走邊唱著：

「威武、迴避」

本以爲路旁的四軒茶館還沒開門，現在有人聽到阿通的聲音，探出頭來。

「哎呀！眞不好意思。」

阿通羞得滿臉通紅，拔腿就跑。

「阿通姊姊，阿通姊姊。」

城太郎追上她。

「妳不能把國王丟在後面，自個兒逃跑啊！我可會處罰妳喔！」

「我不跟你玩了，討厭！」

「是妳自己要玩的。」

「還不是你害的，哎呀！你看這些茶館的人還在看我們呢！他們一定覺得我們是瘋子。」

「我們到前面的茶館去吧！」

「做什麼?

「我肚子餓了。」

「啊!你又肚子餓了。」

「好吧!那我在這裏把中餐的飯糰先吃一半好了。」

「你要收斂一點,我們尚未走上二里路呢?城太郎你一天竟然要吃上五餐啊!」

「那是因爲我沒像阿通姊姊妳能夠坐轎子,或騎馬,我才會這麼餓啊!」

「昨天是因爲要趕到關卡的地方投宿,希望能趕在日落之前抵達,我才會騎馬,既然你這麼說,那我今天就不騎了。」

「今天換我騎吧!」

「小孩子騎什麼馬?」

「我眞想騎看看,好不好嘛!阿通姊姊。」

「只有今天,下不爲例喔!」

「我到四軒茶館去,如果有馬,我就租來騎。」

「不行,現在還不行!」

「那妳剛才是騙我囉!」

「你現在根本還沒走累就要騎馬,太浪費錢了。」

「像我這樣,走上百日千里也不覺得累,如果照妳這麼說,我根本沒有機會騎馬了……還是趁現在路上無人，先讓我騎看看吧！」

今早雖然提前出發，結果還是逗留不前。阿通尚未點頭答應，城太郎已經興高采烈地跑向四軒茶館。

2

四軒茶館照它的字義就是有四間的茶屋，那四間茶屋不是像老茶屋一樣一列排開，而是在筆捨、沓掛等山坡分別建造了四座茶屋，讓旅客休息，總稱爲四軒茶館。

「老闆——」

城太郎站在茶館前面。

「你們有沒有馬出租啊？」

城太郎大聲叫喊。

茶館才剛開門，老闆睡眼惺忪地望著這位精神飽滿的小客人。

「什麼事？這麼大呼小叫的。」

「有沒有馬？快點把馬牽出來。騎到水口要多少錢呢？如果便宜的話，我們就再騎到草津好了。」

「你是誰的小孩？」

「人的小孩啊！」

「我還以爲你是雷公的小孩呢？」

「雷公應該是老闆你吧！」

「你這小孩，眞會耍嘴皮子。」

「把馬租給我們吧！」

「你看，那隻馬看起來還能馱東西嗎？牠已經太老，所以無法出租。」

「眞的不能出租嗎？」

「你這個小鬼，怎麼這麼囉嗦！」

茶館老闆從蒸饅頭的爐灶下拿出一把正在燃燒的柴火丟向城太郎，不過並沒打中城太郎，反而打到屋簷下那匹老馬的腳。

這匹老馬終其一生爲人類馱物，翻山越嶺，任勞任怨，已經老得連眉毛都泛白了。現在被打到腳，痛得嘶嘶厲叫，馬背猛撞牆壁，引起一陣騷動。

「你這畜牲。」

老闆飛奔出來，不知是在罵馬還是在罵城太郎。

「停！停！」

老闆抓住韁繩解開後，將馬牽到屋旁樹下。

「老闆，租給我嘛！」

「我說不行。」

「求求你嘛！」

「我可沒有馬夫啊！」

此時阿通走過來，一起拜託老闆，要是沒有馬夫的話可以預先付帳，到水口之後再託旅人或其他的馬夫帶回來。老闆聽完，答應阿通的要求，馬騎到水口的旅館或是草津都行，再託當地的人將馬帶回來，說完便把轠繩交給阿通。

城太郎伸伸舌頭。

「老闆太過分了，看阿通姊姊漂亮就答應。」

「城太郎，你別說老闆的壞話，要是被這匹馬聽見了，生起氣來，中途將你摔落也說不定哦！」

「我才不會被這匹老馬欺負呢！」

「你會騎嗎？」

「當然會……只是，我爬不上去。」

「你抱著馬屁股當然爬不上去。」

「妳抱我騎上去。」

「你可眞囉嗦啊！」

阿通抱著城太郎幫他騎上馬背，城太郎高高在上，得意洋洋地說：

「阿通姊姊，要跟好喔！」

「你那樣騎很危險的。」

「沒問題，請放心。」
「那麼，我們出發吧！」
阿通牽著韁繩。
「老闆，我們走了。」
兩人向茶館道別之後便上路了。
尚未走上百步，在一片迷濛的晨霧中，雖然看不見人影，卻可以聽見背後有人大聲喊叫，並且傳來急速的腳步聲。

3

「誰啊？」
「是在追趕我們嗎？」
停下馬，回頭一看，白茫茫的晨霧中有一個人影逐漸向他們靠近，最後終於可以看清那人的長相，這件事如果發生在夜晚，恐怕兩人要拔腿落荒而逃。這時他們看見那個人高舉著一把長刀，腰前還插著鎖鍊鐮刀，目露兇光。
他像一陣疾風似追上來，到了阿通面前突然停下腳步，出手便奪去阿通手上的馬韁。
「下來！」

他命令城太郎。

嘶、嘶、嘶，老馬受到突如其來的驚嚇，後退數步，城太郎緊抓著馬鬃。

「你、你說什麼，不要胡來……這匹馬是我們出錢租的。」

「別囉嗦。」

鎖鍊鎌刀置若罔聞。

「喂，妳——」

「什麼事？」

「我住在雲林院村，就在關卡客棧靠山的地方。我叫宍戶梅軒，因爲一些理由正在追趕一名叫宮本武藏的人。天色未亮，他就沿著這街道逃走，現在可能已經逃過水口的旅館了，無論如何我都得在江州口的野洲川附近逮到他不可……所以，那匹馬先讓給我。」

那人一口氣說完之後，氣喘如牛。雖然此時寒霧籠罩，樹枝上凝結雪花，但是梅軒卻滿頭大汗，血脈賁張。

阿通聽得呆若木雞，彷彿全身的血液都被大地吸光了，臉色越來越蒼白。她簡直不敢相信自己的耳朵，絳紫色的雙唇，一下子說不出話來。

「……你說武、武藏？」

馬背上城太郎衝口而出，緊緊抓住馬鬃，全身顫抖。

梅軒急著趕路，並未察覺眼前兩人異樣的表情。

「喂，小鬼——下來，下來，不要拖拖拉拉，我拉你下來喔！」
梅軒手握韁繩，做勢要拉城太郎，城太郎猛搖頭。
「不要。」
「你敢說不要。」
「這是我的馬，你不能因爲要追人，就搶我的馬。」
「我看你們是婦孺，才對你們客氣，小鬼，你別不識相。」
「阿通姊姊。」
城太郎越過梅軒頭上，對阿通喊著：
「這匹馬絕對不能讓給他！」
阿通不由暗自讚賞城太郎的機智，自己也認爲這匹馬不能讓給對方。
「沒錯，也許你是很急，但是我們也在趕路，說不定等一下你過了這個山頭，便可以租到更好的馬跟轎子了。你現在要奪取別人的馬匹，就像這小孩說的，太不合理，我們無法答應。」
「我也不下去，我死也不離開這匹馬。」
兩人同心一致對付梅軒。

4

阿通和城太郎態度堅決，對梅軒而言頗感意外，在這男子眼中，他們敢做如此反抗，不覺納悶。

「你們說什麼都不肯讓出這匹馬嗎？」

城太郎一副大人口吻。

「你這是明知故問。」

梅軒不由得大聲叫罵。

「混帳！」

在馬背上的城太郎宛如一隻跳蚤，緊抓住馬鬃不放，梅軒一個箭步上前，突然抓住城太郎的腳，準備把他拖下馬。

這時城太郎應該拔出腰上的木劍還擊，但他根本沒想到。面對比自己強上好幾倍的敵人，現在腳又被抓住，只會不斷叫罵。

「畜牲！」

並且向梅軒吐口水。

城太郎長這麼大，從未曾碰過這種事，剛才他看著日出，感覺自己的生命猶如萬物欣欣向榮，這會兒卻籠罩在恐怖戰慄中，阿通也怕在此被這名男子傷害，恐怖之餘口乾舌燥。

可是，她又不願意屈服把馬讓給他，因爲這名男子兇暴的意圖是衝著武藏來的，這對武藏極其危險，如果能在此多拖延一分，武藏便可以跑得更遠，避開這場災殃。

如此一來自己勢必會失去與武藏的聯繫。

即使如此，阿通還是咬緊牙關，決不將馬讓給這名男子。

「你在做什麼！」

阿通不知哪來的勇氣，突然用力向梅軒胸膛一推，梅軒剛才被城太郎吐了滿臉口水，現在又被這個柔弱女子如此猛力一推，狀極狼狽，不僅如此，女人的膽識往往超乎男人的想像。就在阿通往梅軒胸前一推時，立刻伸手去搶梅軒腰上的野太刀。

「妳這女人，想要幹什麼？」

梅軒大聲斥喝，正想抓住阿通手腕，不料阿通已經拔出刀刃，梅軒右手的小指和無名指碰巧被刀劃過，一時血流不止。

「好痛。」

梅軒緊握手指，後退數步，刀刃自然脫離刀鞘，這時，阿通手上的大刀，斜拖在背後閃閃發光。雖然宍戶梅軒功夫有一定的水準，料不到昨夜失之大意今早又出此差錯，這都是因爲自己小看這名柔弱女子和小孩的緣故。

他責罵自己太粗心，立刻又打起精神，而此時，毫無懼色的阿通舉起大刀砍向梅軒，但是此刀長近三尺，而且刀刃寬厚，非常沈重，男人都不易揮動，是以阿通砍向梅軒的當兒，身體也跟著踉蹌撲過去。

接著，阿通以爲自己砍到樹木，手腕一陣痲木，她看到一股鮮血朝她噴過來，令她一陣眼花目眩，原來，她的刀正好砍在城太郎所騎的馬屁股上。

5

這匹老馬很容易受驚嚇，雖然砍得不深，卻悲鳴不已，甩著腿上的鮮血，一陣狂亂。

梅軒大叫一聲，想要奪回阿通手中的大刀，正抓住阿通的手腕，不料，發狂的馬匹後腳一踢，將他二人摔得老遠，馬倏然立起前腳，高聲嘶鳴，像一支離弦的箭矢，狂奔而去。

「哇！」

馬蹄揚起塵土，梅軒緊追其後，滿腔的憤怒加快了他的腳步，卻只能眼睜睜看著馬匹消失在他眼前……

一雙滿布血絲的眼睛回望阿通，卻不見阿通的蹤影。

「啊？」

梅軒太陽穴上的青筋暴凸，定睛一看，自己的刀掉在路旁松樹下，他飛快過去撿起，順著地勢往下一看，低矮懸崖下有一戶農家的茅草屋頂。

看來阿通被馬一踢可能從這裏滑落下去了。梅軒這時確信這名女子與武藏必有關聯，他既著急想追武藏，又不願放過阿通，於是他沿著懸崖往下跑。

「掉到哪裏去了？」

梅軒自言自語，大步繞著那戶農家尋找。

「躲到哪兒去了?」

他從屋簷下偷窺屋內，打開倉庫大門，像個瘋子般四處搜尋，那戶農家的老人，縮著身子躲在紡織機後面，害怕地看著。

「啊……在那兒。」

梅軒終於發現阿通。

在叢叢的檜木林裏，山谷仍然覆蓋著白雪，阿通朝溪谷方向沿著檜木林的陡坡，像一隻山雞般，死命地往下逃跑。

「我找到妳了。」

梅軒在陡坡上面大叫，阿通回頭看到對方滑著土石，即將追上自己。他的右手握著撿起來的大刀。其實梅軒並無意殺死阿通，只是想，如果這名女子跟武藏同路的話，抓住她，便可引出武藏或是打聽出武藏的行蹤。

「妳這女人。」

梅軒伸出左手，指尖碰到阿通的黑髮，阿通縮著身子，緊緊抓住樹根，她腳底一滑，身體滑下懸崖邊，像個鞦韆來回晃盪，沙石不斷崩落打在阿通的臉上及胸前。梅軒瞪大眼睛，站在上面，拿著大刀抵住阿通。

「混帳，妳還想逃嗎?再下去，可就是懸崖峭壁了。」

阿通透過殘雪的裂縫往下看。幾丈深之下有藍色的河水流過——阿通感到還有一線生機，完全忘了恐懼，靜靜地等待自己掉落下去，她覺得自己即將面臨死亡，但她無暇恐懼，在她內心此刻只想到武藏，不，應該說，在她的腦海裏，記憶和思念全都是武藏的幻象，猶如在暴風雨的天空中，想望明月。

「老大，老大。」

山谷中傳來呼叫聲，梅軒聞聲回頭張望。

6

懸崖上面出現了兩、三個男人。

「老大。」

上面的人呼叫著梅軒。

「您在那兒做什麼？」

「快點再往前追吧，剛才我們詢問四軒茶館的老闆，他說天未亮之前，有一名武士在那裏吃過便當，便朝甲賀谷的方向走了。」

「往甲賀谷？」

「是的，但是不管是往甲賀谷或是越過土山往水口方向，在石部的旅館附近只有一條道路，只要早點在野洲川布置，必定可以抓住那個傢伙。」

梅軒耳裏聽著遠方傳來的說話聲，眼光卻直直盯著阿通。

「喂，你們下來這裏。」

「要我們下去嗎？」

「快下來。」

「可是這麼一拖延時間，恐怕武藏那傢伙就會逃過野洲川了。」

「別管那麼多了，快點下來。」

「遵命。」

這些人就是昨夜裏和梅軒一起捉拿武藏卻徒勞無功的人，他們熟悉山路，像野豬一般熟練地跑了下來，看到阿通，梅軒三言兩語道明原委，便將阿通交給這三個人，交代他們隨後把阿通帶到野洲川。這些人用繩子捆綁阿通，但又怕阿通會痛，便不斷地偷窺阿通蒼白的臉龐。

「你們也要早點趕到！」

梅軒交代完，便像隻山猴沿著山腹跑走了。

不知由哪裏下到甲賀谷的溪流，遠眺這邊的懸崖，梅軒的身影變得非常渺小，他張口朝這邊大聲說：

「我們在野洲川會面，我抄近路追過去，你們從街道走，一路尋找過去，可別大意！」

懸崖這邊的手下回答：

「知道了。」

對話聲在山谷裏迴響，梅軒在殘雪斑斑的山谷，像隻雷鳥，沿著河牀上巨大的岩石，蹦蹦跳跳，一會兒，身子便消失在遠方。

城太郎所騎的馬匹雖已老態龍鍾，一旦發狂，若非騎馬高手恐怕無法駕馭。剛才受傷，猶如屁股著火般，盲目地四處亂竄，現在已經穿越八百八谷的鈴鹿山坡，爬過蟹坡又穿過土山的立場，沿著松尾村到布引山的斜坡，猶如一陣旋風，不知何時方才停歇。

坐在馬背上的城太郎，驚魂未定。

「危險！危險！」

他像念咒文般不斷喊叫，只能抓住鬃毛，緊閉雙眼，抱著馬脖子。

當馬一路狂奔時，城太郎的屁股也高高被彈開馬背。

城太郎自己覺得非常危險，而村莊和立場的人們和路人見此光景，更是替他揑一把冷汗。

本來城太郎就不會騎馬，自然也不會下馬，更別談如何駕馭馬匹使牠停止奔跑。

「危險啊，危險啊！」

原先他要求阿通讓他騎馬，嘗試一下快馬加鞭的滋味，這會兒這個願望可眞的實現了，只不過他的聲音慢慢轉爲哭泣，口中念的咒文看來也不靈光了。

7

這時刻，街上來往的行人漸漸多了，路人看見盲目狂奔的馬匹，竟無人挺身幫忙，他們都害怕受傷。

「怎麼回事啊？」

「笨哦！」

路人只管閃躲到路旁，並在城太郎背後說著風涼話。

不久來到了三雲村一處叫做夏身的休息站。

要是孫悟空騎著觔斗雲來到這兒，一定會用小手遮陽，仔細欣賞這一帶一望無際的伊賀、甲賀連峯，俯瞰旭日之下美麗的布引山，和橫田川的明媚風光。遠方天際還有一朵紫色雲彩，像一面鏡子般，雲彩的下方正好是琵琶湖。城太郎騎在馬上，速度雖然不輸孫悟空的觔斗雲，但他已無暇它顧了。

「拉住馬！拉住馬！」

一開始他直嚷危險、危險，現在他開始喊叫把馬拉住，後來當馬跑到柑子坂的大斜坡，正要往下衝時，城太郎的叫喊聲又換成：

「救命啊！」

馬往下奔跑，城太郎坐在馬背上，身體被彈得幾乎快掉到地面上。

但是，在坡道接近山腰附近，有一枝樹幹從懸崖橫長出來，把路遮斷了，城太郎一碰到樹枝就緊緊攀住，想必是神助，他終於離開了馬背，像隻青蛙似地掛在樹枝上。

無人騎的馬匹更是快速飛奔離去。城太郎像盪鞦韆似地雙手掛在樹上晃盪。

雖然說是懸在空中，其實離地面也僅一丈高，只要放手便可輕易跳到地上。但是此刻的城太郎頭昏眼花，心慌意亂，他以為如果跌到地上準沒命的，便拚命地把腳勾上樹枝支撐身體，連手都麻了。

這時樹幹「啪」的發出斷裂聲，城太郎心想這下完了，不料卻輕鬆掉落地上，整個人呆坐半晌。

「呼……」

馬匹早已不見蹤影，就算馬還在，他也不敢再騎了，沒多久，城太郎突然一躍而起。

「阿通姊姊？」

他對著山坡上大叫。

「阿通姊姊——」

他神色倉皇地往回跑，這回記得握住木劍了。

「阿通姊姊，到底發生什麼事了？阿通姊姊，阿通姊姊。」

好不容易在下柑子坂坡道時，遇到一名斗笠販子，他穿著五倍子染的衣服，敞著背心，下著皮褲、草鞋——身上還背著行囊。

8

「嘿，小鬼──」

擦身而過時，男子揮手招呼，並從頭到腳打量了一遍比自己矮了半截的城太郎。

「發生了什麼事？」

那個人問城太郎。

城太郎回道：

「大叔，你從那邊過來的嗎？」

「沒錯。」

「你有沒有看到一位二十歲左右漂亮的女人呢？」

「喔，我看到了。」

「眞的，在哪裏？」

「前面夏身的休息站那兒，有幾個野武士用繩子綁著一名女子。我也覺得奇怪，但並未多問，只是靜靜地看著他們走過去，我猜他們是鈴鹿谷辻風黃平的同黨。」

「對，沒錯，就是他們。」

「你等一等啊！」

城太郎本來拔腿就要跑了，那個人連忙叫住他。

「那個女人跟你是同路嗎？」

「她叫阿通。」

「要是你太莽撞會喪命的。現在可以確定那夥人一定會經過這兒，要不要和我商量，也許我可以提供不錯的建議。」

城太郎信任此人，便將今早出事的原委又說了一遍，穿著五倍子染的男子戴著斗笠，不斷點頭。

「原來如此。我瞭解了。但是，那夥人是改名爲宍戶梅軒的辻風黃平的同黨，你們婦孺兩個，再怎麼反抗也無濟於事。好，我替你去把阿通姑娘救回來。」

「你願意幫我們嗎？」

「他們可能不會那麼輕易就把人交給我，我會見機行事，你躲到草叢裏別出聲音。」

城太郎立刻躲到草叢後面，那名男子便往坡道下走去，城太郎以爲那個人說好要救阿通姊姊，怎麼這會兒逃走了，內心極爲不安，便不斷地從草叢探出來看。

坡道上傳來人聲，城太郎急忙低下頭。人聲中夾雜著阿通的聲音，城太郎看到她兩手反綁於背後，被三名野武士押著往這邊走。

「妳慢吞吞的在幹什麼？快走！」

「妳不走嗎？」

一個男的推著阿通的肩膀，邊走邊罵，阿通差點跌在斜坡上。

「我要找跟我一起的那個小男孩。城太郎！你在哪裏？」

「妳還囉嗦！」

阿通赤著白皙的雙腳，都磨破皮流血了。城太郎正要大聲叫喊時，剛才那名穿著五倍子染的武士摘下斗笠，看起來是二十六、七歲的男子，瞪著大眼睛飛奔過來。

「不得了了——」

他一邊大喊，一邊從坡道下直奔上來，三名野武士都停下腳步，他們回頭看擦肩而過的五倍子染武士。

「嘿！你不是渡邊的外甥嗎？什麼事情不得了了？發生什麼事……」

9

聽到那些武士稱呼這名男子是渡邊的外甥，可以想見這名穿著五倍子染上衣的男子，可能就是住在附近的伊賀谷或甲賀村，受人尊敬的忍者渡邊半藏的外甥吧！

「你們不知道嗎？」

那名男子問道。

「什麼事……」

三名野武士靠了過來。

渡邊的外甥指著坡下。

「在這柑子坂坡道下有一個叫宮本武藏的男子，正威風凜凜地揮著大刀，站在馬路中央盤查每一個過路人。」

「啊！武藏。」

「我剛才經過時，他問我名字，我告訴他我是住在伊賀的渡邊半藏的外甥，名叫柘植三之丞。武藏立刻向我道歉：失禮了。並且說，只要不是鈴鹿谷的辻風黃平的手下就可以通過。」

「喔……」

「後來我問他發生了什麼事情？他回答說：有一些野洲川的野武士是化名爲宍戶梅軒的辻風黃平的手下，聽說正在追殺他。與其陷入他們的陷阱，不如就在這裏和他們決一勝負。」

「眞的嗎？三之丞。」

「我會騙你們嗎？要不然我怎麼會知道宮本武藏這個人呢？」

很明顯地，這三人的神色開始猶豫了。

「怎麼辦呢？」

他們互使眼色。

「你們最好小心一點。」

三之丞說完正要離去。

「渡邊的外甥。」

那三個人連忙叫住他。

「什麼事？」

「我們可能打不過他，因爲連老大都說那個人武功高強呢！」

「那個男人的確武藝高超，剛才我在坡下看見他握著刀走到我面前，氣勢凌人逼得我喘不過氣來呢！」

「這該怎麼辦呢……老實說，老大交代我們要把這個女人押到野洲川去。」

「這不關我的事。」

「請別這麼說，快幫個忙吧！」

「根本不行，要是被我伯父半藏知道我幫你們做事，他一定會責備我的。不過，我倒是可以幫你們想法子。」

「那就快告訴我們，我們會感激不盡的。」

「把那位被你們捆綁的女人，藏到附近的草叢裏，對了，暫時把她綁在樹幹上——最重要的是減輕你們的負擔。」

「然後呢？」

「你們不能經過這個坡道，一定要繞小路走，雖然比較遠但安全些，然後趕快到野洲川去通知你們老大，盡量繞得越遠越好。」

「有道理。」

「你們最好小心一點，要不然啊，對方已經豁出去了，幾乎瘋狂般要與你們一決生死，我可真不願意目睹這種事情發生啊！」

三個人聽完便說：

「好，就這麼辦！」

他們把阿通綁在草叢後的樹幹上，本來要走了，又折回來確定綁得是否牢固。

「這下子沒問題了。」

「快走吧！」

三人刻意不走大路，沒多久，便從草叢中消失了。

躲在枯樹後面的城太郎看見他們遠去，悄悄地從草叢中露出臉來。

10

人都不見了——路上也無行人——就連渡邊的外甥三之丞也不見蹤影。

「阿通姊姊。」

城太郎從草叢中跳出來，幫阿通鬆綁，然後抓著她的手，沒命似地往山坡逃走。

「我們快逃吧！」

「城太郎……爲什麼你會在這呢？」

「無論如何，趁此機會快點走吧！」

「等，等一下！」

阿通整理衣衫和頭髮，城太郎一旁連呼嘖、嘖。

「現在不是打扮的時候，頭髮亂了，待會兒再梳吧！」

「……剛才那個人不是說，武藏哥哥就在前面坡道下等嗎？」

「所以妳要梳妝打扮啊？」

「不，才不是呢。」

阿通一臉漲紅，拚命解釋著。

「只要能遇上武藏哥哥，就沒什麼好怕的了。而且，我們以前的是非已成過去，我也能夠坦然……

所以，我可是一點也不著急。」

「可是，剛才那個人說他在坡道下碰到武藏哥哥，到底是不是眞的呢？」

「剛才和那三個說話的人到哪兒去了？」

「不知道！」

城太郎四處張望。

「好奇怪的人喔。」

城太郎自言自語著。

但是有一點可以確定，若非渡邊的外甥柘植三之丞幫忙，他們二人是無法逃出虎口的。

不只如此，若因此能與武藏重逢，該如何向他致謝呢？阿通心裏思索著。

「來，走吧！」

「妳已經梳妝打扮好了嗎？」

「現在可不是開玩笑的時候。」

「可是我看妳很高興啊！」

「你還不是很高興！」

「我是非常高興。可是，我沒像阿通姊姊那樣地壓抑著情感。我會大聲說出來——喂！我好高興啊！」

城太郎手舞足蹈起來了。

「可是，萬一師父已經不在那裏，那可就不好了，阿通姊姊，我先跑過去看看，好嗎？」

說完，城太郎一溜煙跑走了。

阿通緊隨後面，下了柑子坂坡，雖然她的心比城太郎還急，早飛到坡道下，可是人卻無法加快腳步。

「我這個樣子，怎麼見人呢？」

阿通望著受傷流血的雙腳，和被泥土沾污的衣袖。

她取下落在袖子上的一片枯葉，在手上把玩著，忽然從葉片裏爬出一條毛毛蟲，停在她的指甲上。

雖然阿通是在山裏長大，但是她很怕蟲，心裏一驚，急忙甩開手。

「快點過來嘛！阿通姊姊妳爲什麼走得那麼慢呢？」

城太郎在坡道下大聲喊她，他的聲音裏洋溢雀躍之情，可能已經見到武藏了——阿通由城太郎的聲音做此推斷。

「啊！終於能見著他了。」

長久以來的滿腔思戀，深藏心底，如今終於有表白的機會，她滿懷喜悅，禁不住也手舞足蹈起來。但是，阿通心裏明白，這只不過是一個女人的短暫歡欣罷了！因爲即使與武藏重逢了，他對自己的一番心意，又能接受多少呢？所以阿通見武藏的心情是五味雜陳——既期待又怕受傷害。

11

斜坡背陽的地面還覆蓋一層冰。不過，下了柑子坂坡之後，卻是陽光普照，暖和得連蚊蠅都出來曬太陽。面對山谷的田地有一間茶館，門前曬著牛吃的乾草和乾果，城太郎站在茶館前面等候阿通。

阿通走過來。

「武藏哥哥在哪裏？」

她邊問邊往茶館前的人羣中探視。

「沒看到人。」

城太郎有氣無力地回答著。

「到底怎麼啦？」

「嗯……」

阿通無法置信。

「應該不會搞錯吧？」

「可是，根本不見人影——我問了茶館的人，他們也說沒看見這樣的武士……一定搞錯了。」

城太郎看起來並不怎麼擔心。

阿通因爲方才自己滿懷希望，這會兒瞧城太郎漫不經心答話，心裏有點不悅。

這個小孩，眞不瞭解別人的心。

阿通看城太郎一副無所謂，不由得生起氣來：

「那邊你找過了嗎？」

「找過了。」

「那邊的庚申塚後面呢？」

「沒看到人。」

「茶館後面呢？」

「我說沒見到啊！」

城太郎有點不耐煩，阿通突然把臉轉向一旁。

「阿通姊姊，妳哭了。」

「……我不理你了。」

「我眞不瞭解妳，本來以爲阿通姊姊很聰明，沒想到也有孩子氣的時候。從一開始，我們就無法確定那個人說的是眞是假，而妳竟然一廂情願地認爲武藏師父一定在這裏，現在沒見著武藏師父，妳就開始哭了，這是怎麼回事啊？」

城太郎不但不同情阿通，反而嘿嘿嘿地笑了起來。阿通險些站不住，彷彿從光明的世界陡地掉落地獄深谷，她的內心從未受過如此重擊。城太郎露著黃牙吃吃笑個不停，阿通更加生氣，她不明白自己爲何要帶著這種小孩一起浪跡天涯，一個人走，一個人哭，總比身邊多個人來得自在。

仔細思量，他們雖然是同樣在尋找武藏，但是城太郎只是因爲仰慕武藏希望拜他爲師，而阿通自己卻是用一生的生命來尋找武藏。

何況，碰到這種情況，城太郎可以很快調適過來。阿通則會連著幾天都悶悶不樂。在城太郎年少的心中，深信必定有重逢之日，但是阿通卻無法如此樂觀。

難道這一生，我就註定再也見不到他，再也無法跟他說話了嗎？

阿通總是往壞的方向想。

戀愛中的人雖然飽受相思之苦，但卻更愛孤獨。即使不是如此，阿通是個孤兒，生性孤癖，對別人非常敏感。

她一臉不悅，默不吭聲逕自走在前面。

「阿通姑娘。」

不是城太郎。有一個人從庚申塚的墓碑後，踩著枯草追了過來。他的包袱和刀鞘全都溼透了。

有人從後面叫她。

12

剛才以為他上了坡道就走了，現在卻從草叢中出現，阿通和城太郎都覺得奇怪。

那個人是柘植三之丞。

再加上他叫阿通的時候彷彿是個熟人似的，更是奇怪。城太郎立刻衝著他說道：

「大叔，你剛才騙了我們。」

「為什麼？」

「你剛才說武藏在這坡下拿著刀在路上等，可是現在武藏在哪裏呢？你不是騙我們嗎？」

「笨蛋！」

三之丞斥罵道：

「我若不撒謊，如何從那夥人手中救出阿通姑娘？你們竟然不明白這個道理，反而責怪起我來！」

「這麼說來，大叔，你剛才是對那些人略施小計才說謊嘍？」

「沒錯。」

「原來如此，我也覺得奇怪呢。」

城太郎又對著阿通說：

「原來是假的。」

如此一來，阿通也自覺不該生城太郎的氣，更沒理由向素昧平生的三之丞抱怨，因此阿通不斷地鞠躬哈腰，感謝對方拔刀相助的好意。

三之丞心滿意足。

「雖然他們是野洲川的野武士，這陣子還算安分。但如果被他們盯上了，幾乎無法安全通過這座山。所以剛開始我聽到這個小毛頭提起這件事時，覺得你們口中的宮本武藏想必也不是個等閒之輩，所以武藏應設不會中了他們的圈套。」

「除此街道之外，可還有其他道路可到江州路嗎？」

「當然有。」

三之丞仰望冬陽照耀的山嶺。

「出了伊賀谷，可以走伊賀的上野。另外，出安濃谷之後，可以沿著桑名或四日市的道路走。途中大約有三處棧道和岔路，我認為宮本武藏應該早已經改變路線，脫離危險了。」

「果真如此，我們就放心了。」

「危險的應該說是你們兩個人，我好不容易從狼羣中救出妳，你們竟然還在街道上大搖大擺地走。到野洲川一定又會被抓走——你們還是跟著我好了。雖然道路難行，我還可以指示你們一條無人知曉的近路。」

三之丞說完便帶著他們一起通過甲賀村的山上，來到了往大津瀨戶的馬門坡途中，一路上詳細指點他們怎麼走。

「到這裏就安心了，夜晚早點睡，這一路上請小心。」

阿通不斷地道謝，正要告別。

「阿通姑娘，我們就要分手了。」

三之丞語含玄機，直盯著阿通，面帶怨尤。

「我一路上想著，妳會不會問我，終究還是沒問我。」

「問你什麼？」

「問我的姓名。」

「但是我在柑子坂坡時已經聽到了啊！」

「妳記得？妳還記得嗎？」

「你就是渡邊半藏先生的外甥，名叫柘植三之丞。」

「眞感謝，我並不是要討人情，而是希望妳能永遠記得我。」

「是的，我會永遠記得你的恩情。」

「我並不是這個意思，因爲我還是單身……若非我的伯父半藏是一個囉嗦的人，我眞想帶妳回家見見他……算了，妳去的地方有個小旅館，那裏的老闆與我很熟，只要說出我的姓名，他一定會好好招待你們的……好了，就此告別吧！」

13

有時候我們明白對方是出於一片好意，也認爲對方非常親切，可是，不但不喜歡這種討好，反而對方越獻殷勤越心生厭惡。

阿通於柘植三之丞便是如此心情。

不知道此人的底細。

這是阿通對他最初的印象。也許是先入爲主的觀念，使得她對分手一事覺得如釋重負，而鬆了一口氣。打從心底根本無意向對方致謝。

就連善於交際的城太郎，也在跟三之丞分別之後說：

「這傢伙眞討厭！」

雖然，這個人剛才搭救自己，本不應在背後議他是非。

「的確如此。」

阿通竟然也贊同城太郎的說法。

「他說希望我記得他還是單身未婚，這是什麼意思呢？」

「一定是他想娶阿通姊姊，才這麼說的。」

「哎呀！眞討厭！」

之後，兩人一路上平安無事。遺憾的是，他們來到近江湖畔、過了瀨田的唐橋，最後通過逢坂的關卡，仍然沒有武藏的消息。

年關將近，京都家家戶戶門前都已擺出門松，準備過年。

阿通看見街上到處張貼春聯，心情爲之一振，往事已矣。此刻她內心充滿新希望，期待有朝一日能與武藏重逢。

因爲武藏曾說自己會在正月初一的早上，到五條橋等人。

若非當天早上，就順延初二、初三、初四一直到初七，這七天當中任何一天的早上都有可能。

阿通由城太郎那兒得知此消息。只是武藏等候的人並非自己，阿通難免有些失落，雖然如此，只要能見到武藏一面，也算了了自己的心願。

可是，那裏還會出現另外一個人。

本來她的心裏充滿期望，現在卻突然感到黯然，那是因爲本位田又八的影子遮蓋了希望的光芒。

因爲武藏等待的人，正是本位田又八。

聽城太郎所言，他只將此約定告訴朱實，尚未確定又八是否已經得知消息。

眞希望又八不會出現。

阿通一心掛念著，不由如此祈禱。她從蹴上走到三條口，街上充滿了年節熱鬧的氣氛。她心裏老覺得又八也走在街上，武藏也走在街上，阿通甚至擔心她最害怕的人——又八的母親阿杉婆——是不是也會跟在她背後？

無憂無慮的城太郎，好久沒看到都市的繁華，使得他又開始任性起來，他問阿通：

「要住旅館了嗎？」

「不，還沒有。」

「太好了，天色尚早就去投宿，未免太無聊，我們再多逛逛吧！那邊好像有很多市集。」

「我們不是還要辦一件比逛街更重要的事嗎？」

「重要的事？什麼事啊？」

「城太，難道你忘了從伊勢就一直背在背上的東西嗎？」

「啊！這個嗎？」

「總之，在我們尚未將荒木田先生所託付的東西交給烏丸光廣先生之前，是無法輕鬆下來的。」

「那麼，今夜就趕到他家去，就住在他家吧！」

「不像話——」

阿通望著加茂川的河水，笑著說：

「大納言先生的官邸，怎麼可能讓你這個滿身跳蚤的城太留下來過夜呢？」

冬蝶

1

受託看護的病人，竟然從病牀上消失——這件事，旅館的人是難脫其咎。

不過，旅館的人約略明白病人的病因，認爲她不可能再度投海自殺，爲了省去無謂的痲煩，並未派人去尋找，只捎信通知京都的吉岡清十郎。

再說，朱實雖然像隻逃出樊籠的的小鳥，自由自在。但畢竟她曾跳海自殺，一度瀕臨垂死邊緣，如今身體猶未復原，實在無法任意遨翔。更何況被一個自己厭惡的男人奪去少女貞操，在內心烙下永遠無法抹去的傷痕——這種傷害是無法在三、四天之內療癒的。

「眞難過……」

朱實坐在三十石的船上，望著淀川河水，好不感慨。感覺自己所流的眼淚比河水還要多。

她心中的幽恨，如何能了。她心裏朝思暮想的男人，期待能與他廝守終生的夢想，卻慘遭淸十郎的摧殘。一想到這裏，她的心緒更加紊亂。

在淀川的河面上，有很多小船都裝飾著門松和春聯，來往穿梭，好不熱鬧，朱實見景：

「即使我能見到武藏哥哥，又能如何呢？」

想到這，朱實淚水奪眶而出。

自從得知武藏將於正月初一早上在五條橋頭等待本位田又八，朱實便滿心期待那一天的來到。

不知爲何，我就是喜歡武藏。

從開始對武藏產生好感之後，其他男人再也不能打動她的心。尤其看到和養母阿甲同居的又八，相形之下，她對武藏的愛慕之情，即使經過這段歲月，不但不減反而更深深纏綿在內心深處。

如果說愛慕之情就像一條情絲，那麼戀愛就像一個線軸，在心靈深處不斷地捲著。雖然數年不見，但她暗自捲著思慕的情絲，無論昔日的回憶或是新近聽到的消息，都化成一條條情絲，在內心越捲越大。

昨日之前的朱實，心中仍然懷著這分少女情懷，當她住在伊吹山下時，宛如一朵野百合，散發著令人憐愛的氣息。然而，此刻在她內心，這分情懷已經輾轉爲塵泥了。

「嘿！姑娘、姑娘。」

雖然無人知曉，但是朱實老覺得每個人都用異樣的眼神看著她。

有人叫她，朱實回過神來，才發現自己好像一隻冬天的蝴蝶，走在五條附近的寺廟街道上，她看到自己踽踽獨行的寒冷身影，以及街道兩旁枯萎的楊柳和高塔。

「嘿！姑娘，妳的腰帶鬆了，拖落在地上，我來幫妳綁好吧！」

那個人言語曖昧，身材雖然瘦小猥瑣，但是佩戴兩把武士刀，看起來像個浪人。朱實並不認識他，這個人便是經常出現在鬧街以及冬日的後街上，遊手好閒的赤壁八十馬。

朱實穿著破草鞋啪嗒啪嗒地走著，那名男子緊隨她背後，拾起朱實拖在地上的腰帶。

「這位姑娘，妳看起來眞像謠曲狂言戲劇裏的瘋女人……這副模樣會遭人非議的……這麼漂亮的臉蛋卻披頭散髮走在街上，不太好吧！」

2

朱實想必認爲那個人很囉嗦，便充耳不聞繼續走她的路。赤壁八十馬見狀，以爲這只不過是年輕女子的靦覥，更加得寸進尺。

「姑娘，妳看起來是城裏人，是不是離家出走了呢？還是與丈夫吵架負氣跑出來啊？」

「……」

「妳最好小心一點，像妳這般年輕貌美，卻神情恍惚地在街頭遊蕩，雖然現在都市裏已經沒有羅生門或大江山這種花街柳巷，但是滿街到處都是那種看女人就垂涎三尺的野武士、浪人和人口販子……」

「……」

不管對方說什麼，朱實都不理睬，八十馬自言自語跟隨在她後面。

「眞是的。」

八十馬只好自說自答：

「最近京都的女子賣到江戶的價格很誘人。以前在奧州的平泉、藤原三代建立都城的時候，也有很多京都女子被賣到奧州去。現在的市場改到江戶城，德川的二代將軍秀忠，現在全力開發江戶——所以京都的女子不斷地被賣到江戶，有的被賣到角鎭或伏見鎭、境鎭、住吉鎭等地。離此兩百里處，便有一條花街柳巷呢。」

「……」

「姑娘瞧妳一副眉清目秀，引人注目，最好小心點，可別讓野武士抓去賣了。」

「……去！」

朱實突然像趕狗一樣地瞪著後面的赤壁八十馬。

「走開！」

八十馬嘿、嘿地笑著，說道：

「吔！妳這姑娘，難不成是個瘋子。」

「少囉嗦！」

「難道不是嗎？」

「混帳！」

「妳說什麼？」

「你才是瘋子。」

「哈哈哈！我猜得沒錯，妳果然是個瘋子，眞可憐！」

「你眞是多管閒事。」

一陣沈默之後——

「我用石頭丟你。」

「喂，喂。」

八十馬緊跟不放。

「姑娘，請等一下。」

「不要，你這隻狗，狗！」

其實朱實心裏很害怕，她斥罵對方，甩開他的手，趕緊逃向黑暗處。

前面是以前「燈籠大臣」小松大人官邸的遺跡，現在芒草叢生。朱實像跳入海中一般，死命地泅向這片芒原。

「嘿，姑娘，等等啊！」

八十馬有如獵犬穿越起伏的芒草原，緊追不捨。

月亮像鬼女咧齒而笑的嘴巴，斜掛在鳥部山頭，眞不巧這時已是夕陽西下，附近杳無人蹤。本來離此約二百公尺處有一羣人正要下山，但是即使他們聽見朱實的呼救聲，也無意伸出援手——因爲這羣人身穿白褂子，頭戴白斗笠，手持念珠，來此荒郊野外送葬的人，個個臉上淚痕猶未乾。

3

赤壁八十馬從朱實背後一推，朱實便摔倒在草叢中。

「啊！對不起，對不起。」

八十馬是個很狡猾的男子，自己故意推倒朱實，邊道歉邊抱住朱實的身體。

「弄痛妳了。」

朱實非常氣憤，一巴掌打向八十馬滿是鬍子的臉頰，啪啪啪又接連打了兩、三下，但是八十馬卻一臉稀鬆平常，更加歡愉，瞇著眼任朱實打個夠。

最後八十馬緊緊抱住朱實，毫不鬆手，不停地用臉頰去摩擦朱實的臉，朱實覺得有如無數的針刺扎在她臉上，好不痛苦。

快要窒息了。

朱實用指甲狂抓對方。

朱實的指甲在混亂中抓破八十馬的鼻子，印出一道道血痕，但是八十馬依然像頭猛獸，毫不鬆手。

從鳥部山的阿彌陀堂傳來晚鐘聲，有如在訴說著人生無常。但是過往行人，來去匆匆，聽到這種色即是空的梵音，猶如對牛彈琴、無動於衷。枯萎的芒草掩蓋著一對男女，芒草花穗如波浪般隨風搖曳。

「妳給我老實一點。」

「……」

「沒什麼好怕的。」

「……」

「當我的老婆吧！我會讓妳過好日子的。」

「……我想死！」

朱實悲慟地大聲喊叫。

「咦？」

八十馬非常驚訝問道：

「爲什麼，爲什麼想死？」

朱實雙手緊緊將膝蓋抱在胸前，就像一朵茶花的花蕊。八十馬瞧朱實如此抵死不從，想盡辦法希望能用言語來化解這一切，這名男子對女人應該是很老道，而且似乎打算好好享受一番，因此，即使朱實的表情淒厲，可是八十馬篤定抓到這個獵物不可能再逃走，所以一派悠哉。

「沒什麼好哭的嘛。」

八十馬將嘴唇湊到朱實耳邊輕聲細語：

「姑娘，像妳這個年紀，難道還不懂男女情事嗎？別騙人了……」

朱實心裏突然想起吉岡淸十郎，她回想起當時幾近窒息的痛苦，當時她心慌意亂，連房間的格子門都看不清楚，而此時她比較能穩定心情來想辦法應付。

「我說，你等一下。」

朱實一邊像蝸牛般蜷曲著身子，一邊脫口而出。病後的她還發著高燒，但是八十馬並不認爲那是因爲生病而產生的體熱。

「妳要我等一下嗎……好，好，我等妳……但是，要是妳敢逃跑的話，可會有苦頭吃喔！」

「走開！」

朱實使勁搖晃肩膀，甩開八十馬強壯的雙手，這會兒八十馬的臉離開了一點，朱實瞪著他站了起來，說道：

「你想幹什麼？」

「難道妳不知道嗎？」

「別以爲女人就好欺負，女人也有尊嚴的……」

朱實的嘴唇被茅草割破滲出血來，現在她緊咬雙唇，滾滾淚珠和著鮮血沿著蒼白的臉龐流下。

「哦！說的可眞有學問，妳這個姑娘看來不像個瘋子。」

「當然不是。」

朱實突然向他胸膛猛撲過去，撞倒他之後，對著月光下一望無垠的芒草波浪大喊：

「殺人啦！殺人啦……」

八十馬當時的精神狀態比朱實更爲瘋狂，他情緒亢奮，已經無心再談情說愛，現在他獸性大發。

「救命啊！」

天邊月光皎潔，朱實尚未跑到六十尺就被這隻色魔抓住了。

朱實白皙的雙腿猛踢、奮力抵抗，她披頭散髮，臉頰被壓在地上。

雖然已是初春時節，但是從花頂山吹來的寒風，冷冽刺骨，整片原野籠罩著一層薄霜，朱實不斷哀叫，白皙的胸膛因喘氣而上下起伏，乳房裸露在寒風中，八十馬的眼中燃起熊熊欲火。

就在此時，有人拿著硬物往八十馬耳邊重擊。

剎那間，八十馬的血液爲之凝固，神經之火似乎要從受傷處噴出來了。

4

「好痛！」

八十馬大叫。

他猛然回頭，對方大罵一聲：

「你這個混帳東西！」

咻的一聲，帶有環節的洞蕭往八十馬的腦門又一擊。

八十馬可能並不感覺疼痛吧！因爲他根本沒時間去感覺了，被打之後，他的肩膀無力一癱，眼角下垂，像隻戰敗的老虎搖頭晃腦地向後仰倒在地。

「這傢伙眞可惡！」

剛才打人的是一個苦行僧。他手上拿著洞簫，此刻正在端詳八十馬的臉。八十馬張著大嘴，昏厥在地。因爲兩次都打在頭部，苦行僧唯恐這名男子因此而變成白癡，果眞如此的話，會比殺了對方更令自己感到罪孽，所以他仔細察看那名男子。

「……」

朱實茫然地望著那名苦行僧，他的鼻子下長著像玉米鬚般的稀疏短髭，手上握著洞簫，看起來像個苦行僧，但是一身襤褸，腰上又繫著一把大刀，一時也無法判斷他到底是乞丐還是武士，只看得出來他大約五十來歲。

「已經沒事了。」

青木丹左衛門說完咧嘴一笑，露出兩顆大門牙。

「妳可以放心了。」

朱實這才回過神來。

「謝謝你。」

朱實整理好衣飾，目光流露恐慌地四處張望。

「妳家住哪裏？」

「我的家嗎……我的家在……我的家在……」

朱實突然雙手掩面，細聲飲泣。

苦行僧詢問朱實的遭遇，但是朱實並未據實以告，捏造摻雜事實，又哭了起來。

朱實訴說自己並非母親的親生骨肉，這個母親打算拿她當搖錢樹，以及自己從住吉逃到此地的經過等等，這些原委朱實據實相告。

「我是寧死也不願回家了。我已經忍耐很久，說到可恥之事，從我小的時候，母親就逼迫我去剝削戰死的屍骸，盜取衣物。」

比起可惡的清十郎和剛才的赤壁八十馬，朱實最恨的人是養母阿甲。此時她內心充滿憎恨，使她全身顫抖，又掩面而泣了。

心猿

1

阿彌陀峰的山腳下，傳來淸水寺的鐘聲。此處是個幽靜的山谷，四周環繞著歌中山和鳥部山，就連吹來的陣陣寒風也不覺得冷。

靑木丹左帶著朱實來到小松谷，回頭對她說：

「就是這裏，雖然暫居此地，倒也安適。」

說完，留著短髭的上唇，微微一笑。

「在這裏？」

雖然有些失禮，朱實還是忍不住回問。

這一間阿彌陀堂非常荒涼，如果它也算住家的話，附近像堂塔伽藍的空屋還眞不少。這一帶到黑谷或吉水附近乃是佛門的發祥地，有很多親鸞祖師（編註：鎌倉初期的僧人，淨土眞宗的始祖）的遺跡，念佛修行者法然房被放逐前往讚岐的前一夜，曾經在這小松谷的大佛堂與隨行的諸弟子和皈依的公卿及善男信女們，含淚揮別。

這件事是發生在承元年間的春天，今夜卻是草木皆枯的冬末。

「……請進。」

丹左先走上大廳的走廊，打開格子門後，招呼朱實。朱實看來似乎還猶豫不決，是接受他的好意呢？還是另覓其他落腳處呢？

「屋裏出乎妳意料的溫暖吧？雖然地上只墊著稻草，但也聊勝於無……還是妳在懷疑，怕我會像剛才那個壞人欺負妳呢？」

「……」

朱實搖頭否認。

青木丹左看起來是個好人，再加上他已經年過半百，使朱實放心不少。但是，令朱實裏足不前的是因為這間堂屋髒亂不堪，尤其對方身上的衣物不但汚穢還全身透著汗臭味。

但是，此刻她也無處可投宿，更何況若再被赤壁八十馬逮到，那可悽慘了。加上自己正發著燒，疲憊不堪，只想躺下來好好休息，所以她開口問：

「我可以住這裏嗎？」

朱實爬上階梯。

「當然沒問題，住上幾十天也可以，在這裏沒有人會找到妳的。」

屋裏一片漆黑，好似會有蝙蝠飛出來。

「妳等一下。」

丹左在屋角擦打火石，劈劈啪啪地打出火花，然後在一支撿來的蠟燭上點火。藉著燭火環視屋內，有鍋子、陶器、木枕、蓆子等等，看起來都是撿來的，用品全都具備了。丹左告訴朱實，他要燒水煮蕎麵給她吃。他在一個破爐子上添了木柴，點燃火種，再用吹火筒呼呼地吹著火。

這個人眞是親切。

朱實心情稍微穩定下來，也不再在意屋內的髒亂，她開始能跟丹左一樣，輕鬆自在地待在這裏。

「對了，妳剛才說妳還在發燒，一定是感冒了。蕎麵尚未煮好之前，妳先睡一覺吧！」

角落裏，鋪著一張不知道是破草蓆還是米袋，朱實拿出一張紙墊在木枕上，躺了下來。旁邊放著一條破蚊帳，看來也是撿來代替蓋被用的。

「那麼我先休息了。」

「快睡吧！不用擔心了。」

「……眞謝謝你。」

朱實正要伸手拉被子時，從被窩下有一隻動物，目光如電，突然從朱實的頭上飛躍而過，她不禁大叫一聲，撲倒在地上。

2

朱實這一叫，把青木丹左手中正要倒入鍋裏的蕎麥粉也嚇得灑翻一地。

「啊！什麼事？」

膝上全是白色的蕎麥粉。

朱實躺在地上說：

「好像——不知道是什麼東西，是一隻比老鼠大的動物從那邊角落跳出來……」

丹左回答說：

「可能是松鼠吧！」

他四處張望。

「松鼠這些小傢伙，只要聞到食物的味道就會跑過來……可是現在卻不見蹤影。」

朱實悄悄地抬起頭。

「那裏！在那裏！」

「在哪裏？」

丹左彎下腰四處尋找，果然有一隻動物躲在沒有佛像的神龕中，一看到丹左的眼睛，小動物的身子往後退縮

「不是松鼠而是一隻小猴子。」

「……？」

丹左覺得奇怪，小猴子也不怕生，在桌下徘徊了一會兒又回到原處坐著。長著絨毛的臉像桃子一樣，一雙眼睛亮晶晶，一副乞討食物的表情。

「這傢伙……從哪裏進來的……啊！我知道了，是不是想進來偷東西吃呢？好吧！我來看看。」

小猴子似乎聽得懂「我來看看」這句話的含意，立刻跳到丹左的腳邊。

「……哈哈哈，這小猴子眞可愛，只要給牠東西吃就不會搗蛋了，不管牠了。」

丹左拍掉膝上的白粉，重新坐回鍋前。

「朱實，已經沒什麼可怕的了，妳早點休息。」

「眞的沒問題嗎？」

「牠並非野生的猴子，應該是有人飼養的，妳不必擔心——被子夠暖和嗎？」

「……夠。」

「早點睡吧！充分休息之後，感冒一定會好的。」

丹左把麥粉、水倒入鍋裏，用筷子攪拌。

破爐子裏的炭火燃燒旺盛，丹左把鍋子架上去，再開始切葱。

丹左用大廳裏的桌子當砧板，小菜刀也已生銹，他手也不洗就抓著切好的葱放到大盤子上，隨便擦一下砧板，就著手準備下一道菜了。

鍋裏的水沸騰了，屋內漸趨暖和，丹左抱著瘦骨如柴的膝蓋，飢餓的眼神注視著沸騰的鍋子，看起來彷彿人間極品盡在此鍋中。

清水寺的鐘聲照例在夜晚響起。現在時節已過大寒，初春即將來臨。隨著即將結束的臘月，人們的煩惱似乎也增加了不少。夜深人靜，除了佛堂前的參拜鈴鐺叮噹作響之外，還傳來丹左的喃喃自語：

「……我是惡有惡報，罪有應得，但是城太郎不知如何了……小孩子是無辜的，不應該受父親的連累，南無阿彌陀佛，大慈大悲，請保佑城太郎，平安健康。」

丹左攪著鍋中的蕎麥，雖然已為人父，心底卻極為脆弱，他邊攪著邊祈禱。

「不要！」

已經入睡的朱實，突然像快被人勒死般拚命大叫：

「混、混、混蛋……」

丹左瞧朱實緊閉雙眼，靠在木枕上的臉頰爬滿了淚水。

3

朱實被自己的夢囈給驚醒。

「大叔，我剛才睡覺時說了什麼？」

「妳可真嚇了我一跳。」

丹左來到她枕邊，替她擦拭額上的汗珠。

「大概是因為發高燒，才會出這麼多汗……」

「我說了什麼？」

「說了很多。」

「我說了很多嗎？」

朱實熱烘烘的臉更為羞澀，她把臉埋進被窩裏。

「朱實，妳的心裏是不是在詛咒某個男子？」

「我說了這些事嗎？」

「沒錯……妳是怎麼了？被男人拋棄了嗎？」

「不是。」

「被男人騙了嗎？」

「也不是。」

「我知道了。」

丹左暗自揣測著，朱實突然坐起來。

「大叔！我、我該怎麼辦？」

本來在住吉所遭遇的凌辱，只能獨自悲慟，不欲人知，可是現在朱實內心悲憤交集，她再也無法埋藏，就像江河決堤，一發不可收拾，她哽咽泣訴，說完之後趴在丹左膝上，嗚嗚啜泣。

「……嗯，好了，好了……」

丹左胸口一陣燥熱，女性專屬的體香撲鼻而來，這一陣子丹左隱居遁世與草木爲伴，安享餘年。而此時身體上的感官宛如注入一股熱血，膨脹開來，肋骨下的心肺充滿生氣，自己都覺得不可思議。

「……吉岡清十郎這個傢伙，眞是可惡。」

丹佐邊說著，心底對淸十郎不禁生起憎惡之心，而讓丹左這個老朽身軀如此亢奮的原因，除了義憤塡膺之外，一股莫名其妙的嫉妒心也是主因，彷彿是自己的女兒遭受侵犯，倍加憤怒。

朱實見狀，更確信此人足以信賴而感到安心。

「大叔……我眞想死了算了。」

朱實哭喪著臉，緊靠著他的膝蓋，丹左不知所措，一臉迷惑。

「別哭了，別哭了，並非妳存心招惹對方，妳的心絲毫未受到玷污。女人的生命裏，心可比肉體來得重要。所謂貞操指的就是女人的心，即使妳的身體尚未遭受男人玷污，可是若是心底妄想著別的男人，那一瞬間女人也等於受到了汚穢。」

朱實聽了這篇大道理，仍然無法釋懷，她淚如雨下幾乎要溼透丹左的衣裳，嘴裏不斷說著：

「我好想死，我好想死。」

「好了，別哭，別哭了……」

丹左撫著她的背，卻無法以同情的眼光注視朱實白晳的頸子，他甚至懷疑朱實柔美的肌膚之所以會泛出體香，是因爲曾經男女情事的結果。

剛才那隻小猴子來到鍋邊，叼了一個食物，又跑走，丹左聞聲推開了朱實的臉。

「這隻猴子。」

丹左舉拳怒罵。

對丹左而言，食物遠比女人的眼淚來得重要。

4

天色破曉。

丹左醒來之後對朱實說：

「我到城裏托鉢，妳留在家裏，我會帶藥和熱呼呼的食物回來給妳，我也會帶一些柴米油鹽回來。」

丹左披上像抹布一樣髒的袈裟，帶著洞簫和斗笠，跨出阿彌陀堂。

他的斗笠不是藺草編的，只是普通的竹編斗笠。平常只要沒有下雨，他就會穿著破舊的草鞋，去城裏乞食。他的模樣有如一個稻草人，就連鼻下的短髭，看起來都很寒酸。

今早的丹左看來比以往更疲憊，因爲一夜輾轉不成眠。而朱實本來抑鬱寡歡，痛不欲生，但在吃完熱呼呼的蕎麥之後，就沈沈入睡了，丹左卻一直到東方露出魚肚白時仍未闔眼。

使他不能成眠的因素，一直到今天早晨天光大亮、來到太陽底下依然繚繞心頭揮之不去。

朱實與阿通年紀相仿……

丹左如此思索著。

朱實與阿通氣質不同，她比阿通可愛，阿通雖然氣質高雅，但屬於冰霜美人。而朱實無論喜、怒、哀、樂都充滿女性的魅力……

朱實的魅力有如一道強光射向丹左的細胞，令他從昨夜就開始精神活躍，倍覺年輕，只可惜歲月不饒人，他們之間的年齡懸殊，昨夜為朱實的曼妙睡姿迷惑，一夜不成眠，但卻又暗自自我責備。

到底我是怎樣的人？身為池田家的世臣，享受高薪俸祿，卻敗壞家聲，從姬路的藩地流浪到此荒郊野外，落魄潦倒，歸根究柢不就是因為迷戀女色所害。當初就是為了阿通，才會淪落至此下場。

他自我責備。

這種懲罰難道還不夠嗎？

他又自言自語：

啊！我拿著洞簫，披著袈裟，內心卻離普化澄明的覺悟之道尚遠，何時才能達到六根清淨的境界呢？

他面有愧色地閉上眼睛，失眠的疲憊使他今晨看起來更加憔悴。

摒棄這種邪惡之心吧！

但是朱實的確是個可愛的姑娘，而且曾受男人的欺負，讓我來安慰她吧！讓她知道，世間的男子並非全都是豺狼虎豹。

去的時候給她帶些藥吧！今天的托鉢如果能讓朱實心生喜悅，那就夠了。我不應該再對她另有所圖。

他的心情終於平靜下來，臉色也逐漸紅潤。就在此時，他走在山崖上，突然聽到一隻老鷹噗噗地拍著大翅膀，遮住了頂上陽光。

「……？」

丹左抬頭仰望，幾片葉子從樹梢上飄落下來，還有一片灰色的小鳥羽毛像蝴蝶般飄落到他臉上。

老鷹的爪子抓住小鳥，張開膀旁飛向雲際。

「啊！抓到了。」

不知何處有人如此說，接著便聽到老鷹的主人吹了一聲口哨。

5

從延念寺的後山坡走下來兩名身著獵裝的男人。

其中一人左手拳頭停了一隻老鷹，右手拿著裝獵物的網子，一隻棕色的獵犬尾隨在後。

他是四條武館的吉岡清十郎。

另一名比清十郎還年輕，身體比他更強壯，身著款式新潮華麗的上衣，背上背著三尺餘的大刀，留著前髮——此人就是岸柳佐佐木小次郎。

「沒錯，應該就在這附近。」

小次郎停步眺望四周：

「昨天傍晚我的小猴子與獵犬相爭，被獵犬咬傷屁股，就在這附近躲了起來，後來再也不見蹤影……會不會躲到樹上去了呢？」

「不可能還留在這兒，猴子有腳自己會跑掉的。」

清十郎意興闌珊地應著。

「我沒聽說過放鷹打獵，還要帶著猴子的。」

說完，便坐在一旁的石頭上。

小次郎也坐在樹根上。

「不是我要攜帶小猴子，是牠老跟著我，也拿牠沒輒。雖然如此，這隻小猴子非常可愛，不見了，總覺有些冷清。」

「我還以爲只有女人或閒人才會飼養寵物，現在看到你這名修行武者竟如此寵愛小猴子，才知道不能一概而論。」

清十郎在毛馬堤看到小次郎的劍法，心裏十分敬佩，但對於他的興趣以及處世態度，仍覺得他乳臭未乾。畢竟，他比清十郎年輕，而且在同一屋簷下住了三、四天，小次郎也暴露了一些缺點。

雖然清十郎並不怎麼尊敬小次郎，但是他們的交往反而更自然，數日相處下來，兩人已成密友。

「哈哈哈！」

小次郎笑著說：

「那是因爲在下年紀尚輕，將來我要是找到中意的女人，可能就會棄猴子而不顧了。」

小次郎愉快地閒聊起來，淸十郎卻面色漸露不安，就像站在拳頭上的老鷹，眼眸上露出焦慮的神色。

「總覺得那位苦行僧……從剛才就一直盯著我們看。」

淸十郎說著，小次郎一聽也回頭看。那個人正是靑木丹左，靑木丹左打從剛才便一直注視他二人。這會兒才轉身慢慢地走向另一頭去了。

「岸柳，」

淸十郎叫著小次郎，忽然站起來。

「回去吧——現在不是狩獵的時候，今天已是臘月二十九，快回武館去吧！」

但是小次郎無視於淸十郎的焦慮，一逕冷笑。

「好不容易帶著老鷹出來打獵，現在只抓到一隻山鳩和兩、三隻野雞而已，再爬點山去看看吧！」

「算了吧！手氣不順的時候，連老鷹都駕馭不好……還是回武館練劍吧！」

淸十郎像在自言自語，到後來語氣帶著焦慮，和平常的他判若兩人，而小次郎卻是一副愛理不理，要走你先走的冷淡表情。

6

「要回去就一起走吧！」

小次郎也一起回去，但面露不悅。

「清十郎，我勉強你出來，實在很抱歉。」

「什麼事？」

「昨天和今天都是我慫恿你出來狩獵的。」

「不……你的好意我心裏明白。但是年關將近，我也告訴過你，我和宮本武藏的比武約定已經迫在眉睫。」

「所以我才會建議你帶老鷹出來打獵，放鬆心情。不過，以你的個性看來是無法輕鬆起來的。」

「我最近聽到一些傳言，說武藏這個人其實武功並非如傳說中那麼高強。」

「如此說來，我們更應該以逸待勞，先做好心理準備。」

「我一點也不慌張，只是輕敵乃兵法之大忌。我認爲在比武之前，應先充分磨練自己，更就算我輸了，也已盡全力。實力差人一等，這是沒辦法的事……」

小次郎對於清十郎的正直頗有好感，但同時他也看透清十郎氣度狹窄，如此的胸襟實在無法繼承吉岡拳法的聲譽，以及規模宏大的武館。小次郎暗自遺憾著。

反倒是清十郎的弟弟傳七郎氣度較大。

但是他的弟弟卻是一名驕縱放蕩子，雖然他的武功比清十郎還高強，卻無法繼承家聲，是個毫無責任感的二少爺。

小次郎也見過他弟弟，從一開始便覺得與他不投契，彼此都心生反感。

清十郎是一個正直的人，雖然氣度狹窄了些，我還是助他一臂之力吧！

小次郎如此盤算，因而故意帶著老鷹邀請清十郎一起狩獵，希望能讓他暫時忘了與武藏比武之事，但是清十郎自己卻放不開。

他竟然說想要回去好好鍛鍊自己。清十郎如此認眞固然是其優點，可是小次郎眞想回問他，比武前幾天，到底能鍛鍊到什麼程度？

是清十郎個性使然，這也難怪……

在此情況之下，小次郎不免也感到愛莫能助，只好默默地踏上歸途。本來一直跟在身邊的褐色獵犬，這會兒卻不見了。

汪汪汪！

遠處傳來獵犬的狂吠聲。

「啊！是不是找到獵物了？」

小次郎眼睛爲之一亮。清十郎則不以爲然。

「別管牠，待會兒牠自己會追上來。」

「可是……」

小次郎覺得很可惜。

「我去看一下，你在這裏等我好了。」

小次郎循著狗叫聲跑過去，看到獵犬正跳上十四公尺長，四面環通、古老的阿彌陀堂走廊。牠顯然想要跳進破舊的窗口，卻跡不進，如此躍上躍下，將附近的紅柱子和牆壁抓得爪痕斑斑。

7

大概是聞到什麼味道才會如此狂吠，小次郎走到那個窗口旁的一扇門前。

靠著格子門往內瞧，屋內一片漆黑，什麼也看不清。他順手推開門，獵狗立刻跑到小次郎腳邊。

「噓！」

小次郎把狗踢開，但是狗並不畏懼又跟進來。

他一走進廳堂，那隻狗立刻穿過腳邊衝進去，接著，小次郎聽到一陣女人的尖叫聲，那不只是一般的尖叫聲，而是使盡全力，刺耳欲穿的淒厲叫聲，加上獵犬的狂吠聲，此起彼落，都快震裂廳堂的大梁，人獸混聲，於屋內迴響不絕。

「啊！」

小次郎趕緊跑過去，他看到獵犬正在攻擊的目標——一個抵死抗拒、不斷慘叫的女人。

本來朱實蓋著蚊帳被子在睡覺，剛好一隻小猴子被獵犬發現，從窗戶逃進來，躲到朱實背後。

獵犬爲追小猴子而咬朱實。

「哇——」

朱實嚇得滾向一邊，幾乎同時，小次郎抬腳一踢，腳邊立刻傳出動物的悲鳴聲。

「好痛，好痛啊。」

朱實幾乎快哭出來，獵狗張著大嘴已經咬住朱實上半截的胳膊。

「畜牲。」

小次郎又踹了狗肚子一腳，但是那隻狗在小次郎第一次踢牠時就已經氣絕，所以即使小次郎再踢一腳，牠的嘴仍是死咬朱實的胳膊不放。

「放開，放開。」

朱實不停掙扎著，從她背後跳出一隻小猴子。小次郎用力掰開狗的上下顎。

「你這傢伙！」

啪的一聲，小次郎撕裂狗的下巴，幾乎快把牠的臉撕成兩半，然後把狗扔到窗外。

「已經沒事了。」

說完坐到朱實旁邊，但是朱實的胳膊已經鮮血淋漓。

白皙的手腕滲出紅牡丹般的鮮血——小次郎見狀，憐惜之心油然而生。

「有沒有酒可以洗傷口呢……噢，像這種破舊的地方不可能有酒的，來，讓我看看傷勢。」

他抓住朱實的胳膊，溫熱的血液也流到小次郎手上。

「搞不好會得病，因爲這隻狗在前一陣子曾經發狂。」

小次郎也慌了，不知如何處置。朱實痛得皺緊雙眉，搖著頭說：

「狂犬病……我倒希望得這種病，瘋掉算了。」

「妳說什麼傻話？」

小次郎忽然把臉湊近朱實的傷口，用嘴把髒血吸出來、吐掉，如此不斷重複。

8

到了黃昏，青木丹左結束一天的托鉢，回來了。

他打開昏暗的阿彌陀堂的大門。

「朱實，妳一個人很寂寞吧！我回來了。」

他在歸途中替朱實買了藥和食物，並打了一瓶油，他將東西放置在角落。

「等一下，我來點燈……」

但是，燈點亮了，他的心卻跌到谷底。

「……到哪兒去了？朱實！朱實！」

不見朱實的蹤影。

自己對朱實一廂情願的單戀，突然轉變成一股憤怒。瞬間，整個世界陷入一片黑暗。

激動過後，代之而來的是滿心的悽涼，丹左想到自己年齡比她大一大截，而且早已無榮譽和野心，想到自己已經老態龍鍾，他不禁哭喪著臉，垂頭喪氣。

「我救了朱實又如此照顧她，沒想到她竟然一聲不響就離開了……唉！人世間眞如此現實嗎……現在的女性，難道都這麼薄情寡義……要不然就是她對我尙存戒心。」

丹左像個癡人喃喃自語，用猜疑的眼光掃視朱實睡過的地方。他看到一塊碎布，好像是撕裂了的腰帶，布上還沾著血跡，丹左更加狐疑，嫉妒之心油然而生。

他憤怒地踢開草蓆，把買回來的藥全扔出屋外，雖然他行乞了一天，早已饑腸轆轆，卻無力準備晚餐，他拿著洞簫。

「唉！」

他來到阿彌陀堂的走廊。

有好一會兒時間，他不斷吹著洞蕭，任由他的煩惱悠遊在虛無的夜空。人類與生俱來的情欲，在進入墳墓之前，即使人老色衰，仍然會像幽靈似地潛藏在身體某處。丹左藉著洞簫，彷彿對虛空自白。

「既然她命中註定任男人玩弄，自己又何苦爲道德所束縛，搞得一夜不能眠。」

有些後悔，又有些自我鄙視，這種複雜的情緒不知如何排解？只能任它在血管裏竄流。或許這就是所謂的煩惱吧！丹左拚命吹著洞簫，希望吹散自己混濁的感情，可是，業障深重的男人，再怎麼努力仍吹不出清澄的音色。

「苦行僧，你可眞雅興不淺，今夜獨坐吹簫啊！是不是白天在城裏討足了錢也買了酒，賞一杯給我吧！」

從佛堂的地板下探出頭來，這名癱了下半身的乞丐，經常窩在地板下頭，用羨慕的眼光仰望住在上頭的丹左。對他來說，丹左的生活可比王侯。

「喔，你可能知道吧！我昨晚帶回來的女人到哪裏去了？」

「她怎麼可能逃走？今天早上你剛出門，就有一名瀏海、背上背著大刀的年輕人，連同小猴子和女人一起扛在肩上帶走了。」

「瀏海的男子？」

「那名男子長得挺俊俏……可不是你我能相比的。」

地板下頭的乞丐忍不住自個兒笑了。

告示牌

1

清十郎回到四條武館。

「喂！把牠放回鷹房的木架上。」

清十郎把老鷹交給弟子，脫下草鞋。

一看就知道清十郎十分不悅，渾身像把剃刀似地寒氣逼人。

弟子們見狀，急忙幫他拿斗笠、端洗腳水。

「跟您一起去的小次郎先生呢？」

「大概會晚一點回來吧！」

「是在山區迷路了嗎？」

「讓人等候，自己卻不見影子，我就自個兒先回來了。」

清十郎換下衣服，坐在客廳。

客廳隔著中庭，前方是廣大的武館，從臘月二十五日停止練武到春季開館之間，武館是關閉的。一整年大約有上千名門人出入武館，此刻少了木劍的打擊聲，武館顯得格外冷清、空蕩。

「小次郎還沒回來嗎？」

清十郎數次詢問門人。

「還沒回來。」

清十郎本來打算等小次郎回來，請他當劍靶子，以便模擬與武藏的比武，好好鍛鍊一番。清十郎一直等著，但是一直到傍晚，甚至天都黑了，依然不見小次郎的蹤影。

到了第二天，小次郎還是沒回來。

年關迫近，今年只剩最後一天，今天是除夕了。

「到底想怎麼樣？」

古岡家的大門口擠滿了收帳的人，吵嚷不休，其中一位個頭矮小的商人，忍不住大聲辱罵：

「你們以爲說負責人不在，館主不在，就可以推脫了事的嗎？」

「到底要我們跑幾十趟啊？」

「要是只有半年的債務，念在上一代老爺的面子上，也就算了。可是，你自己看看！今年中元節加上前年的帳單，令人吃不消啊！」

也有人摔著帳簿，咄咄逼人。

這些人大都是一些平日出入武館的水泥工、雜貨店、酒店、米店及和服店，甚至還有清十郎上花街柳巷欠下大筆債務的茶館老闆。

這些都還算小債務。清十郎的弟弟傳七郎揮霍無度，比其兄長有過之而無不及，甚至告貸現金，欠了一筆爲數可觀的高利貸。

「叫清十郎出來給我們一個交代，光靠下人是解決不了事情的。」

還有四、五個人在大門口靜坐以示抗議。

平常武館的帳目及財務大權都掌握在祇園藤次手中，全權由他處理。然而藤次卻在前幾天，拿著到處旅行所募得的捐款，跟「艾草屋」的阿甲享樂去了。

門人不知如何是好。

清十郎只是交代他們：

「就說我不在。」

自己則躲在屋裏避不見面。其弟傳七郎當然更不可能在這年關吃緊的除夕在家裏出現。

這時，有六、七名武士大搖大擺浩浩蕩蕩地走了過來。他們就是自稱吉岡十傑的植田良平及其手下。

植田良平掃了一眼討債的人羣說道：

「這是怎麼一回事!?」

良平站在那兒，一副睥睨人羣的神氣。

剛才出面與債主斡旋的門人，簡單扼要地對良平報告事情原委。

「什麼？原來是上門討債的啊！我們借了錢就一定會還。但是要請各位再緩一段時日，直到武館手頭方便的時候。要是有人無法等待的話，我另外也有交代的方式，可以到武館內來再說。」

2

植田良平語氣霸道，討債的商家全都靜默下來，不敢作聲。

說什麼等到武館方便的時候；還說有誰不能等的，另有交代的方式，還要到武館內再說，這又是什麼意思？平常大家還不是看在吉岡老爺曾任職於室町將軍家的兵法所，信譽良好，這才對吉岡家的人必恭必敬、低聲下氣，不管是借錢借物，大家都很樂意配合。可是，即使打著吉岡家的名號，也該知所收斂。假如聽了對方幾句恐嚇話就心生畏懼、不敢討債，那麼商人們如何維持生計呢？這些討債的商人不禁心生反感，心想：這世上若只有你們武士，沒有商人，看你們怎麼活下去？

良平把這羣聚在一起交頭接耳的商家，視同一羣木頭人。

「好啦！回去，回去，一直待在這裏也沒用。」

商家們聽完默不作聲，但也不肯離去。

這麼一來，良平動了肝火。

「來人啊！把他們抓起來。」

這些討債的商家忍耐已久，如今又聽良平這麼說，再也忍無可忍。

「先生，你這麼做未免太過分了吧！」

「什麼？」

「還問什麼？你簡直不講理。」

「誰說我不講理？」

「你說要把我們抓起來，就是不講理。」

「是你們自討無趣，不肯離去。今天可是除夕啊！」

「就因為是除夕，大家討不回債務，根本無法過年，才會如此拚命懇求貴府還錢啊！」

「我們當家的也很忙啊！」

「沒聽過如此荒謬的推託之詞。」

「怎麼樣？你不服氣嗎？」

「要是你們肯還錢，我們當然不會再囉嗦。」

「你過來。」

「做……做什麼？」

「哼！沒出息的傢伙。」

「你，你們太混蛋了。」

「好啊！你竟敢罵我混蛋！」

「我不是在罵您，我是覺得你們欺人太甚。」

幾個動作太慢的，互相踐踏撲倒在地。

「住口！」

良平一把揪起那個人的衣襟，往大門旁一扔，羣聚的商家們嚇得四處逃竄，有幾個動作太慢的，互相踐踏撲倒在地。

「還有誰？有誰不滿的？爲了一點小錢就敢到吉岡家門口靜坐抗議，簡直太過分了，我絕不寬容，即使是小師父說要還錢，我也不還。來啊！你們一個個上來啊！」

商家們一看到他揮舉著拳頭，立刻逃之夭夭。這些人手無縛雞之力，無能與之對抗，只能在門外破口大罵：

「走著瞧好了！要是這個家被官府查封的話，大家都會拍手叫好。」

「這家快要倒楣了。」

「咱們走著瞧。」

良平在屋內，聽到這些人在門外的怒罵聲，捧腹大笑不已，然後帶著手下來找清十郎。

清十郎神情嚴肅地獨自在烤火。

「小師父，您今天好安靜，倒底在想什麼？」

良平問清十郎。

「不，沒什麼事。」

看見這六、七名心腹聚集在此，清十郎面色稍緩地說：

「離比武的日子快到了吧？」

「是快到了。比武的時候，我們一定會陪同您去。但是，要如何通知武藏比武的地點及時間呢？」

「這個嘛……」

清十郎沈思不語。

3

武藏寄來的信函上面，提到比武的地點和日期由吉岡家全權決定，並在正月初五之前將此告示掛在五條橋頭。

「先決定地點吧！」

清十郎喃喃自語。

「洛北的蓮台寺野合適嗎？」

清十郎詢問衆人的意見。

「應該可以吧！日期和時間呢？」

「就訂在春節期間，還是等過了春節再說呢？」

「我認爲越早越好，在武藏尙未動其他歪腦筋之前，先下手爲強。」

「那麼八日如何呢？」

「八日嗎？八日可以吧！剛好是先師的祭日。」

「啊！是父親的祭日。那就不要選這天……九日早上——卯時下刻，好，就這麼決定了。」

「那麼就將決定寫在告示牌，今夜就掛到五條大橋頭吧！」

「好……」

「您已經準備好了嗎？」

「當然。」

以清十郎的立場，不得不如此回答。

他並不認爲自己會敗給武藏。因爲從小他就繼承父親拳法，武館內沒有一個高徒能贏他。更何況像武藏這種出道不久的鄉下武者，根本不必將他放在眼裏。清十郎頗爲自負。

不但如此，他還自我安慰，認爲自己先前之所以感到膽怯，不是因爲無法放鬆心情，也並非自己怠惰時日，疏於練武，而是因爲身邊雜務繁瑣，才會如此。

雖然朱實的事也是原因之一，事情發生之後，他的心情已經非常不愉快了。再加上武藏送來挑戰書，清十郎急忙趕回京都，卻又發現祇園藤次攜款潛逃，尤其家裏財務愈益嚴重，每天都有債主上門催討——這些事都讓清十郎的心情輕鬆不起來。

清十郎下意識地依賴著佐佐木小次郎，可是現在連他也不見人影。弟弟傳七郎也不回家，雖然與武藏的比武，不須如此勞師動衆，也不需要別人助一臂之力，但是，今年的過年卻令他感到異常的冷清。

「請您過目，這樣是不是可以。」

植田良平等人從隔壁房間拿來一面剛鋸好的白木板，寫上告示內容，請清十郎過目，上面墨跡猶未乾。

答　示

首先如君所望，舉行比武之事。
地點：洛北蓮台寺野
時間：正月九日卯時下刻
右文乃於神前鄭重發誓。
對方若有違約定，將遭世間恥笑；若我方違約，即刻遭神明懲罰。
慶長九年除夕

平安　吉岡拳法二代清十郎

作州浪人宮本武藏閣下

「嗯！很好。」
大概清十郎早有此意，大大地點頭稱是。
植田良平將告示牌夾在腋下，帶著兩、三名隨從，在除夕夜裏大步走向五條大橋。

寒夜孤行

1

吉田山下住了很多公卿武士，平常領些微薄糧餉，生活一成不變。

這裏屋宇擁擠，門戶普通，從外觀便可得知是一些保守階級的住戶。

武藏沿著家家戶戶門牌，邊走邊找。

「不是這裏，也不是那裏。」

他幾乎沒有信心再尋找，遂停下腳步，心想：說不定已經搬家了。

他在找他的阿姨，這位阿姨除了在父親無二齋的喪禮時見過一次面之外，武藏對她的記憶只剩年少時代遙遠的印象了。但是，除了姊姊阿吟之外，親戚只剩這位阿姨了。因此，武藏一來到京都，便立刻想起這位阿姨，這會兒才來此尋找。

他只記得姨父是在近衛家工作，領微薄俸祿的小武士。武藏以爲只要到吉田山下便可以找到，不料這一帶的住家外表看來都是一個樣，戶戶門面狹窄，屋前種滿庭樹，家家像蝸牛般緊閉門扉。有些人家掛著名牌，有些則無，令武藏無從辨識，也無法找人打聽。

他們一定不住這裏了，算了吧！

武藏放棄尋找，準備回到城裏。此時已是夜幕低垂，透過薄薄的暮靄，可以看見瀰漫年節氣氛的燈火，閃閃發光。除夕夜的黃昏，洛內四處充滿吵雜聲，放眼熱鬧的街上，來往人潮的眼神和腳步聲都異於平常。

「啊……」

有一個婦人與武藏擦身而過，武藏回頭一望，認出她便是七、八年未謀面的阿姨。他很確定那就是母親的妹妹，從播州佐用鄉嫁到都市裏。

「就是她。」

武藏雖然確定，但爲了愼重起見，還是尾隨其後，暗中觀察。這名婦女年近四十，身材矮小，胸前抱了一堆年貨，轉彎走向剛才武藏尋找過的小街道。

「阿姨！」

武藏這麼一叫，那位婦人面露驚訝，直盯著武藏的臉好一陣子。這婦人平日生活安適，雖然只料理家務，由於有些年紀，眼角已經出現魚尾紋，這時她的眼神充滿訝異。

「啊！你不就是無二齋的兒子武藏(musashi)嗎？」

武藏一直到少年時代才第一次見到這位阿姨。現在阿姨不叫他武藏(takezou)，令武藏有些意外。不過，一股莫名的寂寞卻比這種意外來得更強烈。

「是的，我就是新免家的武藏(takezou)。」

武藏如此回答。阿姨繞著武藏全身上下打量。也不對武藏說，「哎！你長大了，一點也不認得了……」這一類的話。

只是表情冷淡地說：

「你來這裏做什麼？」

阿姨語帶責備。武藏年幼喪母，對母親毫無印象。但是與阿姨一聊起話來，不由得想像自己母親在世時的容貌、身材、聲音可能都與阿姨相彷彿吧！武藏試圖從阿姨的神色之間尋覓亡母的身影。

「沒特別的事。因爲我來到京都，就非常想念您們。」

「你是來探望我們的嗎？」

「是的，雖然很冒昧。」

阿姨卻搖著手對他說：

「你最好別來，我們在此就算見過面了。回去吧！」

2

多年未謀面的阿姨竟然語氣如此冷漠。武藏覺得她比陌生人還要冷淡，心底不禁泛起一陣寒意。本來，他視阿姨爲僅次於母親的親人，這時他才了解自己是多麼的天眞，一股悔恨之意襲上心頭，他不覺脫口而出：

「阿姨，您爲何這麼說呢？叫我回去，我是一定會的。但是我們好不容易重逢，您竟催促我回去，令我不解，如果我有不對之處，任憑您責罰。」

武藏咄咄逼人，阿姨不禁面露難色。

「好吧！那你就進來坐一下，與姨父見個面。只是……你姨父雖然與你久未謀面，但他就是那種人，你可別太在意。」

武藏聽阿姨這麼一說，心裏寬慰不少，隨阿姨入屋內。

隔著拉門便聽到姨父松尾要人氣喘的咳嗽聲，以及不友善的話語。武藏感受到這個家充滿冷漠的氣氛。

「什麼？無二齋的兒子武藏來了……唉！到頭還是會來……怎麼樣？妳說什麼？他已經進來了？爲何未經我同意，擅自讓他進來呢？妳實在太粗心大意了。」

武藏聽到這裏，極度強忍著，想叫阿姨出來告別，但是——

「武藏是不是已經在隔壁房間了。」

他的姨父要人打開武藏所在的房間紙門，皺著眉頭看著武藏，一副好像看到一名污穢的鄉下人穿著草鞋踩到榻榻米上似的。

「你來做什麼？」

「因爲路經此地，就順道來拜訪。」

是不是呢？」

「即使你想欺瞞我們，我也知道事情的眞相。你在故鄉胡作非爲，敗壞門聲，你現在正逃亡在外，

「咦？」

「你說謊。」

「……」

「你要怎麼面對你的親戚朋友？」

「我心裏也非常惶恐，也希望能對祖先及故鄉的父老兄弟致歉。」

「即使你道了歉，還有臉回故鄉嗎？惡有惡報，你的父親無二齋在九泉之下也不能瞑目吧！」

「我叨擾太久了，阿姨，我告辭了。」

「坐不住了嗎？」

要人斥罵道：

「你要是在此徘徊不去，可就會有苦頭吃。那位本位田家的老人——就是那個固執的阿杉婆，半年前來過一次，最近更經常來向我們查詢你的下落，問你有沒有來過這裏？每次都是來勢洶洶。」

「啊！那個老太婆也來過這裏嗎？」

「阿婆一五一十都跟我們說了。如果你不是我們的親戚，我一定會把你綁起來交給那個老太婆的。可是我卻不能這麼做……所以在尙未給我們帶來麻煩之前，你快點離去吧。」

這些話令武藏好不意外。姨父和阿姨只聽阿杉婆的片面之言就全然相信。武藏心裏蒙上一層無法

言喻的孤獨，再加上他生性不善言辭，黯然低頭不語。

阿姨瞧他一副可憐，要他到隔壁房間休息，這已是最大的好意了。武藏默不作聲，起身走到另一個房間。幾天來的疲憊，加上天亮之後便是大年初一——在五條大橋有約——因此武藏馬上躺下來歇息，手上仍然抱著大刀。此刻，他只感到天地之大，卻只有自己孤零零一個人。

3

沒有客套話，有的只是冷嘲熱諷——若非有血緣關係的親人，又怎會如此待他呢？

武藏本來氣憤已極，很想在門上吐它一口口水，然後離去。但在如此自我釋懷之後，便躺下來休息。他的親人少得屈指可數，所以格外珍惜。他努力地想要關心這些與他有血親關係的親人，希望這一生能互相關懷、互相扶持。

事實上，武藏會有如此想法乃由於他不諳世事所致。與其說他還年輕，不如說他幼稚得不解人情事故，只是一名涉世未深的年輕人罷了。

如果說他已經功成名就，家財萬貫，有這種親人互相關懷的想法就一點也不爲過。但是在這冷冽寒冬只穿著一件髒污旅裝，而且又是在除夕夜裏唐突拜訪的親戚家裏有此想法實在不太恰當。

接下來所發生的事情，再次印證他這種想法是錯誤的。

「休息一下再走吧！」

阿姨的話，給他帶來些許力量。雖然肚子已經餓得不能再餓了，他還是等待阿姨送來食物。傍晚時，從廚房飄來的飯菜香及碗筷的聲響不停，卻無人送食物到房間來。

他這房間的爐火微弱得不足取暖，不過餓寒交迫還是其次問題，他頭枕著手昏沈沈地睡了好久。

「啊！除夕夜的鐘聲。」

他下意識地跳起來，數日來的疲憊一掃而空，頭腦清醒。

洛內、洛外的寺院傳來鐘響，似乎意喻著人生充滿光明與黑暗。

這一百零八響鐘聲，代表著天地間萬物的煩惱，在除夕夜敲響鐘聲，喚起人們對這一年來的反省。

——我沒有做錯。

——該做的我都做了。

——我不後悔。

武藏心想有幾個人能做到呢？

每聽到一聲鐘響，武藏就想起一件後悔的事，往事眞是不堪回首啊！

後悔的不只是今年——去年、前年、大前年，有哪一年他過著毫無遺憾的生活？有哪一天他不後悔的？

人做任何事，似乎很容易就會後悔。即使一個男人已娶妻成家，但仍然會做出後悔莫及之事；女人做了後悔之事尚可原諒，即使如此，卻很少聽到女人大言不慚。而男人卻經常爲了表現大丈夫的氣概，視妻子如糟糠，他們的表情比哭泣還來得悲壯卻更顯得醜陋。

武藏雖然尚未娶妻，卻有相似的悔恨、煩惱，此時，他突然後悔到此拜訪了。

「我仍未除去依賴親戚的想法。雖然常常提醒自己，要自力更生、獨自奮鬥，卻立刻又要依賴他人……我太笨、太膚淺，我尚不成氣候。」

武藏感到慚愧，更自相形穢。

「對了，把它寫下來吧！」

武藏若有所思，他打開從未離身的修行武者的包袱。

就在此時，屋外有一名旅裝打扮的老太婆正敲著大門。

4

包袱中有一本用四開紙裝訂成的雜記書帖，武藏取出來，並準備筆硯。

他將漂泊生活中，無論感想、禪語、地理及自我警惕的座右銘，都寫在這本雜記書帖上，偶爾還有他粗筆的寫生畫。

「……」

武藏提筆望著白紙，耳邊仍迴蕩著遠近傳來的一百零八聲鐘響。

他寫了一句：

我對任何事，都不悔恨。

每次他發現自己的弱點時就會寫下來，藉以自我警惕，但是光寫下來毫無意義，必須像經文一樣早晚念誦，以求銘記在心。因此，他必須把辭句修飾成詩句般，以便順口念唱。

這會兒他捻鬚苦吟。

我對任何事……武藏把這句話改成——我凡事……

我凡事都無悔恨。

他試著吟唱幾次，但總嫌不夠貼切。他刪去最後的文字，改成下面這句話：

我凡事無悔。

原來的句子「都不悔恨」，力道猶嫌不足，所以把它改成「我凡事無悔！」

「太好了！」

武藏心滿意足地將這句話牢記在心。他期待自己能夠不斷地接受鍛鍊，使身心都能達到做任何事都了無遺憾的境界。

「我一定要達到這個目標。」

在他內心深處，深深地釘上理想的木樁，並堅持此信念。

就在此時，武藏的阿姨慘白著臉，打開了背後的格子門。

「武藏……」

阿姨顫抖地說：

「本來我好心讓你留下來休息，但是心裏早就預料會有事發生，結果不出所料，偏偏在這個時候，本位田家的老太婆來敲門，看到你脫在門口的草鞋，就厲聲直問武藏是不是來過了？把他交出來……你聽，在這裏也可以聽到那老太婆的聲音。武藏，快想辦法啊！」

「咦！阿杉老太婆來了？」

武藏側耳傾聽，沒錯，老太婆乾涸的嗓門，不改往日尖酸刻薄、固執霸道的口氣，像寒風呼呼作響般傳了過來。

除夕的鐘聲已歇，已是大年初一清晨。阿姨彷彿已看到忌諱的血光之氣，一臉躊躇向武藏說：

「逃走吧！武藏，逃走就沒事。現在你姨丈正在應付那個老太婆，說你沒來過，以便拖延時間，趁此刻，你從後門逃走吧！」

阿姨催促武藏，並幫他拿行李和斗笠，又拿了姨丈的一雙皮襪子和草鞋，放在後門口，武藏急忙穿上草鞋，但欲言又止地說：

「阿姨，我不是故意的，但是能不能給我吃一碗泡飯？因爲從昨晚我就餓昏頭了。」

阿姨一聽便說：

「你在說什麼？現在不是吃飯的時候，快，快，這個給你帶在路上吃，快點走吧！」

包在白紙裏的是五塊年糕，武藏趕緊收下。

「請多保重……」

武藏踩著冰凍的路面。此刻已是大年初一，但外頭仍是一片漆黑，他像一隻縮著羽毛的冬鳥，悄悄地走了。

5

天寒地凍，連他的頭髮和指甲都快凍僵了。武藏吐出的氣息冒著白煙，嘴裏才呼出氣，便在四周的髭毛上結成白霜。

「好冷。」

他不覺脫口而出。

雖然不至於像八寒地獄（編註：八種讓死者受寒、受凍的痛苦地獄，即冰地獄）那麼寒冷，但是爲何老覺得冷呢？尤其是今天早上。

「身冷，心更寒！」

武藏自言自語。

他又想著：看來我還是念念不忘。像嬰兒眷戀人體的溫熱，懷念令人傷感的乳香，才會使自己意志動搖、害怕孤獨而羨慕人家溫暖的燈火。眞是劣根性啊！爲什麼不能對自己擁有孤獨和漂泊而心存感激呢？爲什麼不能懷抱理想，抱持驕傲呢？

本來他的雙腳因凍僵而疼痛不堪，此時腳尖走著走著開始熱了起來，黑暗中吐出的白色氣息，有如溫泉的蒸氣，逼退了寒意。

不抱理想的漂泊著，不抱感謝的孤獨，這是行乞者的生活。西行法師與乞丐之別，就在於心裏抱持理想和感恩。

突然，他的腳底閃著白光，仔細一看，原來自己正踩在薄冰上。不知何時，他已經來到河原地帶，正走在加茂川的東岸。

河水和天空一片灰暗無光，毫無破曉的徵兆。一路行來，伸手不見五指，卻仍安然從吉田山走了下來。可是，這時他才察覺他走在河水灘邊，一腳陷入冰裏。

「對了，我來生火取暖。」

武藏走到堤防下，撿些枯枝木片等可燃物，用打火石點火，這般的生火過程，需要極大的耐心。終於枯草點燃了，武藏小心地將木片堆積在上面，藉著燃燒旺盛的火焰，突然竄起的火舌隨風撲向武藏，差點兒燒到他的臉龐。

武藏拿出懷裏的年糕來烤，看到烤焦後膨脹了的年糕，使他回憶起年少時的春節。無家可歸的人子，感傷的情懷像泡沫在心中不斷幻滅！

「……」

年糕不甜不鹹只有原味，武藏口嚼年糕，品嘗世間冷暖滋味，點滴在心頭。

「……這是我的春節。」

他烤著火，鼓著腮幫子大口吃年糕。突然他覺得一個人過年有點好笑，臉上露出了兩個酒窩。

「這個年過得太好了。像我這種人還能享有五塊年糕，想來只有在年節的時候，老天對任何人都是公平的。加茂川潺潺的流水是我的屠蘇酒，東山三十六峰是我的門松，讓我洗滌塵垢，迎接大年初的日出吧！」

他走到河邊寬衣解帶，脫光衣服，噗通一聲，跳入水中。

他像一隻不畏寒冷的水鳥，在水裏盡情拍打翅膀，洗淨全身，就在他沐浴時，雲端射出一道晨曦，晨光映照在他背上。

這時，有個人影站在堤防上望著河牀上燃燒殆盡的柴火。外表和年齡雖與武藏相差甚遠，但其命運同樣受因果循環之苦，她便是本位田家的阿杉婆。

吹針

1

那傢伙終於被我找到了。

阿杉婆心裏暗自竊喜。

她心亂如麻，既欣喜又恐懼。

「我這個老太婆！」

她因過度焦急，以致全身乏力，手腳發軟，一屁股跌坐在堤防上的松樹下。

「我太高興了，終於被我逮到他了。這一定是死在住吉海邊的權叔冥冥中爲我指引了這條路吧！」

老太婆將權叔的骨灰和一撮頭髮放在腰包上，隨身攜帶。

「權叔啊！你雖然死了，但是我一點也不孤單。因爲在我們啓程時，曾經發誓，非得抓到武藏和阿通，與他們一決生死，否則絕不再踏上故鄉的土地。即使你死了，你的靈魂依然跟在我這老太婆的身邊。我發誓非殺死武藏不可，你等著瞧吧！我現在就要從這草叢裏過去殺他了。」

雖然權叔才作古七天，但阿杉婆仍朝思暮念著他，經常將他掛在嘴邊，阿杉婆這種堅毅的決心，想必是至死不變吧!?所以在權叔死後的日子裏，她痛心疾首地追趕武藏，這會兒，終於被她找到了武藏的蹤影。

有一次在街頭巷尾上，她聽說吉岡淸十郎和武藏即將在近日比武，這是她第一次聽到武藏的消息。第二次則是在昨日傍晚，阿杉婆混在除夕的人潮中，看見吉岡門下的三、四名門人在五條大橋橋頭掛比武的告示牌。

阿杉婆看了幾遍告示牌上的內容，難掩興奮之情。

「你這個無惡不作的武藏，終於被我逮到了。我知道吉岡一門在追討你，果眞如此的話，我這老太婆離鄉背井之前，在故鄉公然許下的諾言就無法兌現，簡直太沒面子了。無論如何，在吉岡一門抓到你之前，我這老太婆發誓要親手抓到你這乳臭未乾的武藏，好回去見故鄉的父老。」

阿杉婆跳了起來。

回想她這一路行來，心中祈求祖先神明的保佑，身上攜帶權叔的骨灰，當她去松尾要人家中詢問武藏的行蹤時，口氣狠毒，曾經說：

「我不相信我翻遍每一寸土地會找不到他。」

雖然如此，還是問不出結果，剛才她滿懷失望地來到二條河邊的堤防。

她茫然地望著河邊上的亮光，以爲是一些流浪的苦行僧在生火取暖。她毫不經意地站在堤防邊望去，才發現離柴火灰燼約六尺左右的水裏，有一名身材魁梧的男子，不畏寒冷赤裸著身體，在溪水中洗完澡正在擦拭身體。

「武藏！」

老太婆一眼認出就是武藏，她跌坐在地，好一陣子站不起來，明知趁對方此時一絲不掛、毫無防備是攻擊的好時機，只可惜老太婆年老力衰承受不住這個衝擊，再加上複雜的情感，使她亢奮之餘，彷彿已經砍下武藏的首級。

「我太高興了！能在此逮著武藏並非易事。這都是神明的保佑和指引，再加上我意志堅決，神明才會助我一臂之力。」

阿杉婆雙手合掌數度對空膜拜，完全一副老人家的悠哉神態。

2

河邊的石頭沐浴在晨光下，閃閃發亮。

武藏擦拭過身子，穿好衣服，繫緊腰帶，插上大小二刀，雙膝跪地對著天地低頭默禱。

阿杉婆心中吶喊道：

「就是此刻。」

然而就在這時候，武藏突然跳過河邊的積水，往另一個方向走了。阿杉婆唯恐從遠處喊叫會讓他逃走，急忙沿著堤防追趕。

初一的晨曦映照在街道的屋頂、橋上，泛著柔柔的一層白光。天空中，昨夜的星斗依稀明滅，而東山山腹處，仍籠罩在夜幕之下。

武藏穿過三條橋下之後，便爬上河堤，大步向前走了。

阿杉婆數度想張口喊住他：

「武藏，等一下！」

但她計算對方和自己的距離之後，所以才走過了幾條街道，仍緊緊尾隨其後。

武藏早已察覺。

雖然如此，他故意不回頭，因爲萬一他回頭，兩人怒目敵視，他清楚阿杉婆會採取什麼行動，而且老太婆必會全力卯上，拚死與自己決鬥。自己爲了避免傷害，勢必得付出相當代價。好可怕的對手！

武藏暗自思量。

若是當年在村子裏的那個武藏的話，可能早就動手擊斃對方，但是此刻他毫無此念頭。

武藏其實也頗憎恨阿杉婆，老太婆之所以會視自己猶如世仇，完全是感情用事加上誤解所致。若能解開誤會就好了。但是，由自己開口解釋的話，即使說上一百遍，老太婆也不會相信的，她一定會說：

「胡扯，我才不相信！」

因爲老太婆對自己怨恨已深。對她而言，武藏有如芒刺在背，非去除不可，這怨仇是難以化解而付水流的。

但如果能由她的兒子又八親口解說兩人到關原從軍前後的事情，以及之後所發生的種種原委，就算阿杉婆再頑固，也不會再認爲武藏是本位田家的大仇人，更不會以爲武藏是奪取兒子未婚妻的大壞蛋。

「這是個好時機，趁此機會讓阿杉婆去見又八吧！今早又八說不定已經在五條大橋等我了。只要到那兒，一切誤會即可冰釋。」

武藏一直認爲又八應該收到了他託人捎去的口信，相信只要能到五條大橋，讓他們母子相會，再誠懇地解釋一番，大家的誤會必能煙消霧散。

現在，快接近五條大橋頭了。眼前出現小松殿下的薔薇園和平相國巨大的官邸，琉璃屋瓦訴說著平家時期的繁榮。當時這一帶是民家和人潮的鬧區，戰國以後，繁榮如昔。此刻，家家戶戶尚未開門。除夕日，每戶人家皆灑掃乾淨，地面上還留有掃把掃過的痕跡，淡淡地映著逐漸泛白的晨曦。

阿杉婆跟著武藏的大腳印，尾隨其後。

就連腳印都令她憎惡不已。

離橋頭約七、八十公尺處。

「武藏！」

阿杉婆聲嘶力竭地大叫，雙手握緊拳頭衝向武藏。

「走在前面的畜生，你耳聾了嗎？」

武藏當然聽見了。

雖然老太婆年事已高，但她豁出去、決心一拚死活，就連腳步聲都充滿著魄力。

武藏頭也不回地繼續走。

「這下子麻煩了！」

武藏一下子也想不出好辦法來。

「嘿！你等一下。」

老太婆跑到武藏面前。

阿杉婆骨瘦如柴、聳著單薄的肩膀，氣喘如牛。好一陣子說不出話來。

武藏迫不得已，只好開口打招呼。

「啊！本位田家的阿婆，真巧，在此碰到您。」

「你這個厚臉皮的傢伙，『真巧』這句話，是你說的嗎？在清水的三年坂我來不及向你報仇，今天我可要砍下你的首級。」

阿杉婆宛如一隻鬥雞，皺巴巴的脖子直伸向人高馬大的武藏，在老太婆齜牙咧嘴地露出她那牙齦清晰可見的一口暴牙，大聲咆哮時，比起勇猛發怒的武林豪傑更令武藏膽顫。

武藏這種畏懼的心態，溯自少年時代，當又八和武藏不過八、九歲還流著鼻涕的時候，喜歡惡作劇，經常在村子裏的桑田或本位田家的廚房挨老太婆的斥罵——臭小子！——彷彿重重的一擊打在肚臍眼上，令他們抱頭鼠竄。

這種雷鳴般的聲響，至今依舊迴盪在武藏的腦海裏。武藏從小就畏懼這個老太婆，認爲她是個惡婆婆，再加上從關原之役回到村子時，中了老太婆的計謀，更使武藏恨之入骨。他一向對這老太婆敬而遠之，此種惡劣的印象，即使經歷歲月的沖刷，依然無法釋懷。

相對的，在阿杉婆的眼裏武藏從小就是頑劣的惡童。她始終忘不了那個流著鼻涕，長手長腳一副怪胎的武藏。雖然如今自己年事已高，而武藏也茁然成長，但在她心裏的武藏仍然不改往昔的桀傲不馴。

阿杉一想到這個無賴的所作所爲，除了必須對鄉親父老履行承諾之外，於情於理，此仇不報，死也不能瞑目，她現在最大的願望就是與武藏同歸於盡。

「好了，不必再說了，你是要乖乖俯首被砍，還是要我親自動手呢？武藏，你準備束手就擒吧！」

老太婆說完，用左手抹了一點口水握住插在腋下的短刀。

4

有句話說「螳臂當車」，正是阿杉婆婆此刻的最佳寫照。她現在像一隻骨瘦如柴的螳螂，伸著鐮刀般的前腳張牙舞爪，拿著短刀對武藏咆哮。

她的眼神有如虎視眈眈的螳螂，就連泛青的皮膚及姿態都很神似。

阿杉婆一個箭步攻向武藏。可是武藏長得虎背熊腰有如銅牆鐵壁般，相形之下，阿婆的舉動猶如兒戲。

武藏覺得好笑，卻又笑不出來。

他憐憫阿杉婆的可笑攻擊，敵意轉化成同情之心，便說道：

「老婆婆，老婆婆，妳等等。」

武藏輕易地壓住老太婆的手腕。

「怎樣？你想怎麼樣？」

阿杉的暴牙和手上的短刀顫抖著。

「你這個膽小鬼，我老太婆可比你多吃了四十年的飯，無論你要任何花招，我都不會受騙的。廢話少說，納命來。」

老太婆臉色鐵青，語氣中帶著拚命的決心。

武藏點點頭說：

「我知道，我知道。我瞭解阿婆妳的心情，妳不愧是新免宗貫家最有地位的本位田家的妻室。」

「閉嘴，小鬼，你少拍馬屁了，我不吃你這一套。」

「阿婆妳先別衝動，先聽我解釋。」

「你的遺言嗎？」

「不，請聽我解釋。」

「不必。」

阿杉婆怒火中燒，矮小的身軀向前直逼。

「我不聽，事到如今，我根本不想要聽你的解釋。」

「不然，妳先把刀交給我，只要跟我到五條大橋頭，見過又八，一切就會眞相大白。」

「又八？」

「是的，我去年春天託人捎口信給他。」

「你在說什麼？」

「我們約好今天早上在此會面。」

「你騙人。」

阿杉大吼一聲，搖著頭。果眞又八與他有約，前一陣子在大坂見面時早告訴她了。又八根本沒和武藏約好，光憑這一點，阿杉就可斷定武藏的話全是騙人的。

「你可眞丟臉啊！武藏，你可是無二齋的兒子，難道你父親沒教你，死的時候要死得光明磊落嗎？廢話少說，我這老太婆一心仁慈，這把刀乃神明庇佑，你準備接招吧！」

她說著，手腕掙脫武藏的手，阿杉婆突然口中念念有詞：

「南無。」

阿婆雙手握緊小刀，突然刺向武藏胸膛。

武藏一閃身，阿婆落空。

「阿婆，請您冷靜一下。」

他輕輕地拍了阿婆的背。

「大慈大悲。」

阿杉婆猛然跳起來，回頭對武藏又念了幾聲：

「南無觀世音菩薩，南無觀世音菩薩。」

然後，揮舞著短刀。

武藏抓住阿杉婆的手腕，拉著她說：

「阿婆，待會兒您會累壞的……五條大橋馬上就到了，跟我一道過去吧！」

阿杉婆雙手被扭住，只好瞪著武藏、噘著嘴。武藏以為她要向自己臉上吐口水。

「噗！」原來她鼓在嘴裏的一口氣吹在武藏臉上。

「啊……」

武藏放開老太婆，趕緊用手摀住左眼。

5

他的眼睛猶如被火炙燒灼熱不堪，好像滾燙的沙子掉入眼中，疼痛難耐。

武藏放開摀住眼睛的手一看，手上並無血跡，但是左眼卻張不開。

阿杉婆一看對方亂了腳步，發出勝利的歡呼。

「南無觀世音菩薩。」

她乘勝追擊，朝武藏砍了過去。

武藏有點慌亂，斜著身子，閃躲攻擊，霎時阿杉婆的短刀劃破武藏的袖子，「刷」一聲，割傷武藏的手腕，白色衣服滲出血跡。

「我報仇了！」

阿杉婆欣喜若狂，更不斷地揮動短刀，就像要把一棵大樹連根挖起一般，也不管對方毫不還手，只一心一意念著清水寺的觀世音菩薩之名。

「南無，南無。」

邊念邊繞著武藏來回奔跑。

武藏移動身體閃躲阿杉婆。他的左眼劇痛，左手雖然受了點小傷，但是鮮血不斷滲出來，染紅了衣袖。

「我太大意了！」

等武藏驚覺時，已經受了傷。他從未曾像今天這樣，讓對手奪得先機，甚至手臂還受傷。但是這也算不得什麼勝負，因爲武藏根本無心與老太婆動武，打從一開始就無所謂勝敗之分了。出乎他意料的是，一個動作遲緩的老太婆竟然能出刀傷他。

難道不是由於自己過於疏忽所致嗎？以武術的觀點來看，自己很明顯已經敗了。阿杉婆堅定的信念和洞悉人心的信念，使武藏暴露出自己不成熟的弱點。

武藏這才警覺到自己的疏忽、輕敵。

「我錯了。」

於是，他使出全力抓住攻擊過來的阿杉婆的肩膀，砰的一聲將她扳倒在地。

「啊！」

阿杉跌個狗吃屎，刀也飛得老遠。

武藏拾起刀拿在左手，右手環掐住掙扎起身的阿婆。

「哼！可惡！」

阿杉困在武藏的胳臂下，像烏龜游泳般四肢亂抓。

「神明難道瞎了眼嗎？我已經砍了敵人一刀，可是卻又被他抓住，教我如何是好？武藏，既然被你擒住，我也不想多受恥辱，你砍吧！來砍我阿婆的頭吧！」

武藏一聲不吭，大步快走。

阿杉婆被武藏夾在腋下，繼續嘶啞聲音說：

「今天我會被你抓住，也是命中註定，是神明的旨意，天命不可違，我絲毫不眷戀。如果又八聽到權叔死於途中，而老太婆也已報了一箭之仇，一定會奮起爲我們報仇的。我這老太婆的死絕非毫無意義，對又八反倒是一帖良藥，武藏！要殺就快殺吧……你要帶我去哪裏……難道還要我受辱致死嗎？快砍了我的頭吧！」

6

武藏充耳不聞。

他橫抱阿婆於腋下，來到五條橋邊。

放在哪裏呢？

武藏環視四周，思忖要如何處置阿杉婆。

「對了……」

他走下河牀，看到一艘小船繫在橋墩上，便將阿杉婆放在船艙底。

「阿婆，妳就委屈一下。過不久，又八一定會來的。」

「你，你要幹什麼？」

老太婆甩開武藏的手。

「又八才不會來這裏，噢！你是不是覺得殺了我太便宜了我，無法洩恨，所以才把我綁在這裏，讓五條過往的路人觀看呢？你是想先羞辱我之後才殺我？」

「隨妳怎麼想，以後妳就會瞭解的。」

「快把我殺了。」

「哈哈哈！」

「有什麼好笑的？難道你無法砍掉我這老太婆的細脖子？」

「沒辦法。」

「你說什麼？」

老太婆咬住武藏的手，她不得不如此做，因爲武藏正要把她綁在船尾。

武藏雖然被阿婆咬住手腕，卻任由她咬，鬆垮垮地將繩子綁在阿杉婆身上。阿婆方才拔出來的短刀，一路握在手上。武藏將它收回刀鞘，插回阿婆的腰帶上，起身準備離去。

「武藏！難道你不懂武士之道嗎？你若是不懂，我來教你吧！你給我回來。」

「以後再說吧！」

武藏回頭看了她一眼，又向堤防走去。背後阿杉婆咆哮不已。他想了想，又折回去，在阿杉婆身上蓋了幾層草蓆。

此刻，紅通通的太陽從東邊山頭露出半邊臉，這是今年元旦的日出。

「……」

武藏站在五條大橋前，恍惚地望著日出美景，耀眼陽光似乎要射穿胸膛，照進內心深處。

這一年來，武藏像隻愚蠢的小蟲，陷在小我狹隘的世界，現在沐浴在雄偉的陽光下，更顯得形單影孤。雖然如此，心卻是清爽的，感覺到生命的喜悅盈懷。

「我還年輕呢！」

吃了五塊年糕之後，他恢復了體力，連腳跟都充滿活力，他旋轉著腳踝：

「又八怎麼還不來？」

他朝橋上望去，猛地叫了一聲。

「啊？」

比自己早先一步在橋頭等候的人，並非又八，也非他人，而是植田良平手下的吉岡門人昨天在此揭示的告示牌。

地點：蓮台寺野

時間：九日卯時三刻

「……」

武藏湊過去看告示牌的墨跡。光是看到上面的文字，就激發他渾身的鬥志，像刺蝟遇敵般血脈賁張。

「哎呀！好痛！」

武藏又覺得左眼疼痛不堪，用手去揉眼皮，突然在下巴發現一根針，細看之下，才發現衣領和袖口上有四、五根像霜柱一般插在上頭的針，閃閃發光。

7

「啊！原來是這個。」

武藏拔下其中一根針仔細端詳。針的長短、粗細與一般的縫衣針沒什麼兩樣，只不過沒有針孔，而且針身呈三角形並非圓形。

「可惡的老太婆！」

武藏望著河牀，心裏不寒而慄。

「這不就是傳說中的吹針嗎？沒想到這老太婆竟會使用這種暗器……好險。」

武藏滿心好奇和求知欲，將針一一拔下，別在衣領上。

他準備把針留下作爲日後研究之用。在他有限的知識裏，一般的習武者有人認爲吹針也是一門功夫，也有人不這麼認爲。

主張吹針也是一門功夫的，認爲這是非常古老的防身術。聽說有一些歸化到日本的中國織女、縫工等在嬉戲之間，技法不斷求新求變，最後被運用到武術上。雖然不能成爲一種單獨使用的武器，卻可當攻擊之前的暗器，甚至有人說從足利時代就已經有吹針術。

然而，持異見的人卻認爲：

「一派胡言。練武者光是討論這種兒戲之類的武器，不是很丟臉嗎？」

他們更拿出兵法的正道論爲佐證。

「從中國來的織女及縫工們，是否以吹針嬉戲不得而知。然而嬉戲終歸是嬉戲，並非正統武術，而且人口腔內的唾液能調和冷熱、酸辣等刺激，卻無法含著針而不覺疼痛。」

針對此種說法，贊成有吹針術的人又說：

「含在口中而不覺疼痛是可以辦得到的。這當然是必須靠修練的功夫，只要修練得當，口中便可含數根針，當要攻擊敵人時，利用吐氣和舌尖，將針吹向敵人的眼球。」

對於這種說法，反對者又認爲，即使能含在口中而不覺疼痛，但是光靠針的力量，在人體中只有對眼睛具攻擊力，而且，即使將針吹入眼中，若是刺到眼白部分則毫無效果，能夠刺中眼球才能使敵人眼瞎，但也不至於喪命，像這種女人的雕蟲小技，如何能發揚光大？

贊成者依然不服氣。

「沒有人說這種吹針術如一般武術發達，但至今仍流傳著此種秘笈也是事實。」

武藏不知何時曾聽說過如此的議論。當然，他也不認爲這種雕蟲小技是一種武術，更沒想到，眞的有人會使用這種暗器。

然而現在武藏卻親身體驗到，就算是道聽塗說，只要是聽者有心，必有可用之日。

武藏的眼睛一直是痛著的，幸好沒刺中眼球，只有在眼尾處有點灼熱感，淚流不止。

武藏摸摸自身的衣服。

他想撕一塊布來擦眼淚，但是腰帶和袖口都撕不破……他一時沒主意不知道該撕哪兒才好。

就在這個時候。

突然聽到身後有人撕破絹帛的聲音。回頭一看，原來是一名女子正用牙齒撕下自己紅色的裏袖，拿著那條碎布向他跑來。

微笑

1

原來是朱實。雖是新年，但她不但沒化妝還披頭散髮、衣衫不整，光著腳丫子。

「……啊？」

武藏張大眼睛，不由自主地叫了一聲。雖然似曾相識，卻一時想不起她是誰。

朱實卻非如此。她認爲武藏也許對自己並不如自己思念那般深切，但多少對自己應有些許懷念才對，幾年來，她都如此深信不移。

「是我，你是武藏對不對？」

她手上拿著從裏袖撕下來的紅布條，戰戰兢兢地走向武藏。

「你的眼睛怎麼了？用手去揉會更加惡化，請用它來擦吧！」

武藏默然接受她的好意。拿著紅布壓住眼睛，然後再一次打量朱實。

「你不記得我了嗎？」

朱實瞧他面無表情，原先的滿懷信心霎時重重粉碎了，在她身心受創、絕望無助的時候，只存這麼一丁點希望，如今，她領悟到這不過是自己一廂情願的幻想罷了。突然，抑鬱胸中的血塊嘔心上心頭——

「你眞的把我忘了嗎？」

「……」

「我……」

「……」

「嗚、嗚……」

朱實雙手掩面嗚咽地哭了，雙肩猛烈顫抖。

「啊……」

武藏終於想起來了。

朱實方才的神情喚起了武藏的記憶，她的眉宇間依稀存著當年伊吹山下那搖著袖口鈴鐺的天眞無邪的少女神情。

武藏強壯的手臂一把抱住朱實病後羸弱的肩膀。

「妳不是朱實姑娘嗎？對了，妳是朱實。爲何到這裏呢？爲什麼？」

武藏不停地追問，勾起了朱實傷心的記憶。

「妳已不住在伊吹家中嗎？妳的養母可好？」

武藏問起阿甲，自然聯想到又八與阿甲的關係。

「妳養母和又八還在一起嗎？老實說，今早又八應該來此與我會面。不會是由妳代替他來的吧！」

一連串的問話裏毫無關心朱實之意。

朱實靠著武藏的肩膀，只是不斷地搖頭哭泣。

「又八不來嗎？到底怎麼了？妳告訴我原因，光是哭我又怎麼知道呢？」

「……他不會來的……又八哥哥根本沒聽到你的口信，所以他是不可能來的。」

朱實好不容易說了幾句話，又靠著武藏的胸膛涕泗縱橫地哭了起來。

本想對武藏一訴相思苦，現在這些思緒化成泡影在奔騰的熱血中幻滅。尤其是她的養母一手將她推入命運的泥淖裏——在住吉海邊發生的事情和這一段時期的種種遭遇，說什麼也無法對武藏啓口。

元旦的晨曦照耀整個橋頭，穿著美麗春裝要到清水寺拜拜的少女們，以及穿著長袍和服到各廟進香的行人，來來往往穿梭於橋上。

人羣中中出現了像河童般的城太郎。對他來說，並無所謂的年關之分，他來到橋中央，遠遠望見武藏和朱實。

「咦……我還以爲是阿通姊姊呢！好像不是她喔？」

城太郎停下腳步，狐疑地望著這對舉止怪異的男女。

若是在無人之處也就算了，但在這人來人往的橋上，這對男女竟然公然親密擁抱，不是說男女授受不親嗎？大人們竟然如此，令城太郎好生詫異。

更何況那名男子還是自己所尊敬的師父呢。

而女人更是該矜持保守些的。

在他童稚的心裏產生一股莫名的悸動，既嫉妒又悲傷，但不知爲何如此焦急生氣，城太郎眞想拿石頭丟他們。

「什麼啊？那女的不就是我拜託她轉達師父口信給又八的朱實嗎？茶館女子畢竟比較老練，什麼時候跟師父這麼要好了？師父也該收斂一點……我非要把這事告訴阿通姊姊不可。」

城太郎站在原地左顧右盼地望著來往行人，又從欄杆窺視橋下，就是不見阿通的影子。

「到底怎麼了？」

他們投宿在烏丸先生家，剛才阿通比他早先一步出門。

阿通深信今早會在此遇見武藏，所以穿著年底時烏丸夫人送給她的初春新裝，昨晚還特地洗髮梳頭，爲了迎接黎明的到臨，似乎連覺都沒睡好。

後來，阿通等不及天亮，便說：

「我睡不著，想先到祇園神社和淸水堂拜拜之後，再去五條大橋吧！」

城太郎回答：

「那麼我也要一起去。」

城太郎本想與阿通同行，但是阿通不願城太郎在旁礙手礙腳。

「不，我想要跟武藏哥哥單獨見面敍舊，城太郎你等天亮之後，稍晚才來五條大橋——我保證在你到來之前，我一定會和武藏哥哥那裏等你的。」

阿通說完便獨自出門了。

城太郎百般不願也無可奈何，這段日子裏他和阿通朝夕相處，當然明瞭阿通的心情，男女兩情相悅的情懷，他也頗能體會，因爲他自己也曾與柳生客棧的小茶在馬廐小屋的草堆中情不自禁地相擁。

雖然他有相似經驗，但在平常看到阿通爲相思流淚、鬱鬱寡歡的樣子，他無法體會，只覺得好笑，想逗逗她，絲毫無相知相惜之心。可是，此時看見靠在武藏懷裏哭泣的人竟然不是阿通而是令人意想不到的朱實，城太郎打從心底湧起一陣憤怒。

「怎麼回事？那女人。」

他與阿通同仇敵愾。

「師父也該收斂一點。」

城太郎感同身受，非常生氣。

「阿通姊姊到底在做什麼？我非要告訴她不可。」

城太郎漸漸焦慮不安，橋上橋下四處張望。

依然不見阿通人影。城太郎替阿通打抱不平。這時，遠處的男女似乎意識到人們異樣的眼光，便移到橋邊倚在欄杆上，武藏與朱實並肩將手靠在欄杆上，望著河面。

他們並未察覺城太郎沿著另一邊的欄杆，從他們身後經過。

「眞會拖時間，阿通姊姊拜觀世音要拜到什麼時候？」

城太郎自言自語。焦急地朝著五條坂方向引頸等待。

離他十步左右有幾棵大枯柳，平時常見成羣結隊棲息在此吃河魚的白鷺，但是今天連一隻白鷺也不見蹤影，倒是有個瀏海的少年，斜倚在低矮有如臥龍的老柳樹幹上，凝視著某處。

3

武藏手憑欄杆，與朱實並肩站在橋上，朱實細聲傾訴，武藏只是微微點頭。朱實拋開女人的矜持，把握兩人獨處時光，一吐相思苦，然而武藏是否充耳不聞呢？不可得知，因爲他雖有反應，眼神卻不專注，一般的戀人都是濃情蜜意，眉目傳情，可是武藏的眼神如一片沈靜的湖水，不起漣漪，眼也不眨地直視前方。

朱實並沒察覺武藏的眼神，一味地陷溺於自己的情緒中，自問自答。

「……現在我已經一五一十地全告訴你了。」

說著又投入武藏懷中。

「關原之戰至今已過了五年，就像我告訴你的，在這期間我的遭遇與身心都有很大的變化。」

她抽咽地哭了。

「但是，但是我並未變心，思戀你的心一如往昔。你能瞭解嗎……武藏哥哥，你能瞭解我的心情嗎？」

「嗯。」

「請你瞭解我的心……我不顧自尊全都告訴你了。現在我已非當初與你在伊吹相識的小雛菊了。我被他人玷污，如今已是殘花敗柳……但是，貞操應該是指身體還是女人的心呢？如果守身如玉的少女卻心存污穢，那還能算是個無邪的處女嗎……我被人污辱了，雖然不能告訴你對方是誰，但是我的心依然純眞未受玷污。」

「嗯，嗯。」

「你會憐憫我嗎？把秘密藏在心底不與思戀的人分享是多麼痛苦的事啊……我一直輾轉反側無法成眠，猶豫是否該告訴你這件事，到後來還是決心對你坦白……你能瞭解嗎？你可知道我是被人逼迫的？還是，你已經開始討厭我了呢？」

「嗯，啊！」

「怎麼樣啦！你到底作何想法呢？一想起這些事，我、我就很後悔！」

朱實臉趴在欄杆上。

「我已經無顏對你示愛……而且我的身體也令我無法啓齒——但是，武藏哥哥，就像我剛才說的，我的心純潔如昔，初戀的心猶如泥中白蓮，今後無論任何遭遇，跟隨什麼樣的男人，對你的心永不變。」

朱實說著說著，愈哭愈激動，淚水沾溼欄杆，而橋底下清澈的潺潺流水映著元旦耀眼的陽光，似乎閃爍著無限的希望。

「唔……嗯……」

武藏對於朱實的一番告白，不斷點頭，但他的眼神中閃著異樣光芒，因爲前方有某種東西吸引了他的注意力。

橋梁與對邊的河岸正好呈現三角型的視野。引他注目的是從剛才便一直靠在岸邊一棵枯柳上的岸柳佐佐木小次郎。

4

武藏小時候，父親無二齋曾經告訴他：你不像我，我的瞳孔是黑色，你的瞳孔卻是琥珀色，聽說你的曾祖父平田將監的瞳孔也是深琥珀色，眼神銳利，也許你遺傳自曾祖父……

柔和的朝陽斜射眼簾，使武藏的雙眸呈現更加清澄的琥珀色，益發銳利。

「嘿！宮本武藏，一定是這個男子。」

佐佐木小次郎久仰宮本武藏大名，現在終於見到廬山眞面目。

「奇怪，那名男子爲何一直注意我呢？」

武藏提高警覺，不敢大意。

隔著河，在橋梁與對岸間，四目相視，彼此在無言中互相揣測對方虛實。

這般對峙情況，如同武士道所言——從刀尖測知對手的氣量。

除此之外，武藏和小次郎都各自暗生納悶。

小次郎心想：我從小松谷的阿彌陀堂救了朱實，並照顧她，她倒底和武藏是什麼關係？爲何兩人一派親密呢？

又想：賤人！也許朱實就是這種女人吧！我尾隨她身後，想瞧瞧她瞞著我到哪兒去……沒想到，她竟然在男子懷中哭泣。

小次郎滿心不悅，憤怒之情直湧心頭。

他的眼神毫不掩飾地流露出反感，再加上修行武者的自尊心作祟，更加重同行相忌的敵意。這一切全都看在武藏眼裏，武藏自忖：

那男子是何方神聖？

武藏滿心疑惑——

他看起來武功不凡。

武藏如此推測。

他的眼神充滿敵意。

武藏更加警戒。

不能輕忽此人。

武藏以眼視之，以心觀之，雙方的眼眸即將迸出火花。

武藏與小次郎年紀相仿，分不出誰比較年輕。但兩人皆是血氣方剛的年輕人，高傲自負、武功高強，都認爲自己對社會民情與政治瞭若指掌。

武藏與小次郎初次相遇，猶如雙虎對峙，彼此怒吼示威。

突然，小次郎移開眼神。

「哼……」

武藏從小次郎的側面看出輕蔑的表情。而武藏以爲是自己的眼神和意志力懾服了對方，心中頗感快意。

「……朱實姑娘。」

朱實還是靠著欄杆哭泣，武藏以手撫其背，問道：

「那人是誰？妳認識他吧！那個年輕的修行武者到底是誰啊？」

「……」

朱實一看到小次郎，哭腫的雙眼露出狼狽的表情。

「嗯……那個人是……」

「是誰？」

「他……他是……」

朱實張口結舌。

5

「他背上的大刀看起來挺不錯。看他外表的裝束，頗自負於自己的武功……朱實姑娘與他什麼關係呢？」

「沒什麼，只是泛泛之交而已。」

「那妳認識他嘍？」

「是的。」

朱實深怕武藏誤解，便一五一十道出實情。

「有一次我在小松谷的阿彌陀堂，被一隻獵犬咬傷胳膊，血流不止，所以便到他落腳的客棧去求醫，當時他照顧了我三、四天。」

「這麼說來，你們住在一起嘍？」

「雖然住在同一個屋子，但我們之間是清白的。」

朱實刻意澄清。

武藏問這些話並無他意，然而說者無心，卻聽者有意。

「原來如此，那妳可知道他的來歷？妳應該知道他的姓名吧！」

「我知道……他叫岸柳，本名佐佐木小次郎。」

「岸柳？」

武藏並非初聞此名，名氣雖不是很響亮，但武術同行們都聽過這個名字。當然，武藏今天是初次看到他本人。由傳聞中，武藏還以爲佐佐木岸柳的年紀不小，不想竟是如此年輕，眞是出乎他意料。

「原來他就是傳言中的小次郎。」

武藏再次望向小次郎。小次郎剛才冷眼旁觀朱實與武藏的竊竊私語，這時臉上卻露出了笑容。

武藏也回以微笑。

但是這種無言的雄辯，跟釋迦與大迦葉手拈蓮花、相視而笑的祥和光景大異其趣。

小次郎的笑容裏摻雜了諷刺及挑戰的意味。

武藏的笑容也報以堅毅不拔的鬥志。

朱實夾在兩個男人之間，想要解釋自己的立場，但武藏未等她開口便說：

「朱實姑娘，妳與他先回去好了。我們以後再見……好嗎？下次再見了。」

「你會來找我嗎？」

「我會，我會去的。」

「我住在六條御坊前念珠店的客棧裏，你記住了嗎？」

「嗯，記住了。」

朱實見武藏光是點頭還不放心，便抓住他放在欄杆上的手，緊緊地握住，眼光流露熱情。

「一定喔！好嗎？一定要來找我。」

突然，在對岸有人捧腹大笑。原來是轉身準備離去的佐佐木小次郎。

「啊哈哈！」

從剛才就一直站在橋上的城太郎，看到有人如此囂張狂笑，不禁大眼直瞪著小次郎。

雖然如此，他還是暗中注意師父武藏的動向。久等阿通不來，城太郎萬分焦急。

「到底怎麼了？」

城太郎跺著腳，往街道方向跑去。突然，他看見前方十字路口邊停了一輛牛車，車輪後躲著一張蒼白的臉。

魚紋

1

「啊！阿通姊姊！」

城太郎見了鬼似的，大呼小叫地跑過去。

阿通蹲在牛車背後。

很難得的，今天早上她化了淡妝，雖然化妝技巧笨拙，但是她的髮梢和口紅都散發淡淡清香。桃紅色的上衣是烏丸夫人送她的，上面繡著白綠兩色的桃山刺繡，洋溢著青春氣息。

城太郎從車輪間看到她白領子的桃紅色衣服，便繞過牛車，跑過去。

「原來妳在這裏，阿通姊姊，妳在這裏做什麼？」

阿通抱著胸蹲在地上。城太郎從背後抱住她，也不管會不會弄亂她的頭髮和臉上的妝。

「妳到底在做什麼？我在那兒等了大半天了，快點過來吧！」

「……」

「快點啦！阿通姊姊。」他搖著阿通的肩膀。

「妳看，我師父不就在那裏嗎？妳看，從這裏可以看得到他，剛才我等得急死了——快點過來，阿通姊姊，妳再不快點過來就糟了。」

這回城太郎又抓住阿通的手腕，硬是要把她拉出去，卻摸到阿通手上濡溼的淚水，又瞧見阿通低著頭不讓別人看到她的臉，更感到莫名其妙。

「咦！阿通姊姊，我還想妳在這裏做什麼呢？原來妳在哭啊！」

「城太！」

「什麼？」

「你也快點躲到後面來，別讓武藏哥哥看到了……快！」

「爲什麼呢？」

「不爲什麼……」

「搞什麼嘛！」

城太郎這回眞生氣了，不顧阿通一臉的央求。

「妳們女人眞討厭，老做一些令人費解的事——之前妳還一直哭著要見武藏哥哥，四處尋找，今天早上卻反倒躲到這種地方，還要我躲起來……眞是莫名其妙，這可一點都不好笑。」

他的話句句鞭笞著阿通的心，阿通抬起紅腫的眼皮。

「城太啊，你別這麼說我，拜託你，別連你也如此折磨我。」

「我什麼時候折磨阿通姊姊了？」

「你別出聲，快點躲到後面來。」

「我不要，妳沒看到旁邊有一堆牛糞嗎？大年初一就躲在這邊哭，連烏鴉都要笑妳了。」

「我不管了，我、我已經……」

「我要笑妳了，就像剛才在那邊的少年一樣，我也來個初一狂笑……好嗎？阿通姊姊。」

「你笑吧，盡量笑。」

「可是我笑不出來啊……」

城太郎鼻頭一酸，連他都快哭出來了。

「啊！我知道了。阿通姊姊是看到我師父跟另外的女人在那裏卿卿我我，所以吃醋了。」

「才、才不是呢！沒這回事。」

「一定是，一定是……妳沒看到我也很生氣嗎？就因爲這樣，阿通姊姊妳避不露臉反而更壞事啊！妳瞭解嗎？」

2

雖然阿通堅持不出面，但是敵不過城太郎使勁地拉扯。

「你拉痛我了……城太，拜託你，別這麼狠心……你說我不瞭解，但是，城太，你才不瞭解我的心情呢！」

「我當然瞭解，妳不是在吃醋嗎？」

「我現在的心情不只如此而已。」

「不管怎麼樣，妳出來就是了。」

城太郎硬是將阿通從牛車背後拖出來。他像拔河似地，一邊拉還一邊探頭看橋上。

「啊！不見了，朱實已經走了。」

「朱實？誰是朱實？」

「就是剛才與我師父在一起的女子……啊，我師父也要走了！妳再不快點來，就見不到他了。」

這下子城太郎再也顧不了阿通，拔腿準備追過去。

「等等啊！城太。」

阿通自己站起來。

再看一眼五條大橋，確定朱實已經不在。

就像可怕的敵人已經離去似的，阿通這才舒展眉心，卻又急忙躲到牛車背後，用袖子擦拭紅腫的眼睛，重新整理髮鬢裙衫。

城太郎焦急萬分。

「阿通姊姊，快點啊！我師父好像走下河邊去了，現在不是打扮的時候啊！」

「走到河邊？」

「對，走到河邊了。他去那裏做什麼呢？」

兩個人跑向橋頭。

吉岡在橋頭張掛的告示牌，吸引路人停駐。有人大聲念出告示內文，也有人在打聽宮本武藏是何方神聖？

「啊！對不起。」

城太郎穿過人羣，從橋的欄杆往下察看河邊。

阿通也認爲武藏一定在橋下。

事實上，一轉眼的工夫，已經不見武藏蹤影了。

他到哪裏去了呢？

武藏剛才好不容易把朱實打發走，既然本位田又八不會來此見面——而且他也看到了吉岡所掛的告示牌——如此一來，別無他事，便走下堤防，來到繫在橋墩上的小舟旁。

草蓆下的阿杉婆婆被綁在船艙底，不停扭動身子想要掙脫。

「阿婆，可惜又八不會來了——不過，我相信將來一定會與他再相逢。我準備給這懦弱的男人好好打氣呢！阿婆您也去找又八。母子倆好好生活——這比砍我武藏的頭更有意義吧！」

武藏說完拿把小刀伸手到草蓆下，割斷阿杉婆身上的繩子。

「哼！你這壞蛋又耍嘴皮子了。廢話少說，今天不是你死就是我活。武藏，快點做個了斷吧！」

阿杉婆額冒青筋，從草蓆探出頭來。此時，武藏的身影已經穿過加茂川的河水，像水鳥踩著水上的沙洲和石塊，跑到對岸的堤防上了。

3

阿通沒看見，城太郎卻瞥見對岸遠處的人影。

「啊！是師父，師父在那裏。」

城太郎立刻往河邊跑下去。

這倒煞費周章，怎麼這時兩人沒想到可以從五條大橋直接追過去呢？阿通不加思索地緊跟著城太郎衝下去。但是城太郎這錯誤的一步所造成的嚴重後果，絕不僅只於阿通見不到武藏的遺憾而已。

城太郎精神奕奕，不顧一切往前飛奔，可是穿著漂亮春裝的阿通，面對加茂川的河水，裹足不前。

雖然已經不見武藏的身影，阿通望著河水，盡管跳不過去，但卻搶天大呼。

「武藏哥哥。」

這一來，有人回答。

「喔！」

原來是阿杉婆從船上的草蓆爬出來，站在那兒。

阿通回頭一看。

「哎呀！」

趕緊掩面而逃。

老太婆的白髮在風中飛揚。

「阿通，妳這不要臉的女人！」

老太婆用高八度的沙啞嗓音大喊：

「我有事問妳，妳給我站住！」

尖銳的聲音在水面上迴響，阿杉婆的武斷，使事情更加惡化。

她認爲武藏之所以會拿草蓆蓋住她，是因爲想與阿通在此幽會，可是倆人在橋上談過話之後，也許是鬧彆扭，武藏離阿通而去，所以阿通這女人才會哭天搶地，想挽回武藏。

一定是這樣。

老太婆相信自己的猜想便是事實。

「可惡的女人！」

阿杉對阿通的憎惡，比對武藏更深。

雖然只有婚約，尙未迎娶進門，但老太婆認定她就是自己的媳婦。因爲阿通不喜歡自己的兒子，所以她認定阿通也不喜歡她，是以老太婆對阿通又恨又氣。

「等等我啊！」

老太婆齜牙咧嘴地再度呼喊，在晨風中追逐阿通。

城太郎嚇了一跳。

「這老太婆是誰啊？」

城太郎抓住阿婆。

「別擋我。」

雖然阿婆力氣不大，卻用可怕又頑固的力量推開城太郎。

城太郎猶如丈二金剛摸不著頭腦，到底這個老太婆是何方神聖？為何阿通一見到她便嚇得落荒而逃呢？

城太郎雖不瞭解，但知事態嚴重，再加上身為宮本武藏的第一弟子——堂堂的青木城太郎，怎能忍受老太婆的順手一揮就被推倒呢？

「老太婆，妳敢推我。」

阿杉婆已經跑了五、六公尺，城太郎突然追過去，從後頭抱住她。老太婆一副懲罰孫子的模樣，左手勾住城太郎的下巴，對著他的屁股啪啪啪地打了三下。

「你這個搗蛋鬼，再敢阻擋我，小心我打爛你的屁股。」

「哎呀！哎呀！哎呀……」

城太郎伸長脖子動彈不得，手上倒是不忘握著木劍。

4

不管是悲傷或心酸，也不管別人如何想，對阿通來說，自己的心情，甚至目前為止的生活，毋寧是幸福的。

只要心存希望，每天都是快樂的，猶如置身於充滿青春、希望的花園。雖然生活當中免不了有些心酸悲傷之事，不過阿通不認為世上只有快樂而沒有悲傷的生活。

但是，今天所發生的事動搖了她原本堅定的信心。本來純眞的心碎成兩半，令她黯然神傷。

朱實與武藏。

當阿通看見他們兩人站在五條橋欄杆邊，無視於過往行人，當衆並肩而立時，雙腳顫抖得快癱瘓了，這才趕緊蹲到牛車後面。

「今早我為何要來此地呢？」如今後悔、哭泣也無濟於事。那一瞬間，阿通想尋死，認為男人只會騙人。愛恨交織之下，更覺憤怒悲傷，連自己都討厭起自己，光是哭泣還是無法平息內心的激動。

當阿通看見朱實在武藏身邊時，簡直沒了主意，嫉妒之火燃燒全身，逼她幾近瘋狂，但仍殘存些許理性。

「下流。」

她拚命地咒罵著。

「無情、無情。」

她幾乎控制不了自己的行為，但女性的矜持使她壓抑了自己。

但是當朱實離開之後，阿通已不再如此矜持，她想對武藏傾訴心中情懷。雖無暇思索話題，但只想一股腦兒向他傾訴相思之苦。

在人生的道路上，常會因差之毫釐而有失之千里的巨變。有時碰到稀鬆平常之事，內心卻被蒙蔽而導致一步錯，步步錯的後果。

阿通不但沒見到武藏，反而還遇上阿杉婆。這大年初一爲何如此倒楣呢？就像她的花園裏爬滿了蛇蠍一般。

阿通拚命逃了三、四百公尺。平常作惡夢時經常會出現阿杉婆的臉龐，沒想到光天化日之下，那張臉卻緊追不捨。

阿通喘不過氣來，回頭探看並調整呼吸。阿杉婆大約在五十公尺後，在那兒掐著城太郎的脖子，城太郎不管阿杉婆怎麼打、怎麼甩，都死抓著阿婆不放。

萬一城太郎拔出腰上的木劍——他可能會拔吧！如此一來阿婆必會拔刀相向。

阿通非常瞭解老太婆頑固的個性，搞不好城太郎會被她給殺了。

「啊！怎麼辦呢？」

5

這裏已是七條橋下，堤防上不見半個路人。

阿通想救城太郎，可是又害怕靠近阿杉婆，她急得像熱鍋上的螞蟻，不知如何是好？

「臭、臭老太婆。」

城太郎拔出木劍。

木劍雖然拔出來了，但是脖子卻被阿杉婆夾在腋下，無論怎麼掙扎都脫不了困，只能胡亂拳打腳踢，虛張聲勢罷了！

「小毛頭，這是那門子功夫？青蛙功嗎？」

老太婆張著大暴牙的嘴，露出勝利的笑容，在河邊拖著城太郎往前走。

「等等！」

老太婆看到站在前方的阿通時，心生狡計暗自盤算著。

老太婆心想再僵持下去絕非上策。以老太婆的腳力根本追不上，而且論力氣也不足以制伏對方。像武藏這種高手雖無力對付，但眼前這個女人，只要巧言令色、略施小惠便可使她言聽計從。想妥之後，老太婆馬上改變態度。

「阿通啊，阿通。」

老太婆向前方揮著手。

「唉呀！阿通啊！妳看到我爲何轉身就逃呢？以前在三日月茶莊也是如此，現在看到我又如驚弓之鳥逃之夭夭——我實在不瞭解妳，難道妳不明白我老太婆的眞心嗎？這一切都是妳誤解了，是妳自己疑神疑鬼，老太婆不會害妳的。」

阿通聞言仍是一臉懷疑，而被阿杉婆夾在腋下的城太郎問道：

「眞的嗎？眞的嗎？阿婆。」

「噢！那姑娘似乎誤會我了……她好像很怕我呢！」

「那麼妳放開我，讓我去叫阿通姊姊來。」

「噢！我要是放手，說不定你會給我一記木劍，然後逃跑，是不是呢？」

「我不會那麼卑鄙的，妳們雙方因爲誤會而吵架，我覺得不該如此。」

「那麼你去阿通那裏說明白——本位田的老太婆在旅途中已經跟河原的權叔死別。老太婆腰上一直攜帶他的骨灰，即使年事已高，仍繼續流浪，現在我跟以往不同，志氣委靡，也許過去曾經痛恨阿通，現在已經改觀了……我把阿通當成自己的媳婦看待，雖然武藏並不清楚，我不要求阿通恢復以往訂婚的身分，至少能聽聽老太婆過去的愚昧無知，也能與我商討未來，你告訴她，就可憐可憐我這老太婆吧——」

「阿婆，說這麼多我哪記得住啊？」

「說這些就夠了。」

「那妳先放開我。」

「好，你要告訴她喔！」

「知道了。」

城太郎跑到阿通身邊，一五一十的傳達老太婆的話。

「……」

阿杉婆故意不看阿通，逕自坐在河邊的岩石上，河邊的淺灘可以看見小魚羣悠然自得地游來游去，水面劃出了一道道的魚紋。

「……不知阿通會不會過來？」

老太婆斜著銳利的眼光，注意阿通的動向。

6

阿通疑慮極深，不可能輕易信服，可能是城太郎一再遊說，她終於小心翼翼地走向阿杉婆。

老太婆心中一定——

「上鉤了。」

她咧開滿口暴牙，露出勝利的笑容。

「阿通。」

「阿婆。」

阿通在河邊跪下來，抓著阿婆的腳。

「請原諒我……現在我也無話可說了。只希望妳能諒解。」

「妳在說什麼啊？」

阿杉婆的語氣一如昔日的親切。

「本來就是又八不好，他恨妳變了心，我這老太婆也曾經恨過妳這個媳婦，但現在我已將它付諸流水了。」

「這麼說來，妳是原諒我嘍？原諒我的任性。」

「當然。」

老太婆聲音沙啞，也蹲到阿通身邊。阿通用手指挖著河邊的沙子，冷冰的沙子不斷地滲出溫暖的春水。

「妳教我這個當母親的人如何回答呢？既然妳跟又八曾有婚約，能否與他見個面？他本來就喜歡妳，所以才會拿別的女人替代妳，現在我也不會要求妳回心轉意，即使他想如此，我也不會容許他如此任性的。」

「是啊。」

「怎麼樣，阿通，妳能見他一面嗎？妳跟又八一起在我面前，聽些我的心裏話，如此一來，我也算盡了為人母的責任，立場也站得住。」

「好的。」

有一隻小螃蟹從美麗的沙河裏爬出來，看到春天燦爛的陽光，又躲進石縫裏。

城太郎抓住螃蟹走到阿杉婆後面，將它放在阿婆的髮髻上。

「但是，阿婆，此刻我覺得不宜與又八相見。」

「我會陪妳去的，妳和他當面把話說清楚，日後對你們都好。」

「可是……」

「就這麼辦了，爲了妳將來的前途我建議妳這麼做。」

「即使如此，我也不知又八現在何處？阿婆，妳知道他在哪裏嗎？」

「我想……很快就會知道的，因爲前一陣子我才在大坂跟他見過面。後來他不改任性的惡習，把我丟在住吉自行走了。他一定會後悔自己的行爲，再回京都找我的。」

阿通聞言敏感地認爲事有蹊蹺，但這念頭只一閃而過，況且阿杉婆所說的話頗有道理，這個阿婆有個不孝子，使阿通打從心底對她產生憐憫之情。

「阿婆，那我們就一起去找又八吧！」

阿通的手因玩弄河沙而變得冰冷，阿杉握住她的手。

「眞的嗎？」

「是的……是眞的。」

「那麼妳到我住的旅館來吧……唉呀！唉呀！」

阿杉說完正要起身時，突然伸手到領子上，摸到一隻螃蟹。

7

「哎唷，我還以爲什麼呢？可惡！」

阿杉婆嚇了一跳，不停地揮著手想把螃蟹甩掉。城太郎看了覺得好笑，躲在阿通背後，摀著嘴不敢笑出聲。

老太婆發現了。

「是不是你在惡作劇？」

老太婆翻著白眼瞪著城太郎。

「不是我，不是我幹的。」

城太郎逃到河堤上，站在上頭大叫：

「阿通姊姊——」

「什麼事？」

「妳現在要跟老太婆去她的旅館嗎？」

不等阿通回答，老太婆便搶著說：

「沒錯，我住的旅館就在這附近的三年坡下，每次來京都我都住那裏。現在沒你的事，你走吧！」

「好吧！我先回烏丸先生家。阿通姊姊，妳辦完事情也要快點回來。」

城太郎打算先離開，阿通突然感到一陣寂寞。

「等等我，城太。」

阿通從河邊追著跑上堤防，阿杉婆怕阿通逃跑，立刻從後面追上來。

阿杉婆追到之前，兩人談了一會兒。

「城太，我現在跟阿婆去她的旅館。我會盡快回烏丸先生家，請你轉告他們。你也要乖乖地等我辦完事回去。」

「好，我一定會等妳的。」

「然後……這期間我也在擔心一件事，若是你有空，能不能幫忙打聽武藏哥哥的落腳處……拜託你了。」

「我才不要呢！幫妳找到了，妳又躲在牛車後，不肯出來……我剛才就想跟妳說這件事。」

「都是我不好。」

阿杉婆從後面趕過來，介入兩人之間，阿通雖然相信老太婆的話，但在她面前最好別提武藏的事，因此立刻閉口。

阿杉婆雖然親切地與阿通同行，但她那如針般的細眼不斷盯著阿通。雖然老太婆並非阿通的婆婆，卻令她感到渾身不自在。她仍未發現老太婆狡猾的計謀，以及橫在自己面前的坎坷命運。

她們來到剛才的五條大橋。這時人羣熙攘，楊柳和梅樹籠罩在豔陽下。

「武藏是誰啊？」

「有個叫武藏的修行武者嗎？」

「我沒聽過。」

「能成爲吉岡的對手，公開比武的人，想必是厲害的角色吧！」

一羣人擠在告示牌前，七嘴八舌議論紛紛。

阿通走到這兒心頭一震，停下腳步。
阿杉婆和城太郎也望著告示牌。人潮來來去去有如水中魚羣，大家都在談論武藏的事。

本冊完

戰國紅顏

井上靖著／張玲玲譯

定價170元

茶茶，這位戰國紅顏，自童年開始，就飽嚐家破人亡的滋味，看著親人先後在變故中離她而去，與兩位妹妹相依爲命的她，最後又落入仇人豐臣秀吉的手裏，充當他的側室，爲他傳承後代，……。她遺忘仇恨，追求生存，然而命運之神仍舊不放過她。

《戰國紅顏》，人間命定的悲劇，寫盡一代紅顏茶茶的青春與哀愁，期待與絶望，愛戀與欲望……。

小說歷史

火燒大坂城

早乙女貢著／陳明姿譯

定價150元

大坂城，豐臣秀吉的孤兒寡婦的最後據點。當德川家康掃平羣雄之後，便處心積慮要除這個心腹之患。欲加之罪，何患無辭，大坂城的命運岌岌可危。

另一方面，一批批血性及失意的武士和流浪諸侯，懷著不同的目標進入大坂城，向家康做最後的抗爭……

繁華落盡，大坂城隨煙灰而去，但化不盡的卻是亂世中的人性與悲壯。

小說歷史

敦　煌

井上靖著／劉慕沙譯

定價130元

一位進京趕考失敗的書生，偶然在開封街頭救了一位全身赤裸的西夏女子；女子爲了報恩，交給他一塊寫有奇形怪狀文字的碎布，不料竟把他捲入一場波瀾壯闊的歷史風雲，改變了他一生的命運。……背景在漫天風沙、倍極荒涼的絲路，井上靖寫出西域世界一個淒美的、詩意的傳奇故事。

本書榮獲日本每日藝術大獎，一九八八年拍成電影「敦煌」。

國家圖書館出版品預行編目資料

宮本武藏／吉川英治著；劉敏譯. -初版. -
- 臺北市：遠流, 1998
冊；　公分. --(小說歷史；100-106)

ISBN 957-32-3437-8 (一套：平裝)
ISBN 957-32-3438-6 (第一卷：平裝)
ISBN 957-32-3439-4 (第二卷：平裝)
ISBN 957-32-3440-8 (第三卷：平裝)
ISBN 957-32-3441-6 (第四卷：平裝)
ISBN 957-32-3442-4 (第五卷：平裝)
ISBN 957-32-3443-2 (第六卷：平裝)
ISBN 957-32-3444-0 (第七卷：平裝)

861.57　　87000868